TYNN

Magischer Roman

Christian Knieps

Feedback an: christian@christianknieps.net

www.christianknieps.net

ISBN: 9798857924976

Kapitel eins: Die Fahrt mit der U-Bahn

Wie jeden Morgen, wenn sie Schule hatten, ging Lea von ihrem Elternhaus über die Hauptstraße des Stadtteils zu ihrem Freund Paul, um ihn von zu Hause abzuholen. Die beiden 16-Jährigen gingen zusammen in dieselbe Klasse und hatten sich dort kennen- und in der letzten Zeit auch lieben gelernt. So gewöhnlich diese Geschichte der beiden Jugendlichen sein mochte, sich als Klassenkameraden in diesem Alter zu verlieben, so ungewöhnlich war die Liebe zwischen Lea und Paul. Denn beide spürten, dass sie keine normalen Jugendlichen waren, sondern sie merkten in vielen Situationen, dass sich die Gleichaltrigen in ihrer Klasse anders verhielten, doch beide konnten nicht genau beschreiben, was denn dieses *anders* war. Sie wussten nur, dass der jeweilige andere dieses unbestimmte Gefühl, dass etwas in ihnen angelegt schien, das sie nicht zu beschreiben wussten, ebenso fühlte. Aus dieser Gemeinsamkeit, aber auch aus der Vertrautheit der beiden zueinander, entsprang die Liebe der beiden. Lea hatte den ersten Schritt gemacht und Paul von ihren seltsamen Gefühlen, die sie in ihr spürte, berichtet, und Paul öffnete sich ihr ebenfalls, und die beiden merkten, dass sie etwas Besonderes waren, ohne zu verstehen, was der genaue Hintergrund sei.

An diesem Morgen war alles wie sonst auch, nur, dass es in der Nacht leicht geschneit hatte und die

Bürgersteige in einen weißen Zuckerguss getaucht waren. Der Boden hatte noch etwas Restwärme von den Tagen zuvor und die Straße war schon wieder frei, während der Schnee auf dem Bürgersteig erst langsam zu schmelzen begann. Da die Hauptstraße eine sehr gerade Straße über fast einen Kilometer war, pfiff der Wind durch die Häuserzeilen, und Lea war dick in ihre Jacke eingepackt, um sich gegen die Kälte zu schützen. Normalerweise machte ihr die Kälte nicht so viel aus, doch dieser plötzliche Wetterumschwung war auch für sie unangenehm, und sie ahnte, dass Paul noch viel mehr darunter zu leiden hatte, denn Kälte war für ihn etwas, das er gar nicht mochte. Noch wenige Schritte bis zu seiner Haustür waren zu gehen, als sie sah, wie ein Auto mit hoher Geschwindigkeit die Hauptstraße entlangfuhr, und als es an ihr vorbei brauste, konnte sie ganz kurz den Fahrer sehen. Eine Mütze tief in das Gesicht gezogen, sah der Mann wie ein gehetztes Tier aus, mit starrem Blick und steifer Haltung, und sie hoffte, dass niemandem etwas passieren würde, denn auch wenn sie selbst noch kein Auto fahren durfte, war ihr klar, dass die Geschwindigkeit um das Doppelte über dem erlaubten Maximum sein musste. Sie machte sich noch kurz Gedanken darüber, was alles passieren könnte, wenn zum Beispiel in diesem Moment ein Kind die Straße überquerte und der Wagen nicht rechtzeitig anhalten konnte, doch ehe sie sich weitere Gedanken darüber machen konnte, stand sie vor der

Türe und klingelte im zweiten Stock, in dem Paul mit seinen Eltern wohnte.
Jeden Morgen wartete sie unten auf Paul, doch da der eisige Wind durch die Häuserzeilen pfiff, war das Warten an diesem Morgen besonders unangenehm. Lea trat von dem einen auf den anderen Fuß und versuchte, sich warmzuhalten. Endlich kam Paul die Treppe runter, und sie hörte, wie er die Tür aufmachte und vor ihr stand, mit verdutztem Gesicht aufgrund der eisigen Kälte, die ihm unerwartet entgegenschlug.
»Ich glaube, ich muss mir ein Paar Handschuhe von oben holen«, sagte Paul und fragte Lea, ob sie mit ihm nach oben gehen wollte, doch sie verneinte und sah mit an, wie die Türe vor ihr ins Schloss fiel. Der eisige Wind erinnerte sie daran, dass die Entscheidung, nicht mit nach oben zu gehen, wohl nicht die richtige gewesen war, und sie zitterte lange Minuten, ehe Paul nach unten kam und mit Handschuhen bestückt auf den Bürgersteig neben ihr trat.
»Ich musste meine Handschuhe erst einmal suchen«, meinte er als Erklärung für die lange Wartezeit, bemerkte, wie stark Lea vor Kälte zitterte und nahm sie in seinen Arm, um sie zu wärmen.
»Wir müssen uns beeilen, Paul!«, sagte Lea und löste sich aus seiner Umarmung, »die Bahn wartet nicht auf uns.«
Sie schaute auf die Uhr, und tatsächlich würde die Bahn, die sie in die Nähe der Schule brachte, in wenigen Minuten bereits ankommen. Die beiden

nahmen ihre Beine in die Hände und liefen die Straße hinab, achteten darauf, dass sie auf dem verschneiten Boden nicht ausrutschen, und erreichten die U-Bahn-Station gerade noch rechtzeitig, bevor die Bahn einfuhr.

Lea wunderte sich nur kurz, dass es die Linie 63 sein sollte, die in einer Minute einfuhr, denn normalerweise fuhr an diesen Tagen und um diese Uhrzeit nur die Linie 66, doch da die Linie 63 ebenso an der Haltestelle ihrer Schule hielt, konnten sie auch diese nehmen. Sie hörten bereits die Geräusche im Tunnel, die die Bahn ankündigte. Auf dem gesamten Bahnsteig war überraschenderweise niemand zu sehen, was ungewöhnlich war, denn normalerweise warteten hier bis zu zwanzig Personen auf den nächsten Zug, doch es konnte sein, dass die letzte Bahn kurz vorher angekommen war und alle Wartenden bereits mitgenommen hatte. Die Bahn fuhr in die U-Bahn-Station ein, und Paul stellte fest, dass außer dem Fahrer niemand im ersten Wagen saß, und als der zweite Wagen direkt vor ihnen hielt, drückte Lea bereits den Knopf zum Öffnen der Tür, ehe Paul sie zurückhielt und meinte, dass weder im ersten noch im zweiten Wagen jemand gesessen hätte. Lea sagte nur kurz, dass sie keine Zeit hätten, auf den nächsten Zug zu warten, da dieser erst in zwölf Minuten ankommen würde, sonst kämen sie zu spät in die Schule. Trotz des unguten Gefühls, das Paul kurze Zeit in der Magengegend hatte, stiegen beide schnell in den Zug ein und suchten sich einen Platz direkt an der Türe, und da es Lea immer noch leicht fröstelte, umarmte Paul seine Freundin und wärmte sie, während er die Augen schloss. Die Bahn ruckelte los und fuhr die normale Strecke, die sie jeden Morgen, wenn Schule war, nahm, und als sie zur nächsten Haltestelle nach weniger als zwei Minuten kamen, sah Lea, dass auch an dieser Haltestelle niemand wartete. In diesem Moment wurde es Lea etwas mulmig zumute, und sie fragte sich, ob Paul das gleiche dachte wie sie, doch dann sah sie, dass Paul vor sich her träumte und die Umgebung nicht wahrnahm. Die Bahn fuhr wieder an und in den nächsten Tunnel, und Lea fragte sich, ob sie Paul das Erlebte erzählen sollte oder ob er sie für paranoid halten würde, doch als in der dritten Station ebenfalls niemand zu sehen war, der einsteigen wollte, musste sie sich an ihn wenden.

»Paul!«, sagte sie eindringlich.

»Was ist denn los, Lea?«, kam verträumt von ihm zurück.

»Ist dir bisher nicht aufgefallen, dass niemand außer uns in diesem Zug sitzt? Und dass niemand an den Bahngleisen steht, um einzusteigen?«

»Vielleicht hat die Bahn vorher alle eingesammelt! Hast du doch eben selbst gesagt«, meinte Paul dazu.

»Das wäre doch sehr ungewöhnlich, dass niemand auf die Bahnsteige kommt, bis der Zug wieder abfährt - es ist Berufsverkehr«, hielt Lea dagegen. »Ein Bahnsteig, in Ordnung, aber gleich drei hintereinander?«

»Ich glaube, dass du nur etwas unterkühlt bist, Lea, und bestimmt steht am nächsten Bahngleis wieder jemand, um in unseren Zug einzusteigen.«
Lea wollte noch etwas entgegnen, doch dann sah sie, dass sie bereits in die nächste Station einfuhren, und sie beobachtete sehr genau, ob jemand an den Bahngleisen stand. Doch erneut war niemand zu sehen, und in Lea machte sich nicht nur ein mulmiges, sondern ein starkes Gefühl der Unsicherheit breit.
»Siehst du!«, sagte sie zu Paul, löste sich aus seinem Arm und stellte sich hin. »Irgendetwas stimmt hier nicht!«
Nun war auch Paul aufgeschreckt, vor allem, weil Lea so abrupt aufgestanden war, und er selbst machte sich nun ein Bild davon, dass niemand auf beiden Seiten zu sehen war.
»Wie kann das nur sein?«, pflichtete Paul seiner Freundin bei.
»Das ist alles super merkwürdig«, sagte Lea und ging in Richtung Tür.
»Willst du etwa aussteigen?«, fragte Paul seine Freundin.
»Willst du in dieser Bahn bleiben, von der wir nicht mal wissen, was daran so merkwürdig ist? Fühlst du nicht die Seltsamkeit?«
Während sie darüber nachdachte und sich mit Paul unterhielt, dass sie die Bahn verlassen wollte, hatte sie verpasst, den Knopf zum Öffnen der Tür zu drücken, und als sie es versuchte, war das Licht an dem Taster

bereits aus. Die Tür ließ sich nicht mehr öffnen, und die Bahn ruckelte im langsamen Tempo wieder los und in den nächsten Tunnel hinein. Beide standen an den Türen, um beim nächsten Halt aus der Bahn auszusteigen, sollte auch am nächsten Bahnsteig niemand zu sehen sein. Die nächste Station war nur noch wenige Sekunden entfernt, und als sie um die Kurve fuhren und das Licht der Station sahen, merken sie gleich, dass wiederum niemand am Bahnsteig wartete, und für Lea und Paul war es nun klar, dass sie die mysteriöse Bahn sofort verlassen mussten. Schon bevor die Bahn anhielt, drückte Paul wie wild auf den Schalter zum Öffnen der Türe, und als das Licht im Taster anging, drückte er weiter auf ihn, doch die Türe wollte sich nicht öffnen lassen. Ehe die beiden realisierten, dass sie besser zu einer anderen Tür laufen sollten, war es bereits zu spät, und die Bahn lief wieder an. Beide überlegten sich, wie sie an der nächsten Station, die ebenfalls nicht sehr weit entfernt war, ihre Chancen erhöhen konnten, nach draußen zu gelangen. Dabei hatte vor allem Lea die Sorge, dass einer von ihnen beiden Erfolg haben könnte, und sie dadurch getrennt würden, sodass sie zur Verhinderung einer Trennung bei ihrem Freund blieb, in der Hoffnung, dass die andere Tür bei der nächsten Haltestelle aufgehen würde. Die nächste Station lag wiederum hinter einer Kurve, die nach rechts führte, doch zum großen Erstaunen der beiden fuhr die Bahn plötzlich keine Rechtskurve, sondern einfach geradeaus. Nun war den beiden Jugendlichen

klar, dass diese Fahrt keine normale U-Bahn-Fahrt war, und sie hätten Stein auf Bein geschworen, dass dort, wo die Bahn weitergefahren war, nackter Stein im Tunnel gewesen sein musste.
»Vielleicht ist es ein Wartungsschacht«, meinte Paul, und sah in den Augen von Lea die wachsende Angst über das, was gerade passierte.
Er nahm ihre Hand fest in seine und gab ihr Zuversicht, dass ihnen beiden nichts geschehen würde. Nach kurzer Zeit war beiden klar, dass es sich nicht um einen Wartungsschacht handeln konnte, da die Fahrt bereits viel zu lange im Dunkeln des Tunnels andauerte.
»Wo fahren wir hin?«, fragte Lea mit zittriger Stimme ihren Freund.
»Ich habe keine Ahnung!«, gab Paul zurück und musste sich eingestehen, dass er genauso viel Angst wie Lea in diesem Moment hatte.
Die Fahrt in der Dunkelheit des Tunnels hielt noch eine Weile an, und da sie kein Ende nehmen wollte, setzten sich die beiden auf eine Bank, rückten eng zusammen und hielten sich fest, um sich gegenseitig Mut zu geben.

Kapitel zwei: Licht am Ende des Tunnels

Je länger die Fahrt im Dunkeln dauerte, desto mehr wurde den beiden bewusst, dass sie unmöglich durch einen normalen unterirdischen Tunnel fahren konnten, denn obwohl sie wussten, dass in den Jahrzehnten zuvor viele Gänge unter den Städten gebaut worden waren, war dieser Tunnel einfach viel zu lang. Beide schwiegen und warteten auf das, was passierte. Sie versuchten, mit ihren Handys jemanden zu erreichen, doch sie fanden kein Netz, um einen Anruf oder eine Nachricht an jemanden zu schicken. Da sie beide drauf warteten, dass sich etwas veränderte, machten sie sich kaum Gedanken über das, was am Ende der Fahrt auf sie warten würde.

Lea und Paul hatten jegliches Zeitgefühl verloren, als in der Ferne ein Lichtstreifen auftauchte, Paul sich aus seiner Lethargie erhob, nach vorne ging und schaute, was es mit diesem Lichtstreifen auf sich hatte. Als er das vordere Ende der Bahn erreicht hatte, erkannte er, dass es sich um das Ende des Tunnels handeln musste, und rief Lea mit einem Handzeichen zu sich.

Gemeinsam, eng umschlungen, warteten sie auf den Moment, in dem sie aus dem Dunkel in das gleißende Licht, das voran zu sehen war, eintauchen würden. Es dauerte noch eine Weile, ehe sich der Zug nahe an der Ausfahrt aus dem Tunnel befand, doch mit jedem Moment vergrößerte sich die Hoffnung der beiden,

dass diese mysteriöse Fahrt ein Ende nehmen würde und sie verstünden, was vor sich ging.
Als die Bahn wenige Sekunden vor dem gleißenden Licht des Tunnels am Ausgang war, kam Lea in den Sinn, dass sie sich bisher nicht die Frage gestellt hatte, wie es sein konnte, dass die Stadt, in der sie beide wohnten, unter einer dicken Wolkendecke verhangen war, während hier scheinbar die Sonne gleißend hell schien.
»Liebe Fahrgäste!«, kam es mit einem Mal aus dem Lautsprecher der Bahn und die beiden Jugendlichen zuckten spürbar zusammen, »in wenigen Augenblicken erreichen wir den Bahnhof von Tynn! Fahrgäste bitte nach rechts aussteigen. Ich hoffe, die Fahrt mit der magischen U-Bahn hat Ihnen gefallen. Empfehlen Sie uns weiter.«
»Magische U-Bahn!«, kam es beinahe zeitgleich aus Leas und Pauls Mund, und sie blickten sich fragend an, in welcher Bahn sie wohl gelandet waren.
In diesem Moment fuhr die Bahn aus dem Tunnel in das gleißende Licht hinaus, und so sehr die beiden versuchten, Umrisse in dem hellen Licht zu erkennen, verschwamm alles in einem umfassenden Weiß, das in ihren Augen schmerzte. Sie mussten sich beide für eine Weile abwenden und ihre Augen zu halten, bis sie sich nach der langen Zeit der Dunkelheit an das helle Licht wieder gewöhnt hatten. Als sie die Augen offenhalten konnten, erkannten sie die ersten Umrisse einer nahen, etwas anders aussehenden Stadt, die sich in ein wunderschönes Tal und einem gleißenden

Sonnenschein vor ihnen ausbreitete. Lea sah den Bahnhof als erste, der sich im Ausläufer der Stadt, vor den Toren noch, befand und den sie mit der Bahn anscheinend ansteuerten.

»Wo sind wir?«, wollte Lea von Paul wissen, doch dieser stellte sich die gleiche Frage, und da sie keine Antwort zu finden schienen, warteten sie darauf, dass der Zug am magischen Bahnhof anhalten würde.

Währenddessen schauten sie sich gebannt die altertümlich wirkende Stadt an, die wie ein überdimensionales Märchenschloss wirkte. Der Bahnhof war vor den Stadtmauern angesiedelt, die von einer mittelalterlichen Stadt sein konnten, mit Zugbrücke und einem riesigen Tor, das im Moment bewacht und geschlossen war. Hinter den Zinnen der Stadtmauer, die in einigen Abständen von Türmen gespickt waren, waren größere Gebäude zu sehen. Vereinzelt ragten recht hohe und bunt wirkende Türme hinter der Stadtmauer hervor, und je näher die beiden an die Stadt heranfuhren, desto mehr vermuteten sie, dass die Stadt nahezu kreisrund angelegt war. In der Mitte der Stadt erhob sich ein sanfter Hügel, der bei näherem Betrachten ebenfalls mit einer eigenen Stadtmauer abgegrenzt war, und Paul erinnerte sich an eine Unterrichtsstunde in Geschichte, in der die konzentrische Bauweise von mittelalterlichen Städten mit mehrfachen Stadtmauern besprochen worden war – einer der wenigen Unterrichtsstunden in den letzten Monaten, die Paul höchst spannend empfunden hatte. Hinter der

zweiten Stadtmauer erhob sich auf dem sanft ansteigenden Hügel einige prunkvolle und in allen Farben schimmernde Häuser, während die Dächern alle Farben des Regenbogens widerspiegelten. Weiter oben, Richtung Spitze des Hügels, waren noch weitaus größere Gebäude zu sehen, ehe an der Spitze eine märchenschlossartige Burg das Antlitz zierte.
»Es ist fast«, hauchte Paul seiner Freundin ins Ohr, »als wären wir in einem Märchen.«
»Womöglich sind wir das sogar«, flüsterte Lea zurück, und sie beide waren gebannt von der magischen Anziehungskraft der kreisrunden Stadt vor ihnen, die je nach Lichteinfall der Sonne in verschiedenen Farben schimmerte, ganz so wie ein Potpourri an Edelsteinen schimmern konnte.
Erst in diesem Moment erkannte Paul, dass am Himmel nicht nur eine Sonne stand, sondern mindestens eine zweite, und mit zitternder Hand zeigte er Lea die zwei Sonnen, die nun vollends klarmachten, dass sie nicht mehr in der normalen Welt sein konnten.
»Wo sind wir?«, fragte Paul.
»In einem Märchen«, antwortete Lea, da ihre Fantasie nicht ausreichte, um etwas anderes als ein Märchen anzunehmen.
Während sie mit ihren faszinierten Blicken die Stadt für einen märchenhaften Traum hielten, hatten sie beinahe den Bahnhof erreicht.

»Wir erreichen soeben den magischen Bahnhof von Tynn«, kam es erneut aus dem Lautsprecher, »Ausstieg bitte in Fahrtrichtung rechts.«
»Vermutlich heißt die Stadt Tynn«, sagte Lea, und Paul pflichtete ihr bei.
Sie spürten, wie die magische Bahn aus voller Fahrt begann, langsam abzubremsen, und beide hielten sich an den Stangen fest, um nicht umzufallen. Da sie weiterhin wie paralysiert waren, gingen sie nicht zu den Ausgängen, sondern warteten, bis sie vollends in den Bahnhof eingefahren waren und die Bahn anhielt. Plötzlich – und Lea und Paul erschraken bis ins Mark – sprangen alle Türen auf einmal auf, und Paul tippte Lea auf die Schulter, um anzudeuten, dass sie beide nun aussteigen sollten.
»Ich habe riesige Angst, Paul«, meinte Lea, und Paul gab zu verstehen, dass auch er große Angst hatte.
»Doch es scheint so, dass wir zwei hier extra hergebracht wurden, und ich würde gerne herausfinden, was der Grund ist«, antwortete Paul und zog seine Freundin Richtung Ausgang.
Als sie auf den Bahnsteig traten, sahen sie sich in beide Richtungen um, doch keine Menschenseele war zu sehen. Es glich den Bahnsteigen, die sie in der echten Welt vorgefunden hatten – restlos leergefegt. Fast im selben Moment, als sie auf den Bahnsteig traten, gingen mit einem lauten Pfeifen die Türen der Bahn wieder zu, und ohne, dass irgendetwas anderes passiert war, setzte sich die magische Bahn wieder in Bewegung und fuhr in die Richtung zurück, aus der

sie gekommen war. Erst in diesem Moment fragte sich Paul, ob die Bahn überhaupt einen Fahrer gehabt hatte, und er erinnerte sich an den Mann, den er gesehen hatte. Doch er konnte nur die Fahrkabine am Ende der magischen Bahn ansehen, und diese war leer. Ob er sich nicht getäuscht hatte?

»Warum braucht eine magische U-Bahn überhaupt einen Fahrer«, fragte er sich, »doch jetzt ist es auch zu spät, um eine Frage zu stellen!«

Trotz all der Fragen in seinem Kopf wollte er Lea nicht noch mehr verunsichern, und so überlegte er sich, dass er jetzt der Starke sein musste. Noch ehe er diese Rolle übernehmen konnte, hatte sie seine Hand bereits ergriffen und zog ihn in Richtung des Bahnhofsgebäudes – ein alter backsteinfarbener Bau, den man zuweilen noch auf verlassenen Bahnhöfen in der wirklichen Welt sah.

»Ist es nicht komisch«, hob Lea an, »dass uns niemand abholen kommt?«

»Wer soll uns denn abholen kommen?«, fragte Paul.

»Wie wäre es mit demjenigen, der uns hierher gebracht hat?!«

»Aber die Bahn hat uns doch hierhin gebracht«, entgegnete Paul.

»Aber die Bahn fährt doch auch nicht einfach so von der wirklichen Welt in diese Welt hier«, gab Lea zu verstehen.

»Da hast du allerdings recht. Aber welche Wesen wohnen wohl in dieser Stadt hier?«

»Ich würde sagen“, meinte Lea auf einmal, „dass die Menschen, die hier wohnen, recht lustige Anzüge tragen.«
»Wie kommst du darauf?«, wollte Paul wissen.
Lea zeigte mit ihrem anderen Arm voraus, und nun sah auch Paul den Mann, der aus dem Bahnhofsgebäude heraustrat, und in einem rotbraunen-gelblichen Ganzkörpermantel eingehüllt war, und zudem eine etwas lächerlich wirkende übergroße Mütze anhatte.
»Wer ist das?«, hauchte Paul in Leas Ohr.
»Ich denke, dass es unser Gastgeber sein wird«, schätzte Lea.

Kapitel drei: Enfryn

Als die beiden ihren Blick von dem merkwürdigen Kostüm des vermeintlichen Gastgebers auf das Gesicht lenken konnten, stellten sie fest, dass der Mann ein rosiges, im ersten Eindruck freundliches Gesicht hatte, das mit einem breiten Lächeln sofort Vertrauen schenkte. Der Mann kam mit ausgebreiteten Armen auf die beiden zu, und Paul und Lea gewannen an Zuversicht, dass sie an diesem seltsamen Ort willkommen waren.

»Meine neuen Freunde«, sagte der Mann in dem rotbraunen-gelben Mantel mit der überdimensionalen Mütze, »wie freue ich mich, dass ihr den Weg nach Tynn gefunden habt. Mein Name ist Enfryn, und ich geleite euch heute in die magische Stadt hinein und zeige euch alles, was notwendig ist, um sich hier in der Stadt gefahrlos zu bewegen.«

»Gefahrlos zu bewegen«, hallte es durch Leas Kopf, und das erste Mal seit ihrer Ankunft verspürte sie wieder dieses unwohle Gefühl in ihrer Magengegend, ganz als ob etwas nicht stimmen würde – abgesehen davon, dass ihre ganze Reise unendlich merkwürdig war.

»Keine Sorge«, hob Enfryn wieder an, »das ist normal, Lea und Paul, dass ihr am Anfang etwas erschlagen seid von der Situation, der Stadt, und den Möglichkeiten, die euch in der Zukunft gegeben sein werden.«

Nicht nur Paul fragte sich, woher der Mann ihre beiden Namen kannte, aber das schien nun die kleinere von den vielen Herausforderungen zu sein, die auf die beiden warteten.

»Ihr fragt euch sicher«, erzählt Enfryn weiter, »warum ausgerechnet ihr beiden abgeholt und mit der magischen U-Bahn nach Tynn gebracht wurdet.«

»Das fragen wir uns tatsächlich,« versuchte Lea das erste Mal zu sprechen, und sie merkte, wie ihre sonst selbstsichere Stimme ins Wanken geriet, »ist es, weil wir uns beide schon immer etwas anders gefühlt haben? Ich meine, anders als die anderen Jugendlichen, die mit uns in die Schule gehen?«

»Du hast es erfasst«, bestätigte Enfryn, »ihr beide tragt etwas Besonderes in euch, dass ihr seit eurer Geburt in die Wiege gelegt bekommen habt, und jetzt, da ihr sechzehn seid, können wir mit dem Training endlich beginnen.«

»Von was für einem Training sprechen Sie?«, wollte Paul wissen und spielte aus Nervosität mit dem Handy in seiner Hosentasche.

»Wir in Tynn sind alle per du, Paul, und du kannst mich sehr gerne Enfryn nennen - außerdem: hier in Tynn funktionieren eure Handys nicht - es gibt einfach keinen Empfang! Aber nun zu deiner Frage: wir werden euch in magischen Sachen trainieren, damit ihr eure Kraft, die seit eurer Geburt in euch schlummert, sinnvoll und zielgerichtet einsetzen könnt.«

»Wir sind Magier?«, schoss es aus Leas Mund heraus.

»Magierschüler!«, entgegnete Enfryn, »und im eigentlichen nicht mal das, denn ihr seid noch völlige Novizen – das Zaubern muss über viele Übungen und Wiederholungen trainiert werden, denn nur die Kraft in sich zu spüren, bedeutet nicht, dass man diese Kraft auch bändigen und zielgerichtet einsetzen kann. Deswegen werdet ihr zu einer der vier Schulen in Tynn zugeordnet, und ich werde in dieser Zeit euer Ansprechpartner für alle Dinge, die das Leben in Tynn betreffen, sein.«
»Das heißt«, hob Paul an, »dass wir ab nun hier wohnen werden, und nicht mehr zurückkehren werden zu unseren Eltern?«
Paul war die Sorge um seine Familie deutlich in seiner Stimme zu hören, und in diesem Moment verspürte Lea ebenfalls die Sorge, was mit ihrer Familie wäre, wenn sie in dieser magischen Welt leben würde, anstatt zu Hause.
»Keine Sorge«, antwortete Enfryn gelassen, »die Zeit, die wir in der magischen Welt verbringen, läuft um ein Vielfaches schneller ab als in der Welt, in der ihr geboren seid. Ihr habt sicherlich bereits festgestellt, dass wir nicht nur eine Sonne, sondern sogar zwei haben, und wenn ihr des Nachts nach draußen geht, werdet ihr feststellen, dass wir nicht einen, sondern sogar drei Monde haben. Das führt dazu, dass wir nicht immer gleich lange Jahre haben, sondern diese von der Konstellation der fünf Himmelskörper abhängen, ganz so, wie der Gleichschritt des Jahres in eurer Welt von der Sonne und der Tag von dem

Mond definiert werden. Aktuell sind wir im Kreidejahr, und dieses Jahr hat etwas mehr als 250 Tage, die, wenn ihr alle hier verbringen würdet, nur ein und eine halbe Stunde in eurer Welt ausmachen.«

»Das bedeutet«, rechnete Paul schnell, denn er war gut im Kopfrechnen, »dass wir bis zum Ende der Schule am heutigen Tag locker vier Jahre in dieser Welt verbringen könnten?«

»Wenn jedes Jahr ein Kreidejahr wäre, dann ja«, stimmte Enfryn zu, »doch zum Beispiel wird das nächste Jahr allein 672 Tage lang sein, und aufgrund seiner Länge nennen wir es das Jahr des Bibers.«

»Weil er so lange braucht, um seinen Biberbau fertig zu stellen?«, wollte Lea wissen.

»Woher die einzelnen Namen der Jahre kommen«, antwortete Enfryn, »wissen wir nicht mehr, denn diese stammen aus Urzeiten, die bereits lange vorbei sind. Das einzige, das wir wissen, ist, wie lange das nächste Jahr sein wird, und haben eine Übersicht, in der wir nachschlagen, um herauszufinden, welches Jahr sein wird.«

»Ist es nicht egal, welches Jahr kommen wird?«, wollte Paul wissen

»Auf gar keinen Fall!«, antwortete Enfryn, und zum ersten Mal zeigte sich so etwas wie eine Sorgenfalte auf seiner Stirn, und die beiden merkten, dass in dieser Welt einiges anders lief als in der normalen Welt.

»Es ist sogar von größter Bedeutung, welches Jahr es ist, denn es regelt, welche der vier magischen Schulen die Führung in diesem Jahr hat. Dafür gibt es einen sehr ausgeklügelten und kaum zu verstehenden Kalender, in dem diese Rangfolge festgelegt wird, und nur die mächtigsten Zauberer von Tynn können diesen Kalender überhaupt lesen.«

Als Enfryn von den mächtigsten Zauberern sprach, bemerkte Lea, wie eine weitere Sorgenfalten über das Gesicht von ihrem Begleiter huschte, doch diese war schnell wieder hinfort, als Enfryn davon erzählte, was nun die nächsten Schritte in dieser Welt sein werden.

»Als Erstes müssen wir euch unsere magische Schule zeigen, dazu eure Klasse und später die Schlafräume, und zu guter Letzt müssen wir euch ausrüsten mit allem, was ihr in den nächsten Tagen und Wochen in dieser Welt brauchen werdet, um das kleine Einmaleins des Zauberns zu erlernen.«

»Wow!«, schoss es aus Pauls Mund, »das bedeutet, dass wir richtig zaubern lernen? Was können wir denn, wenn wir das Einmaleins des Zauberns erlernt haben?«

»Noch nicht viel«, gab Enfryn zurück und sah die Enttäuschungen auf Pauls Gesicht, »denn das kleine Einmaleins ist so etwas wie das Lesen lernen: nur weil man lesen gelernt hat, heißt es noch nicht, dass man ganze Bücher gelesen und das darinliegende Wissen verstanden hat. Wenn ihr durch die erste Ausbildung hindurch seid, werdet ihr die wichtigsten Basissprüche wissen, um euer Handwerk in weiteren Lehrabschnitten zu erlernen. Dabei kommt es vor allem darauf an, wie gut ihr euer magisches Talent zum Schwingen bringt, denn alleine ein Talent zum Zaubern zu haben, bedeutet noch lange nicht, dass man überhaupt einen Zauberspruch erlernt, und diesen auch erfolgreich anwenden kann. Ich gebe zu, es ist eine harte Schule, in der ihr sehr viel lernen müsst, vor allem über Disziplin und Fleiß, doch am Ende könnt ihr mit weitreichenden Mächten beseelt sein.«

»So wie die mächtigsten Zauberer?«, wollte Paul wissen.

»Darüber sprechen wir ein anderes Mal«, sagte Enfryn, und Lea sah erneut, wie die Sorgenfalten über Enfryns Gesicht huschten, »denn die mächtigsten Zauberer sind seit vielen Generationen von Zauberschülern bereits dort, wo sie jetzt sind, und entscheiden nicht nur über die Geschicke von Tynn, sondern haben noch viel größere Aufgaben.«

»Das bedeutet aber auch«, wollte Lea wissen, »dass man als Schüler auch scheitern kann, in der Anwendung der magischen Macht, die in einem liegt?«

»Einige schaffen es nicht, die magische Energie zum Schwingen zu bringen, und diese müssen nach einiger Zeit des Versuchens wieder zurück in ihre Welt gebracht werden, ohne dass sie sich daran erinnern, dass sie jemals in der magischen Welt gewesen sind.«

»Die Jugendlichen werden also ohne eine Erinnerung in die normale Welt zurückgeschickt, und können dann ein normales Leben führen?«, wollte Lea wissen.

»Keine Angst, Lea«, sagte Enfryn, »wir haben gute Zauber, um die Erinnerung an die magische Welt für immer in den Köpfen der Jugendlichen, die die Welt verlassen müssen, verschwinden zu lassen.«
»Wenn diese Jugendlichen in die normale Welt zurückkehren, wird ihnen dann auch die magische Energie entzogen, oder müssen sie ihr Leben lang mit dem Ungewissen weiterleben, wie wir es verspürt hatten?«
»Das ist eine sehr gute Frage«, antwortete Enfryn, »denn da wir die Jugendlichen aus der magischen Welt aussperren, frieren wir auch deren magische Macht im Inneren ein, damit sie ein normales Leben in der Welt der Menschen leben können.«
»Die, die aber bleiben dürfen«, fuhr Lea mit ihren Fragen fort, »diese Jugendlichen wechseln immer zwischen der magischen und der realen Welt hin und her, sonst würden die Familien der Kinder irgendwann anfangen, sich über den Verbleib ihrer Kinder Sorgen zu machen und beginnen nach ihnen zu suchen!?«
»Das hängt ganz von euren Wünschen ab«, bemerkte Enfryn, »denn ich habe bereits bei vielen Jugendlichen den Start in Tynn begleitet, und dabei alle Facetten erlebt, die es bei dieser Frage geben kann. Einige der Jugendlichen pendeln heute noch hin und her und schafften es, beide Leben voneinander getrennt zu leben, doch die meisten entscheiden sich nach einer Weile, entweder das

Leben unter den normalen Menschen zu leben, oder aber dieses aufzugeben.«
»Ich soll meine Eltern im Stich lassen?!«, schrie Lea plötzlich.
»Ich sagte bereits«, wiederholte Enfryn mit einem großen Gleichmut in der Stimme, »dass die Entscheidung, wie du dein zukünftiges Leben hier und dort gestalten willst, alleine bei dir liegt, und ich hatte auch bereits Fälle, wo die Jugendlichen sehr früh entschieden haben, dass sie lieber wieder zurück zu ihren Eltern wollten, anstatt hier ihr Leben als magischer Schüler zu verbringen.«
»Ich will auf jeden Fall hierbleiben!«, warf Paul nach längerem Schweigen ein und wandte sich zu Lea um. »Wir haben hier mehr als 1.000 Tage in dieser Welt Zeit, ehe wir uns diese Frage stellen müssen, Lea, denn erst nach 1.000 Tagen wird unser Schultag beendet sein, und es wäre nicht das erste Mal, dass wir gemeinsam die Schule geschwänzt hätten. Oder siehst du das anders?«
»Ich fühle mich sehr unwohl bei dem Gedanken, irgendwann eine Entscheidung für oder gegen meine Eltern treffen zu müssen«, gab Lea zurück, »doch wenn es so sein soll, dass wir erst einmal Zeit haben, um herauszufinden, was wir wirklich wollen, dann ist das für mich erstmal ok, obwohl ich den Gedanken schlimm finde, meine Eltern im Stich zu lassen, denn ich vermute, dass ich niemals über diese magische Welt in der normalen Welt reden darf, richtig?«

»Wer in der normalen Welt auch nur einen Hinweis auf die magische Welt gibt, der wird sofort zurückgebracht, und vor einen magischen Richter gestellt, der bewerten muss, ob das Leben in dieser Welt ein Ende haben muss. Das ist auch der Grund, warum die meisten das Leben in der normalen Welt aufgeben, und nur sehr wenige schaffen es, in beiden Welten zu leben. Aber wie Paul es richtig sagte, das ist keine Entscheidung, die ihr heute treffen müsst, sondern noch viel Zeit habt, ehe ihr euch die Frage stellen müsst, ob ihr zurück zu eurer Familie wollt oder euer Leben hier fortzusetzen wünscht.«
Diese Aussicht hinterließ in Lea eine große Unsicherheit, denn sie konnte sich trotz der ständigen Streitereien mit ihrer Mutter und den drängenden Fragen ihres Vaters nach ihrer beruflichen Zukunft nicht vorstellen, ihre Familie auf immer alleine zu lassen, denn allein die Vorstellung, dass ihre Eltern auf sie nach der Schule warten würden, um dann wie wild herum zu telefonieren, ob sie vielleicht bei Paul sei, ehe sie feststellten, dass beide fehlten, dann die Polizei riefen, um bangend zu Hause darauf zu warten, dass ihre einzige Tochter wieder nach Hause kommt, machte Lea große Angst. Doch wenn Paul mit seiner Berechnung recht hatte, sagte sie sich, dann war die Entscheidung in diesem Moment noch nicht zu treffen, und sie konnte sich erst einmal ein Bild von dem Leben in Tynn machen, ehe sie sich die Frage stellen musste, was mit ihrer Familie passieren

würde – dafür war ihre Neugier einfach zu groß, herauszufinden, was Zaubern wirklich bedeutete.
Da sie sich nun beide entschlossen hatten, in der magischen Stadt für das erste zu verbleiben, nickte Lea zustimmend in Richtung Enfryn, nahm Pauls Hand in ihre, und gab zu verstehen, dass sie nun in die Stadt einziehen könnte.
»Es ist nur ein kurzer Weg«, sagte Enfryn und ging langsam auf das Bahnhofsgebäude zu, »doch wenn ihr durch die Tore der Stadt tretet, werdet ihr sehen, was ich meine, wenn ich sage, dass Tynn einer der wunderbarsten und ehrwürdigsten Orte ist, die man sich erträumen kann.«

Kapitel vier: Tynn

Eine der ersten Dinge, die Lea und Paul feststellten, als sie durch den Bahnhof in Richtung Stadtmauer gingen, war, dass Raum und Zeit in dieser Welt ein wenig anders waren als in der normalen Welt, die sie bisher kannten. Hatte es vom Bahnhof so ausgesehen, als wäre die Stadtmauer kilometerweit entfernt, entpuppte sich diese Annahme als Trugschluss, als sie durch den Bahnhof hindurch waren und beinahe direkt vor der riesenhaften Mauer standen. Sie versuchten, ihre Köpfe so weit in den Nacken zu legen, dass sie bis an die Zinnen der Mauern schauen konnten, doch dies war kaum möglich, so hoch ragten die Mauern in den Himmel empor, und auch das Tor, auf das sie zu hielten, war riesengroß, und hätte ohne Problem ein mittelgroßes Flugzeug aufnehmen können, und die beiden fragten sich, wie lange es wohl dauern würde, um dieses Tor zu öffnen. Doch Enfryn steuerte nicht auf das Tor zu, sondern auf einen kleinen Nebeneingang, der so gut getarnt war, dass man ihn im ersten Moment nicht sehen konnte. Lea fiel auf, dass Enfryn etwas von seiner Selbstsicherheit verloren hatte, als er an die Pforte klopfte und ein knurrendes, fast bellendes Geräusch hinter der unsichtbaren Tür vernahm.

»Enfryn von der magischen Schule des Handwerks«, sagte ihr Begleiter, »ich erbitte mit zwei neuen magischen Schülern den Einlass nach Tynn!«

Lea bemerkte den fast unterwürfigen Tonfall, den Enfryn benutzte, und ihr bisheriges Störgefühl wurde wieder stärker.
Es dauerte ein paar Momente, ehe die Pforte mit einem lauten, knarzenden Geräusch aufging, Zentimeter um Zentimeter, sodass Lea und Paul nur langsam einen ersten Eindruck von der Welt hinter der Pforte erhaschen konnten. Die schwere Eisentür wurde jedoch nur so weit aufgemacht, dass sich darin ein muskelbepackter Wächter aufbauen konnte und ihnen den Weg weiterhin versperrte.
»So, so, Enfryn, kennen wir uns nicht?«, kam es zwischen gepressten Lippen vom Wächter in Richtung ihres Begleiters.
»Nicht dass ich wüsste«, sagte Enfryn mit zittriger Stimme.
»Kannst du dich nicht mehr an mich erinnern?«
»Tut mir leid, ich kann mich nicht an alle erinnern, die ich in diese Welt eingeführt habe, das sind einfach zu viele«, entgegnete Enfryn dem Wächter und hoffte darauf, dass sie endlich reindurften.
»Das glaube ich dir, Enfryn«, meinte der Wächter mit einem unterschwellig aggressiven Tonfall, »denn wenn ich so viele Schüler hier hinein führen würde, und dann sehe, wie viele davon am Ende wirklich zu Zauberern werden, dann verstehe ich, dass man diejenigen, die es nicht geschafft haben, vergisst.«
»Ich vergesse niemanden absichtlich«, entgegnete Enfryn, »aber wenn ich euch am Bahnhof abhole, seid ihr oft noch Kinder, und sieh dich an, jetzt bist du ein

muskulöser Mann, der die ehernen Mauern dieser Stadt bewacht. Du hast dich wohl über die letzte Zeit so sehr verändert, dass ich nicht sagen kann, welches Gesicht du hattest, als du hier ankamst. Bitte entschuldige, dass ich mich nicht an dich erinnere!«, meinte Enfryn und gewann etwas von seiner Selbstsicherheit zurück.
»Das mag eine Erklärung sein«, entgegnete der Wächter und richtete das Wort nun an die beiden Jugendlichen. »Willkommen in Tynn, wo eine der Sonnen immer für euch strahlt, und die Nächte von uns für euch bewacht werden.«
Mit diesen merkwürdigen Worten trat der Wächter zur Seite, und unter seinem prüfenden Blick traten nacheinander Enfryn, Lea und Paul in die Stadt ein. Kaum, dass sie in die Stadt eingetreten waren, fiel die Pforte mit einem lauten Knall wieder zu, und Lea war sich in diesem Moment nicht sicher, ob Pauls und ihre Entscheidung die richtige gewesen war, doch an dieser schienen sie nun nichts mehr ändern zu können. Somit liefen sie Enfryn, der ohne großes Warten voranging, hinterher, und auch von der Innenseite sahen die Mauern der Stadt riesenhaft aus, wenn auch nicht so gigantisch wie von außen. Die ersten Häuser, die Lea und Paul zu sehen bekamen, waren aneinandergereihte, mehrstöckige Steingebäude, die ohne Sinn für Architektur nebeneinander standen, und sich gegenseitig Halt gaben, um nicht umzufallen. So magisch diese Stadt sein sollte, so wenig Magie versprühte das Antlitz

dieser ersten Häuser, die sie zu sehen bekamen, dachte sich Lea und suchte mit ihrem Blick etwas Magisches an diesem Ort.

»Beeilt euch bitte, Kinder!«, warf Enfryn über die Schultern, »denn in diesem Stadtviertel ist nicht gut Kirschenessen mit den Bewohnern. Zum Glück wohnen wir in einem friedlicheren Viertel als dieses hier. Schaut nicht nach rechts und links und schaut niemandem direkt ins Gesicht, sondern haltet euren Blick geradeaus! Denn ihr könnt nicht wissen, ob es sich um einen Feind oder Freund handelt. Beeilt euch!«

Nachdem Lea seit einigen Momenten bereits ein ungutes Gefühl in der Magengegend hatte, zweifelte nun auch Paul, ob seine Entscheidung, unbedingt in die magische Stadt zu gehen, die richtige war. Er machte sich vor allem Sorgen darum, dass er seine Freundin Lea nicht würde beschützen können. Wenn einer der muskelgepackten Wächter sie greifen würde, um sie irgendwohin zu schleppen, würde er keinen Widerstand leisten können, der Aussicht auf Erfolg hatte, und Enfryn wirkte nicht, als könne er es mit diesen grobschlächtigen Typen einfach so aufnehmen. Sie eilten ohne ein Wort miteinander zu wechseln durch die Gassen des Viertels, und erst als sie einen belebten Platz erreichten, atmete Enfryn auf und drehte sich zu den beiden Jugendlichen.

»Ich möchte mich bei euch dafür entschuldigen, dass ihr so einen schlechten ersten Eindruck von Tynn erhalten habt, doch dieses Viertel, durch das wir gerade gehuscht sind, hat sich in den letzten Jahren zu einem schlechten Ort entwickelt, wo nun vor allem das Gesetz des Stärkeren gilt, und sich zwei verfeindete Banden entwickelt haben, die um die Vorherrschaft in diesem Viertel kämpfen.«

»Aber müssen die mächtigen Zauberer nicht eingreifen, um für die Sicherheit in der Stadt zu sorgen?«, wollte Lea wissen.

»Weißt du«, hob Enfryn an, »die gesamte Situation in der Stadt ist gerade eine etwas schwierig, denn es haben sich unter den mächtigen Zauberern zwei Lager gebildet, die unterschiedliche Ansichten haben, wie es mit der Stadt und den Magierschulen hier weitergehen soll. Da sich die oberen Zauberer nicht einigen können, wurde in der letzten Zeit etwas in der Stadt verschlafen, und so haben sich einige Bezirke verselbstständigt. Das soll keine Entschuldigung sein, aber wir müssen damit leben, dass wir in bestimmten Bereichen der Stadt nicht so einfach umhergehen können und willkommen sind, wie es in anderen Stadtteilen der Fall ist. Was die ganze Sache nur schwierig macht, ist dass jede Magierschule einen eigenen magischen Bahnhof besitzt, wo die Schüler ankommen, und die Wächter auf dieser Seite der Stadt bestehen darauf, dass wir unsere Schüler durch das Westtor hineinbringen, um die Kontrolle über die Neuankömmlinge in Tynn zu behalten.

Auch wenn Lea nun ein besseres Bild der Situation hatte, wollte sie noch mehr von Enfryn wissen und fragte, was der Wächter eben damit meinte, dass nur sehr wenige zu Zauberern werden, und die meisten in Tynn eine andere Arbeit annehmen mussten.

»Ganz so, wie es der Wächter beschrieben hat«, erklärte Enfryn, »ist es nicht, aber er hat schon recht, dass eine große Anzahl an Schülern die Prüfungen zu Magiern nicht bestehen, sich aber dennoch entscheiden, in Tynn zu bleiben.«

»Das bedeutet«, fragte Lea weiter, »dass alle Menschen, die in Tynn arbeiten, irgendwann mal Schüler gewesen sein müssen, und nun eine andere Arbeit verrichten, als zu zaubern?«

»Weißt du, Lea«, gab Enfryn zurück, »die meisten, die es nicht schaffen, Zauberer zu werden oder in einer Magierschule eine Arbeit zu übernehmen, werden zu wichtigen Säulen von Tynn, in dem sie die anderen Arbeiten übernehmen.«

»Du weichst meiner Frage aus!«, insistierte Lea.

»Ich weiche deiner Frage nicht aus«, versuchte Enfryn sich herauszuwinden, »sondern ich versuche dir ein größeres Gesamtbild über die Zustände in Tynn zu geben. Weil es mir wichtig ist, dass du die Zusammenhänge verstehst, damit du dein Urteil entsprechend fällen kannst. Denn nicht alles, was in Tynn vordergründig schlecht wirkt, muss zwingend schlecht sein.«

»Das meine ich auch gar nicht«, meinte Lea, »sondern ich wollte nur wissen, ob es in Tynn auch normale Menschen gibt, oder ob alle Einwohner einmal Magierschüler und Schülerinnen gewesen sind.«

»Ich denke, das werde ich dir zu einem späteren Zeitpunkt genauer erklären«, sagte Enfryn und drehte sich zum Gehen wieder um.
Lea hielt Paul etwas zurück, sodass zwischen den beiden und ihrem Begleiter etwas Abstand entstand, damit sie sich ungestört miteinander unterhalten konnten.
»Ich finde das hier sehr merkwürdig«, flüsterte Lea, »wie siehst du das, Paul?«
»Ich bin zwar nicht so aufgewühlt wie du es bist, aber auch ich denke, dass in dieser Stadt vieles anders erscheint, als es in Wahrheit ist. Wobei ich bisher nicht beurteilen kann, ob es nur daran liegt, dass dies eine magische Stadt ist, in der die Regeln vielleicht etwas anders sind als in der normalen Welt.«
»Ich mache mir große Sorgen«, gab Lea zurück, »dass wir schon bald feststellen werden, dass wir zwar das Talent haben, Magierschüler zu werden, aber nicht wissen, wohin uns die Reise in dieser Stadt führen wird. Und wenn ich daran denke, dass ich vielleicht meine Familie für längere Zeit nicht sehe, dann ist jeder Zauber, den ich vor einigen Momenten noch gespürt habe, wie weggeblasen.«
»Ich denke«, konterte Paul, »dass wir uns ein paar Tage Zeit nehmen sollten, um zu bewerten, wie die Situation in Tynn wirklich ist, denn wenn das wirklich magische Kräfte in uns sind, die wir verspüren, dann müssen wir der Tatsache ins Auge sehen, dass wir in der Welt der normalen Menschen immer Außenseiter sein werden, weil wir uns grundlegend anders fühlen

als die meisten anderen. Und ob das mit dem Einfrieren der magischen Kräfte wirklich funktioniert - da habe ich sehr große Zweifel! Ich würde gerne die Chance nutzen, um herauszufinden, ob wir nicht am Ende Zauberer werden können, und sollte es uns beiden hier überhaupt nicht gefallen, können wir immer noch die Reißleine ziehen, und in die Welt der normalen Menschen zurückkehren.«

»Enfryn«, sagte Lea mit einem skeptischen Tonfall, »hat uns schon vieles erzählt, aber immer, wenn ich eine kritische Nachfrage gestellt habe, ist er dem eigentlichen Thema ausgewichen. Auch wenn ich ihm gerne trauen würde, so habe ich das Gefühl, dass er uns viel mehr verschweigt, als er uns erzählt.«

»Das Gefühl habe ich allerdings auch«, pflichtete Paul ihr bei, und deutete an, dass sie sich sputen müssten, um den entstandenen Rückstand zu Enfryn schnell wieder aufzuholen, ohne dass er viel davon mitbekam.

Kapitel fünf: Die magische Schule des Handwerks

Lea und Paul schlossen nach wenigen Straßenzügen zu Enfryn auf, und hatten das erste Mal den Blick für die Umgebung, in der sie gerade unterwegs waren. Im Gegensatz zu dem Viertel direkt hinter dem Tor gab es hier eine Reihe von sehr schönen und dekorativ verzierten Häuser, und generell wirkte dieser Stadtteil viel freundlicher. Auch die Menschen, die auf der Straße unterwegs waren, wirkte nicht düster und gefährlich, sondern freundlich und gut gekleidet. Vielleicht mochte es daran liegen, dass hinter der großen Mauer immer Schatten war, dass sich dort die düsteren Gesellen versammelten, doch das war nur eine Vermutung, die Lea für sich behielt.

Da die beiden Jugendlichen seit dem Morgen von allerhand neuen Informationen und Erkenntnissen überschwemmt worden waren, war es kaum verwunderlich, dass sie wichtige Fragen bisher nicht gestellt hatten. Doch nun, als sie schweigend nebeneinander durch die Stadt gingen, konnte Lea ihre Gedanken sortieren und begann mit Enfryn ein neues Gespräch.

»Du sagtest«, fing sie an, »dass wir der magischen Schule des Handwerks zusortiert seien!«

»Das ist richtig«, gab Enfryn kurz zurück.

»Es gibt vier magische Schulen, richtig?«

»Genau. Die magische Schule des Handwerks, da seid ihr zugeordnet, dann gibt es die Schule der Kräuter und Heilkunde, die Schule der Verteidigung, und zu guter Letzt die Schule des Angriffs.«

»Muss ich mir unter Angriff und Verteidigung vorstellen«, nahm nun auch Paul am Gespräch teil, »was sich unter diesen beiden Worten normalerweise verbirgt?«

»Ich vermute schon«, sagte Enfryn, »in der Schule des Angriffs lernen die Schüler, wie man Zauber einsetzt, um jemanden oder etwas anzugreifen, in der Schule der Verteidigung hingegen lernen die Schüler, wie sie den Zauber einsetzen können, um sich gegen Hieb- und Stichwaffen oder andere Zauber wehren können.«

»Dann würde ich gerne in die Schule des Angriffs gehen!«, erklärte Paul.

»Das geht leider nicht«, meinte Enfryn kurz und knapp.

»Warum denn nicht?«, wollte Paul wissen.

»Weil es nicht geht!«, sagte Enfryn mit ein wenig Unbeherrschtheit in seiner Stimme, und Paul merkte, dass hinter dem System der magischen Schulen mehr steckte, als nur reine Gebäude.

»Wenn wir also zur magische Schule des Handwerks gehören«, führte hingegen Lea das Gespräch weiter, »was sind dann unsere Lerninhalte und Ziele? Denn wenn ich ehrlich bin, kann ich mir unter den anderen dreien sehr viel vorstellen, doch gerade beim Handwerk kann ich mir nicht vorstellen, was das Bezaubern von Handwerk bringen könnte.«

»Wenn man es genau nimmt«, antwortete Enfryn, »ist unsere magische Schule die wichtigste von allen, denn ihre Aufgabe ist es, die Basis zu legen, damit die anderen Zauber ihre volle Wirksamkeit entfalten können.«

»Vielleicht liegt es an mir«, meinte Lea, »aber das verstehe ich noch viel weniger!«

»Lass es mich dir so erklären«, entgegnete Enfryn, »die Angriffszauber, die Verteidigungszauber oder auch die Heilungszauber funktionieren alle für sich alleine, doch sie haben nur eine begrenzte Wirksamkeit. Wenn es sich also um einen kleinen Angriff oder eine schnelle Verteidigung, eine nicht sehr tiefe Wunde handelt, dann reichen die Zauber der magischen Schulen aus, um das Problem anzugehen. Doch wenn verschiedene Zaubersprüche miteinander verwoben oder verkettet werden müssen, damit sie eine höhere oder eine umfassendere Wirksamkeit bekommen, dann ist es wichtig, dass jemand von der magischen Schule des Handwerks diese Verkettung durchführt. Wenn das ein Laie macht, dann kann das den Zaubernden großen Schaden zufügen.«

»Also haben wir die Aufgabe«, versuchte Paul sich Enfryns Worte zu erklären, »den anderen zu helfen, ohne dass wir selber coole Zaubersprüche haben? Dann haben wir mit Sicherheit die langweiligste magische Schule abbekommen!«

»Ganz im Gegenteil«, widersprach Enfryn, »denn wie ich bereits sagte, ist die magische Schule des

Handwerks immer dann gefordert, wenn es sich um besonders schwierige und wichtige Einsätze handelt! Aber keine Sorge, auch wir haben Zaubersprüche, die uns zunutze sind, ohne dass wir die anderen magischen Schulen brauchen.«

»Und die wären?«, wollte Paul direkt wissen.

»Wie der Name schon sagt«, antwortete Enfryn, »können wir mit unseren Zaubern Sachen erschaffen, schneller reparieren, und die guten Zauberer können sogar aus Metall neue Dinge entstehen lassen, ohne dass ein Schmied oder Schreiner Hand anlegen muss.«

»Oha, das klingt aber sehr spannend«, meinte Paul und gab den beiden zu verstehen, dass er kein sonderliches Interesse daran hatte, in diese magische Schule zu gehen.

»Du wirst schon sehen, dass es dir am Ende sehr viel Spaß machen wird«, erklärte Enfryn, und meinte gleich im Anschluss, dass sie nicht mehr weit von der Schule entfernt seien.

Tatsächlich kamen sie um die nächste Ecke auf einen kleinen Platz, an dem es ein anders aussehendes Gebäude gab, was sich auch als die magische Schule des Handwerks herausstellte. Das Gebäude selber war recht schmucklos, in einem gräulichen Weiß gehalten, mit einigen gusseisernen Verzierungen, die besonders auffielen und andeuten, was sich hinter diesen Mauern verbergen mochte.

»Nicht sehr spektakulär«, meinte auch Paul direkt.

»Warte mal, bis du drin bist«, sagte Enfryn und steuerte auf das kleine Portal zu, in dessen Holz das

Wappen der magischen Schule des Handwerks eingraviert war.
Erneut fiel Lea auf, dass sich die Größenverhältnisse in dieser Stadt nicht mit dem normalen menschlichen Gefühl für Distanzen erklären ließen. Denn als sie an dem Gebäude nach oben schaute, wirkte es, als würde es in den Himmel ragen, obwohl es aus der Ferne nur nach einem Gebäude mit drei oder vier Stockwerken ausgesehen hatte. Alles in Tynn schien eine vierte oder fünfte Dimension zu haben, die sich erst offenbarte, wenn man näher an die Dinge herantrat.
Enfryn trat an die Pforte heran und klopfte eine bestimmte Reihenfolge, und ohne dass jemand die Tür von innen geöffnet hatte, öffnete sich die Türe einen großen Spalt, sodass die drei ins Dunkel dahinter eintreten konnten.
Als die drei eintraten, verschwand das Dunkel hinter dem Eingang umgehend, und eine hell erleuchtete Eingangshalle breitete sich vor den beiden Jugendlichen aus. Obwohl Lea und Paul auf ihrem gesamten Weg vom Bahnhof bis hierher Sorgen hatten, ob dies eine gute Entscheidung gewesen war, fühlte es sich völlig anders an diesem Ort an. Sogleich spürte Lea die wohlige Wärme und das herzliche Willkommen in ihrem Herzen, und auch Pauls Gesichtsausdruck entspannte sich völlig. Überall, wo sie hinblickten, sahen sie kunstvoll gestaltete Treppen, Ornamente, Kunstgegenstände und weitere dekorative Elemente, die allesamt eine Perfektion erreicht hatten, dass Lea kaum aus dem Staunen

herauskam, und auch Paul spürte, wie fein die Arbeit der Handwerker gewesen sein musste, um diese Gegenstände herzustellen.

Kapitel sechs: Die neue Klasse

Lea und Paul wurde schon nach wenigen Augenblicken klar, dass man nicht so einfach in die magische Schule des Handwerks kommen konnte, so wie es auch schwer war, in die weiteren Räume hinter der Eingangshalle zu gelangen. Enfryn murmelte ein kompliziertes Codewort, als sich eine für die beiden Jugendlichen unsichtbare Tür öffnete, hinter der sich die eigentliche Schule befand. Enfryn trat in den Gang hinein, während Lea und Paul zögerten, hineinzutreten. Enfryn winkte beide herbei, und Paul war der Erste, der sich einen Ruck gab und ebenfalls in den Gang trat, gefolgt von Lea, die sich weiterhin sehr unsicher fühlte – trotz des wohligen Gefühls, das in der Schule in ihr entstanden war. Hinter Lea schloss sich die Türe langsam wieder und glitt mit einem leisen Ton ins Schloss. Der Gang war, wie vieles andere in dieser Welt, in den Dimensionen kaum einschätzbar – weder Lea noch Paul konnten ermessen, wie lange er in Wirklichkeit war, doch man konnte sehen, dass zu beiden Seiten Räume abbogen, von denen Enfryn gleich zum ersten Raum auf der rechten Seite zusteuerte.

»Hier ist die Anfängerklasse, die sich selbst die Murmeltiere nennen«, sagte Enfryn und deutete auf die geschlossene Tür. »Wir gehen dort gleich hinein, und ihr lernt eine der beiden Lehrerinnen kennen, die euch in den ersten Handgriffen unterweisen wird, die es zum Zaubern mit dem Handwerk braucht. Die andere Lehrerin, die später in die Klasse kommen wird, zeigt euch dann, wie ihr die ersten Schritte Richtung Zaubern machen könnt.«

»Also ist das wie ein Werkelkurs in der Schule?«, wollte Paul wissen, und erinnerte sich daran, dass diese Kurse immer sehr spaßig gewesen waren.

»Im Prinzip ist es am Anfang so«, antwortete Enfryn, »nur dass ihr sofort von Anfang an mit den magischen Kräften arbeiten werden, um diese zu trainieren.«

Mit dieser Aussicht war Paul sehr gespannt darauf, was sich hinter dieser Tür befinden würde, und er konnte es kaum erwarten, dass sie sich öffnete.

Lea hingegen blieb für den Moment skeptisch, auch wenn sich das Gefühl in ihr deutlich verbessert hatte, doch sie war immer noch hin- und hergerissen, ob das Bleiben in Tynn die richtige Entscheidung gewesen war.

Dieses Mal benutzte Enfryn kein gemurmeltes Codewort, sondern öffnete die Türe, indem er seine Hand auf die hölzernen Ornamente in Kopfhöhe legte. Mit einem nur sehr unterschwellig hörbaren, knackenden Ton schob sich die Tür von alleine auf und gab den Blick in die Klasse der Murmeltiere frei. Paul und Lea sahen, wie knapp zwanzig Schüler und Schülerinnen an den Tischen standen und versuchten, mit dem Werkzeug, das auf den Tischen lagen, zu arbeiten. Alle Jugendliche hörten in dem Moment auf, sich mit dem Werkzeug zu beschäftigen, als die Türe aufging. Sie schauten die beiden Neuankömmlinge gespannt an, und langsam kam Enfryn in den Raum hinein, mit Lea und Paul im leichten Abstand. Da die beiden gespannt waren, was passieren würde, bekam sie nicht mit, wie die Tür sich von selber hinter ihnen schloss. Sie standen nun zu dritt in dem Klassenraum, und die neue Lehrerin kam auf die beiden zu und begrüßte sie mit einem herzlichen Lächeln.

»Hallo Lea, hallo Paul! Ich hoffe, die ersten Momente in Tynn haben euch schon gefallen. Willkommen in der Murmeltier-Klasse! Ich bin eine von euren zwei Lehrerinnen, und wir werden euch beibringen, was es bedeutet, in der magischen Schule des Handwerks zu lernen und mit den Werkzeugen umzugehen. Mein Name ist Elki, und das hier sind eure neuen Mitschülerinnen und Mitschüler. Ich hoffe, dass Enfryn schon einiges über das Leben in dieser magischen Schule berichtet hat, ansonsten mache ich das gerne in der nächsten Pause - wenn ihr also Fragen habt, dann wartet damit bitte noch ein wenig. Wir haben auch einen Tisch für euch beide, und da an diesem zwei freie Plätze sind, könnt ihr heute zusammen dort arbeiten.«

Die Lehrerin verwies auf einen Tisch, an dem zwei Jugendliche standen und Werkzeuge, mit denen sie arbeiteten, in der Hand hielten. Als Lea und Paul langsam auf den Tisch zugingen, unter den wachsamen Blicken der anderen Schüler, versuchte Lea herauszufinden, wie die Stimmung in dieser Klasse war. Paul hingegen interessierte sich im ersten Moment nur für die Werkzeuge, und überlegte sich, was wohl die ersten Zauberübungen sein werden, die die Lehrerinnen ihnen beibringen würden. Die beiden Jugendlichen, die an dem Tisch auf sie warteten, waren nicht besonders auffällig. Janina war eine nicht sehr groß gewachsene, eher niedlichen aussehende Zauberschülerin, die man auf den ersten Blick nicht in dieser Schule vermutet hätte. Pit, der andere am Tisch, war hingegen sehr groß gewachsen, von hagerer Gestalt und mit einer riesigen Nase im Gesicht, das sehr ernst dreinblickte. Obwohl Pit scheinbar wenig Interesse an den Neuankömmlingen hatte, fanden Paul und er schnell zusammen und werkelten unter Anleitung der Lehrerin in den nächsten Minuten mit den Werkzeugen, ganz so, als ob sie in einem gemeinsamen Werkelkurs in der Schule wären. Lea hingegen hielt sich zunächst zurück und beobachtete die anderen Schüler, wie sie mit den normalsten Werkzeugen, die jeder schon einmal gesehen hatte, Holz und andere Materialien bearbeiteten.

»Was ist denn daran so besonders?«, wollte Lea von Janina wissen.

»Wir sind auch noch nicht viel weiter als ihr«, antwortete Janina, »und die ersten Schultage sind alle ziemlich langweilig, denn laut der Lehrerin geht es darum, mit den Werkzeugen Übung zu erhalten, denn wie sie immer sagen, gibt es nur Perfektion durch Übung.«

»Das ist völlig korrekt!«, sagte die Lehrerin und kam an den Tisch der vier. »Ich freue mich sehr darüber,

dass du das verstanden hast, Janina! Und du Lea, dir sage ich, dass die Fingerfertigkeit das elementare Wissen über die Werkzeuge und deren Verwendung ist, damit ihr in einer späteren Zeit, wenn wir ans Zauberspruchlernen kommen, nicht mehr mit den Werkzeugen arbeiten müsst, sondern nur noch mit den Gedanken, wie man die Werkzeuge und die Kraft, die in den Werkzeugen liegt, richtig benutzt.«
»Das klingt alles nicht sehr magisch«, ließ sich Paul zu der Aussage hinreißen, ohne dass er einschätzen konnte, wie die Lehrerin darauf reagieren würde.
»Keine Sorge, Paul!«, entgegnete die Lehrerin, »der Unterricht ist am Anfang etwas zäh, aber da müssen alle hindurch, um wahre Meister des Handwerks zu werden. Außerdem ist es ein gutes Training, die Konzentration zu üben, denn magische Zaubersprüche aufzusagen hat ganz viel mit Präzision und dem richtigen Rhythmus zu tun, denn – das werdet ihr noch herausfinden – die magische Energie muss in euch zum Schwingen gebracht werden.«
Sofort hielten alle anderen Schüler im Raum mit ihren Arbeiten ein und hörten zu, was die Lehrerin weiter ausführte.
»Ich werde euch ein Beispiel zeigen«, hob die Lehrerin wieder an. »Ich werde diese Säge hier in der Luft schweben lassen, und zwar, dass sie ohne Vibrationen an Ort und Stelle verharrt, um danach in gleichmäßigen Zügen durch das Holz zu sägen.«
Gebannt schauten alle Schüler und Schülerinnen auf die Säge, und als die Lehrerin ihre Hand über die Säge

hielt, bewegte sie sich tatsächlich nach oben, stellte sich auf, blieb absolut ruhig in der Luft stehen, senkte sich zum Holz und begann in gleichförmigen Bewegungen das Holz durchzusägen. Die Lehrerin demonstrierte diese Übung, bis das Holz zur Mitte durchgeschnitten war, und ließ dann mit ihrer Hand von der Säge ab, die auch sofort aufhörte zu sägen und im Holz steckenblieb. Alle im Raum waren von den Fertigkeiten beeindruckt und der magischen Kraft, die die Lehrerin zu haben schien.

»So Kinder«, meinte die Lehrerin, »das war eine kleine Übung, die ihr nach der Biber-Klasse können werdet, doch bis dahin sind es noch einige Jahre an Übung und Fleiß, ehe ihr die handwerklichen Geschicklichkeiten mit den magischen verbinden könnt.«

»Das sah so cool aus«, raunte Lea zu Paul und war mit einem Mal völlig gebannt von den magischen Fähigkeiten der Lehrerin.

»Und damit ihr jemals diese Fertigkeiten erlernen könnt«, sagte die Lehrerin in einem weniger herzlichen Tonfall, »müsst ihr die nächste Zeit mit den Werkzeugen gut üben, denn wie ihr wisst, schaffen es nur wenige aus dieser Klasse in die nächste.«

Mit dieser klaren Ansage wurde Lea nun einiges mehr bewusst, denn sie hatte sich schon gefragt, wie all die Menschen in Tynn früher einmal Schüler und Schülerinnen in einer der vier magischen Schulen

gewesen waren und zu keinen Magiern und Magierinnen wurden.
Die beiden anderen an ihrem Tisch, Janina und Pit, waren nicht sehr gesprächig, doch im Laufe des ersten Vormittags fand Lea heraus, dass beide kurz vor dem Ende des ersten Schuljahres waren, aber es bisher noch nicht geschafft hatten, die notwendigen Fähigkeiten zu erlernen, um in die nächste Klasse zu gelangen. Es schien den beiden bewusst zu sein, dass sie womöglich bald die magische Schule des Handwerks verlassen mussten und gaben sich dementsprechend nicht mehr die allergrößte Mühe, mit Neuen an der Schule Freundschaften zu schließen.
Dennoch lernten Lea und Paul viel über die Nutzung der Werkzeuge, insbesondere der Säge, den Zwingen und den Messinstrumenten, denn nichts war wichtiger in dieser magischen Schule als Präzision. Und wenn man Pit dabei zusah, wie er mit größter Sorgfalt und Genauigkeit Muster aus Hölzern herausholte, dann konnten Lea und Paul kaum glauben, dass er bald die Schule verlassen musste, doch in einer der wenigen Augenblicke, in denen er offen zu den beiden Neuen war, erklärte er, dass er zwar handwerklich überaus begabt sei, aber seine magischen Fähigkeiten unterdurchschnittlich entwickelt waren. Da er aber ein großes Talent im Bearbeiten von handwerklichen Dingen zeigte, war ihm bereits eine Stelle als Schreinergeselle in der Hofschreinerei von Tynn angeboten worden. Da Pit auch gedachte, die Stelle

anzunehmen, steckte er alle Energie in das handwerkliche Geschick und versuchte erst gar nicht, in den magischen Übungen am Nachmittag besonders zu glänzen.
Bei Janina war es genau andersherum, wenn man ihr beim Werken zusah, konnte man das Gefühl bekommen, sie würde das Holz oder die anderen Werkstoffe eher vernichten wollen, als sie mit Feingefühl zu bearbeiten, doch Pit meinte, dass die beiden staunen werden, wenn sie sähen, was Janina mit ihren magischen Kräften ausrichten könnte. Die beiden gaben zudem zu verstehen, dass das, was Janina und Pit nun drohte, eher Normalität als die Ausnahme war, denn niemand konnte vorhersagen, in welche Richtung sich die Fähigkeiten der jungen Menschen, die in die erste Klasse kamen, entwickeln werden. Nur, wenn beides zusammenpasste – das handwerkliche Geschick mit einer entsprechenden Entwicklung im Bereich der Zaubertechniken – wurde man in die nächste Klasse versetzt.

Kapitel sieben: Das erste Mittagessen

Da Paul am Morgen – wie schon seit Jahren nicht mehr – nichts gefrühstückt hatte und dafür lieber länger schlief, und die beiden in den letzten Stunden so viel erlebt hatten, war sein Hunger ein ausgewachsener Bärenhunger, als es zur Mittagsstunde schlug. Die Lehrerin wechselte ihre Stimmung zurück ins Freundliche, verabschiedete die Jugendlichen mit einem wohlwollenden Lächeln und entließ sie mit dem Hinweis, dass es heute das Lieblingsgericht vieler anwesenden Schüler und Schülerinnen geben wird. Nun waren Lea und Paul sehr gespannt, was dieses Essen sein würde, denn so anders die Welt von Tynn war, so unklar war auch, was es in dieser Welt zu essen oder zu trinken gab. Doch interessanterweise gab es auch in dieser Welt Schnitzel mit Fritten, was nicht sehr verwunderlich war, wenn man bedenkt, dass die Bewohner von Tynn ehemals aus der normalen Welt der Menschen kamen. Lea und Paul hätten heute an diesem Tag auch gut und gerne drei Portionen verdrücken können, doch insbesondere Lea war es sehr wichtig, die Gelegenheit zu nutzen, um mit anderen Schülern und Schülerinnen der magischen Schule ins Gespräch zu kommen. Da sie noch keine Idee davon hatte, ob es in dieser Schule erwünscht war, dass man sich austauschte, hatte sie sich in ihrer Klasse einen Tisch ausgesucht, der viel miteinander getuschelt hatte, und bei denen sie das Gefühl hatte, dass die drei

Schülerinnen und der Schüler den Sprung in die nächste Klasse am ehesten schaffen konnten. Doch als sie schaute, wohin sich die vier setzten, stellte Lea fest, dass es auch im Speisesaal nur Vierertische gab, und die einzelnen Gruppen aus ihrer Klasse am gleichen Tisch saßen – ausnahmslos.

»Das bedeutet«, flüsterte sie zu Paul, »dass wir uns wohl oder übel zu Janina und Pit setzen müssen, denn es sieht so aus, als gäbe es hier eine feste Ordnung, die die aus der Klassen widerspiegelt.«

»Ob die was dagegen haben?«, flüsterte Paul zu ihr zurück, »wenn ich dir einen Kuss gebe?«

Lea schaute ihn entgeistert an, doch er zuckte nur mit der Schulter und amüsierte sich über seinen Einfall. Sie ignorierte die Frage und ging zielstrebig zu dem Tisch, an dem Janina und Pit bereits saßen.

»Dürfen wir uns zu euch setzen?«, fragte Lea aus Höflichkeit.

»Klar«, kam es von Janina zurück, »wie du siehst, sitzen wir alle in den Gruppen aus den Klassen zusammen.«

»Das ist mir schon aufgefallen«, erwiderte Lea, »ist das so von den Lehrern erwünscht oder gibt es dafür einen anderen Grund?«

»Ich denke, das hat sich einfach so eingebürgert, genau wissen tue ich es aber nicht«, kam es von Janina zurück, »wir saßen von Anfang an immer mit unserer Gruppe zusammen.«

Das Essen schmeckte gut und Lea fragte sich, ob das ein echtes oder ein magisches Tier war, das auf ihrem

Teller lag. Paul hingegen war so ausgehungert, dass er alles in sich reinstopfte, was möglich war.
Nach einer Weile des Schweigens am Tisch, beobachtete Lea die anderen Tische, die sie einsehen konnte.
»Die Stimmung ist aber sehr gedrückt!«, stellte sie fest.
»Das ist nicht verwunderlich«, antwortete Janina, »denn es geht für viele auf die Entscheidung zu, ob man weiterkommt, in die nächste Klasse. Und wie ich verstanden habe, werden es nicht so viele schaffen, daher wurden auch schon einige Strafen ausgesprochen! Es kann ja nicht jeder so ein Talent wie Pit sein, der in der Murmeltier-Klasse schon eine Stelle für die Zukunft hat!«
»Was würdest du denn machen, wenn es nicht weitergeht?«, wollte Lea wissen.
»Keine Ahnung! Ich werde mir wohl erst einmal irgendeine Stelle suchen müssen! Die Auswahl wird bestimmt schlimm sein!«
»Aber du kannst doch auch zurück in die alte Welt gehen, das alles hier vergessen und…!«
»Wer einmal hier ist, geht nicht mehr zurück in die Welt der normalen Menschen«, kam es lakonisch von Janina, die auch den Eindruck machte, keine weiteren Fragen beantworten zu wollen.
Diesen Kommentar fand Lea merkwürdig, und sie merkte sich, dass sie darüber noch mal mit jemand anderes sprechen musste, denn das ungute Gefühl baute sich immer weiter in ihr auf, dass Enfryn nicht die ganze Wahrheit gesagt hatte. Und wenn Lea sich

vorstellte, aus Tynn wieder zu verschwinden, dann kam ihr aus irgendeinem Grund immer der Wächter am Tor in den Kopf, der sich vor ihr aufbaute, um sie von der Flucht abzuhalten.
Was wäre, dachte sie sich, wenn diese Stadt ein riesiges Gefängnis ist, denn dafür würde sprechen, dass außerhalb der Stadtmauer niemand zu sehen war, und dass die meisten – zumindest laut Enfryn – hierbleiben würden. Was wäre, wenn das hierbleiben würden ein hierbleiben müssen war, und Lea ihre Eltern nie wiedersehen würde, weil sie einmal die falsche Entscheidung getroffen hatte. Diese Sorge wurde immer größer, und beinahe in jedem Gespräch, dass sie mit lauschte, forschte sie nach Signalen, die in diese Richtung deuteten.
Sie hatten fast das Essen beendet, als jemand bisher Unbekanntes in den Speisesaal trat, offensichtlich ein wichtiger Mann in dieser Schule, und auf den ersten Blick wirkte er wie ein mächtiger Zauberer, denn er war nicht wie Enfryn in einen viel zu dicken Mantel, sondern von einem auch aus der Ferne sehr teuer wirkenden Stoff gehüllt. Lea fragte Janina flüsternd, wer das sei, und Janina gab ihr nur zu verstehen, dass sie den Mund halten sollte, was eine klare Antwort war.
Der mysteriöse Zauberer übersah die Gruppe und kündigte an, dass in der nächsten Woche die Prüfungen für einige von den Anwesenden anstehen würden, und wenn er nach den Berichten der Lehrerinnen und Lehrer gehen würde, dann sehe er

schwarz, dass irgendwer die Prüfung schaffen werde. Zum Glück gebe es bereits von den acht Kandidaten drei, die eine andere sinnvolle Tätigkeit in Tynn finden würden.

Das musste die Chance sein, die Pit bekommen wird, dachte sich Paul und hatte im Gegensatz zu Lea weiterhin ein gutes Gefühl, dass dies die richtige Entscheidung für ihn gewesen war. Er hatte leichte Sorge, dass er das handwerkliche und magische Pensum nicht schaffen würde, und machte sich vielmehr Sorgen darum, dass Lea weiter käme als er, und sie sich beide trennen müssten. Denn obwohl beide in dieser neuen, sehr aufregenden Situation steckten, waren sie immer noch ein Paar, und Paul hoffte, dass diese Erfahrungen keinen Schaden an ihrer Beziehung anrichten würde.

»Von den neuen«, kam es weiter von dem Magier, »erwarte ich, dass ihr euch mehr anstrengt als die Gruppe von Versagern, denn eine solche Schmach möchte ich nicht wieder erleben müssen.«

In diesem Moment erhob sich ein Junge am anderen Ende des Speisesaals, der in der Nähe des Zauberers saß. Der Junge war von breiter, fast grobschlächtiger Statur; er hatte bestimmt in seinem Leben schon einiges an Sport gemacht, so schien es zumindest Lea, als sie ihn musterte.

Als dieser Junge sich erhob, wurde es im gesamten Raum mucksmäuschenstill, und auch der Zauberer hielt in seiner Rede ein. Alle warteten gespannt, was der Junge dem Zauberer zu sagen hatte, und als er sich darüber beschwerte, dass das Leben in der Magierschule fast einem militärischen Drill gleichkäme, was jede Motivation im Keim ersticke, verstand nun auch Paul, dass dieser Ort kein Märchenland war.

Anstatt auf die Anklage des Jungen zu antworten, trat der Zauberer ein paar Schritte auf ihn zu, bis er in drei Armlängen von ihm zum Stehen kam, hob die rechte Hand und murmelte einen Zauberspruch. Ohne Vorwarnung schoss ein lila Blitz aus seiner Hand heraus und erfasste den Körper des Jungen ganz so, als wäre ein Netz um ihn gesponnen worden.

»Willst du deine Aussage nochmal überdenken?«, fragte der Magier, und allen im Saal war klar, dass es nur eine Antwort auf diese Frage geben konnte.

Scheinbar war der Junge so sehr verzweifelt, dass er eine andere Antwort wählte, worauf der Zauberer mit einem weiteren Stoß seiner Hand den Zauberspruch aktivierte. Millionen von kleinen Blitzen durchzuckten den Körper des Jungen, und obwohl er aussah, als ob er schreien würde, drang kein Ton aus dieser Umklammerung heraus. Als der Zauberer von ihm abließ, fiel der Junge augenblicklich bewusstlos zu Boden. Mit einem Blick zu den Betreuern im Saal begannen diese, sich zu dem Jungen zu bewegen, ihn aufzuheben und aus dem Saal zu tragen.

»Ich wiederhole mich ungern«, sagte der Zauberer erneut, »aber wir brauchen bessere Ergebnisse, denn ich kann es mir nicht erlauben, dass wir wieder eine erste Klasse haben, in der niemand in die nächste

Klasse aufsteigt. Ich verstehe, dass gerade die erste Zeit eine sehr lehrreiche und oft monotone Arbeit mit sich bringt, aber glaubt mir, dass die wahrlich mächtigen Zauberer unserer Magierschule alle durch diese Prüfungen gehen mussten!«

Da sich niemand traute, auch nur ein Wort darauf zu antworten, wartete der Zauberer noch einen kurzen Moment, ehe er sich umdrehte und den Saal wieder verließ.

Lea und Paul waren viel zu schockiert, um sich viele Gedanken über das Gesehene zu machen, und zum Schutz vor diesen Gedanken nahmen sie das Essen wieder auf. Nur vereinzelte Blicke tauschten sie untereinander aus, doch jeder der beiden wusste nun, in welcher Lage sie sich befanden.

Kapitel acht: Der erste Nachmittag

Als sie wieder zurück in die Klasse gingen, waren Lea und Paul noch wie betäubt. Während Lea ihr Gefühl bestätigt sah, dass in Tynn vieles anders war, als sie sich das im Vorhinein vorstellte, schwankte Paul zwischen einer sorgenvollen Zukunft und der Begeisterung, zum ersten Mal in seinem Leben einen wirkungsvollen Zauber gesehen zu haben. Als der Zauberer den Zauberspruch murmelte und den Jungen mit dem Netz einfing, spürte Paul in seinem Inneren, wie sich etwas in ihm bewegte, eine Art Macht, die ihn fühlen ließ, dass dieser Zauber auch durch ihn irgendwann einmal gezaubert werden könnte.

Bevor Paul seine Empfindungen mit Lea teilen konnte, kam die neue Lehrerin für den Nachmittag in den Klassenraum und begrüßte als allererstes die beiden Neuankömmlinge. Sie verlor kein Wort über das, was eben im Speisesaal passiert war, und es schien, dass dieser Vorfall auch die anderen Schüler nicht überrascht hatte. Damit war für Lea klar, dass hier in dieser Magierschule ein strenges Regiment herrschte, gegen deren Regeln man nicht so einfach verstoßen durfte oder dass man die Hierarchie infrage stellte. Die Frage war, ob sich mit wachsendem Erfolg in weiteren Klassen diese Situation ändern würde, denn das deutete der Zauberer indirekt an: dass es ihm sehr darum ging, dass die Schüler weiter kamen, da er scheinbar daran gemessen wurde. Das machte

auch klar, dass dieser Magier nicht der mächtigste Zauberer in der Schule sein konnte, und wenn er schon solch wirksamen Sprüche zaubern konnte – was mochten die Obersten Magier dann für gefährliche Waffen haben?
Über diese schweren Gedanken hatten Lea und Paul ganz vergessen, was nun am Nachmittag anstand. Erst, als die Lehrerin sagte, dass nun die Stunden mit magischen Übungen begannen, konzentrierten sie sich wieder auf den Unterricht. Den Schülerinnen und Schülern zeigte die Lehrerin, wie sie die Hand über das Werkzeug ihrer Wahl halten müssen, um mit ihm eine Verbindung aufzubauen. Sie suchten sich ein Werkzeug und legten es vor sich hin. Paul streckte seine Hand über das Werkzeug aus und versuchte etwas zu fühlen, wie es die Lehrerin vorgemacht hatte. Lea zögerte noch und wollte erst schauen, wie sich Paul schlug, doch da er scheinbar keine magische Energie in seiner Hand oder dem Werkzeug spürte, streckte auch sie die Hand über das Werkzeug auf dem Tisch vor ihr aus und versuchte zu ertasten, wie sich das Werkzeug im Raum anfühlte. In diesem Moment geschah das Wunderliche, dass Paul plötzlich nicht nur spürte, wie seine gesamte Hand zu kribbeln begann, sondern, ohne dass er es befohlen hatte, erhob sich das Werkzeug vom Tisch und sprang ihm in die Hand. Da er viel zu perplex war, um sofort zuzugreifen, unterbrach er seine Verbindung mit dem Werkzeug und es fiel zurück auf den Tisch. Alle Schüler, vor allem aber Lea, starrten

Paul wie entgeistert an. Sofort kam die Lehrerin zu seinem Tisch und beglückwünschte ihn, dass er wohl einer der Naturtalente sei. Paul hingegen war völlig verwirrt und starrte nur auf das Werkzeug, das vor ihm auf dem Tisch lag, und dass er mittels seiner magischen Energie in der Hand nach oben hatte fliegen lassen.

»Voll krass!«, flüsterte Lea, als die Lehrerin wieder fort war. »Wie hast du das gemacht?«

»Ehrlich gesagt: keine Ahnung«, erwiderte Paul.

»Kannst du das wiederholen?«, wollte Lea wissen.

»Ich kann es versuchen«, meinte Paul, »aber es fühlt sich schon merkwürdig an, wenn eine unbekannte Macht in deine Hände gleitet und das Werkzeug, ohne dass du dich darauf vorbereitet hast, in deine Hand hochfliegen lässt!«

»Es sah auf jeden Fall sehr spektakulär aus!«, meinte Lea, und Janina pflichtete ihr bei.

»Das hat schon lange keiner mehr in der ersten Stunde geschafft!«, bestätigte Janina und sah zu Pit, damit er zustimmte.

»Seitdem wir hier sind!«, erklärte der Angesprochene und war seinerseits ebenfalls beeindruckt, insbesondere, da der magische Teil nicht sein Steckenpferd war.

Inzwischen hatte es auch Janina geschafft, das Werkzeug ein wenig nach oben zu bringen, doch es flog nicht mal annähernd mit der hohen Geschwindigkeit in ihre Hand, wie es bei Paul gewesen war, sondern sie musste sich sehr

anstrengen, um das Werkzeug in Richtung ihrer Hand zu befördern.
Paul hingegen streckte nur seine Hand aus, konzentrierte sich auf das Kribbeln in seiner Hand, und dieses Mal war er vorbereitet, als das Werkzeug mit Geschwindigkeit nach oben schoss, sodass er es auch festhalten konnte.
Erneut kam die Lehrerin vorbei und gratulierte Paul ein zweites Mal zu dieser Leistung; gleichzeitig mahnte sie jedoch, dass er ab nun nicht mehr mit Werkzeugen üben solle, denn das Gebrauchen der magischen Energie war gerade zu Beginn eine große Belastung für den Körper. Paul spürte auch, dass er plötzlich müde wurde, und die Lehrerin erklärte, dass der Körper sich erst daran gewöhnen müsste, die Kraft aufzuwenden, um die magische Energie auf einen anderen Gegenstand zu übertragen. Wie mit nahezu jeder anderen körperlichen Tätigkeit konnte auch diese mittels Übungen trainiert werden, sodass sie zuversichtlich war, dass Paul in den nächsten Wochen lernte, diese Energie besser zu kontrollieren.
Nun war Lea an der Reihe, ihre magische Energie an dem Werkzeug auszuprobieren, das sie vor sich liegen hatte, und als es nicht sofort gelang, wollte sie es schon mit dem Werkzeug von Paul versuchen, doch die Lehrerin erklärte, dass es nichts mit dem Werkzeug an sich zu tun hätte, sondern rein damit, ob man in seinem Inneren bereit sei, der magischen Energie einen Kanal in Richtung des Werkzeugs zu ermöglichen – oder nicht. Lea versuchte mit dieser

Anweisung erneut ihr Werkzeug hochzuheben, doch es wollte sich wieder kein Kribbeln einstellen noch, dass sich das Werkzeug auch nur einen Millimeter bewegte.

»Keine Sorge«, meinte die Lehrerin, »am ersten Tag kann es sein, dass man noch sehr viele Gedanken in seinem Kopf hat, da die Eindrücke der neuen Welt viele übermannt. Da ist es nur natürlich, dass man einige Zeit warten muss, ehe die Gedanken wieder auf eine neue Übung fokussiert werden können.«

Lea vergegenwärtigte sich ihre Situation, und fand in ihrem Kopf so viele widerstreitende Gedanken, dass ihr klar wurde, dass sie an diesem Tage keine magische Handlung würde durchführen können. Dafür mussten erst ein paar Dinge geklärt oder in Erfahrung gebracht werden, denn Tynn wirkte wie eine seltsame Art Gefängnis auf sie, obwohl einiges auch eher wirkte wie in einem strengen Internat. Auf jeden Fall hatte diese Welt nichts mit dem gemein, was sie bisher vor Tynn erlebt hatten.

Den gesamten Nachmittag über beobachteten die beiden aus den Augenwinkeln, wer es in der Klasse schaffte, das Werkzeug Mittel seiner magischen Energie zu bewegen und wer nicht. Auch wenn der Zauberer in der Mittagspause furchteinflößend auf die Auflehnung des Jungen reagiert hatte, und Lea die stummen Schreie des Gefangenen nicht aus dem Kopf schieben konnte, hatte er wohl recht bei der Tatsache, dass diese Klasse keinen Überflieger hatte, denn jene drei oder vier Schüler und Schülerinnen, die gut mit dem Werkzeug umgehen konnten, vermochten es nicht, das Werkzeug auch nur auf dem Tisch zu bewegen, geschweige denn anzuheben. Und die anderen, die es schafften, das Werkzeug zumindest schweben zu lassen – so wie Janina – zeigten bei der Behandlung der Materialien mit den Werkzeugen eklatante Unsauberkeiten. Da Lea wusste, dass Paul ein großes Geschick in Werkstoffen hatte, war sie sich sicher, dass er mit der Demonstration seiner magischen Energie heute aus dem Stand weg der Beste der Klasse war – und das schon am ersten Tag. Sie freute sich über seinen Erfolg, das hatte sie in ihrer Beziehung immer getan, doch nun hatte sie Sorge, große Sorge sogar, dass sich zwischen den beiden vieles ändern würde, da Paul scheinbar die großen Schwierigkeiten, die Lea sah, selbst nicht so wahrzunehmen vermochte. Sie hatte zwar für sich entschieden, die Beziehung zu Paul an diesem Ort für die nächsten Wochen nicht öffentlich zu machen, um in keine Abhängigkeit zu geraten, die gefährlich werden könnte, doch sie wusste, dass Paul zwar einige Tage aushalten konnte, aber über einen längeren Zeitraum musste dieses Thema zwischen den beiden geklärt werden.

Auch Janina schien zu vermuten, dass sich die beiden bereits vor dem Eintreffen in Tynn näher kannten, denn obwohl Lea und Paul räumlich auf Distanz zueinander gingen, spürte man die Verbundenheit zwischen den beiden, das traute Verständnis. Die Erklärung, dass die beiden vorher zusammen in eine

Klasse gegangen waren, reichte Pit als Erklärung völlig aus, während Janina ahnte, dass mehr dahintersteckte.
Von Janina erfuhren die beiden auch, dass es für Jungs und Mädels getrennte Schlafunterkünfte gab, die nicht durch Wächter oder Lehrer bewacht wurden, aber es gab Mechanismen, um das Ausbüchsen aus einer der Schlafunterkünfte zu verhindern. Janina ließ aber auch durchblicken, dass es Wege und Mittel gab, um die Regeln der magischen Schule ein wenig zu dehnen. Vor allem die Älteren in der Schlafunterkunft trauten sich ab und zu, gewagte Aktionen durchzuführen und hatten zuweilen auch Erfolg. In der Schlafunterkunft lebten die ersten vier Klassen miteinander, erst ab der fünften Klasse gab es eine Gemeinschaftsunterkunft der höheren magischen Schülerinnen und Schüler, die man aber im normalen Schulalltag nur aus der Ferne sah. Die Schule wollte, so schien es, die Jugendlichen mit der nachweislich größeren Macht von den Neuankömmlingen fernhalten, da die Gefahr bestand, dass die alten Hasen die jungen Adepten für ihre Zwecke instrumentalisierten. Der Umstand, dass Lea nicht mit Paul in einer Unterkunft sein würde, machte ihr zu Beginn Sorge, dass sie ihren einzigen Vertrauten für eine Zeit alleine lassen musste, doch dann sah sie den Vorteil, dass sich beide unabhängig voneinander, und ohne dass ihre Liebe von allen entdeckt wurde, Informationen beschaffen konnten, um Tynn besser zu verstehen.

Kapitel neun: Die Schlafsäle

Noch bevor es für Lea und Paul in den Schlafsaal ging, bekamen die Schüler und Schülerinnen für den Nachmittag frei: entweder konnten sie weiter üben oder sich mit anderen Tätigkeiten beschäftigen. Auch das Verlassen der magischen Schule, solange sie zum Abendessen wieder pünktlich zurück waren, war für diejenigen, die schon seit mehr als einer Woche da waren, erlaubt. Da Lea und Paul nun zuallererst einmal ihre Dinge des täglichen Lebens bekommen mussten - denn sie hatten keinen Reisekoffer dabei - brachte Enfryn sie in die Ausstattungskammer, in der sie die Kleidung der magischen Schule erhielten, jeweils in dreifacher Ausführung und absolut passend für ihre Figur: einfache Kleidung aus weißem Leinen, mit dem Emblem der magischen Schule in einem bräunlichen Ton. Enfryn erklärte ihnen, dass sich die Farbe je nach Klasse verändern würde - ganz ohne Wechsel der Kleidung. Die Kleidung wisse, wann die Schülerinnen oder der Schüler bereit seien. Zudem erhielten sie Schlafkleidung und einige andere Utensilien, die sie für die eigene Pflege sowie für den Transport von Büchern oder anderes brauchen würden.

»Ihr werdet schnell feststellen, dass es euch in dieser magischen Schule an nichts fehlen wird, denn sollte es einmal einen Mangel an etwas geben, wird jemand vorbeikommen, und diesen Mangel sofort wegzaubern«, erklärte Enfryn und gab ihnen als

Beispiel eine fehlende Zahnpasta, die in Windeseile wieder vorrätig wäre.
»Und was machen wir«, wollte Lea wissen, »wenn die Kleidung gereinigt werden muss?«
»Dann kümmert sich auch jemand sofort um die Reinigung deiner Klamotten«, antwortete Enfryn, »und du wirst sehen, dass die dreckige Kleidung schneller gereinigt ist, als du die zweite oder dritte Kleidung anziehen kannst. Es gibt eine Art Wanne in eurem Schlafraum, in der ein permanenter Reinigungszauber eingesetzt wurde, und ihr braucht nur eure Kleidung hineinzuwerfen, und im Handumdrehen sind die Kleidungsstücke wieder sauber. Aber Achtung!«, warnte er die beiden, »die Wanne hat die seltsame Eigenschaft, ab und an die Kleidungsstücke nicht an den Rand zu legen, sondern auszuspucken. Wir wissen noch nicht genau, warum sie das macht, aber auch in einer magischen Welt gibt es Dinge, die sich wohl nie erklären lassen.«
In diesem Moment kicherte Lea zum ersten Mal bei dem Gedanken, dass eine verzauberte Wanne ihre Kleidung ausspucken würde, und Paul fiel auf, dass auch er den ganzen Tag bisher nicht einmal gelacht oder wenigstens geschmunzelt hatte.
Vollgepackt gingen die drei in Richtung der Schlafsäle, und als erstes gelangten sie zum Schlafraum der Mädchen, in das Enfryn kurz mit Lea reinging. Da im Moment niemand im Saal anwesend war, konnte er sich gefahrlos dort bewegen, und brachte Lea zu ihrem Bett, wo sie ihre

Kleidungsstücke auf die frische Bettwäsche legte, um sie später einzuräumen.
»Wir sollten Paul nicht so lange warten lassen«, meinte sie und war schon wieder auf dem Weg zur Tür, als Enfryn noch auf die mysteriöse Wanne zeigte, um ihr klarzumachen, dass sie einfach nur die Kleidungsstücke reinwerfen musste, um hoffentlich saubere und an den Rand gelegte Kleidungsstücke zurückzuerhalten. Lea stellte fest, dass sie sich eine völlig andere Wanne vorgestellt hatte, eine Art hölzerner Bottich hatte sie im Kopf, doch diese hier war eine Art High-End-Wanne, die mit Ablagefächern gut ausgerüstet war. Sie trat aus Interesse einmal kurz neben die Wanne und schaute in die Öffnung, wo sie die Kleidung reinwerfen sollte, und sah, wie ein Strudel aus glitzernden Sternen in der Wanne hin und her sauste.
»Das sieht beinahe mystisch aus!«, sagte sie.
»Das tut es«, antwortete Enfryn, »aber sei dir bloß gewahr, dass die Wanne auch dich säubern kann, allerdings haben einige schon berichtet, dass es kein großes Vergnügen ist.«
Lea musste bei diesem Gedanken, die Wanne als Dusche zu nutzen, erneut etwas kichern, denn sie stellte sich vor, wie sie zu Hause die Waschmaschine nutzte, um sich die Haare zu waschen. Da waren sie wieder, die Gedanken an Zuhause, die sie immer versuchte, wegzuschieben, damit sie sich stärker auf diese Welt einlassen konnte, doch das war nicht so leicht für sie.

Die beiden verließen wieder den Raum und sahen Paul, wie er an die Wand gelehnt mit einem Mädchen sprach, das scheinbar auf dem Weg ihn entdeckt hatte.
»Hallo Mira«, sagte Enfryn, »willst du schon so früh in den Schlafsaal gehen?«
»Ich war gerade auf dem Weg und sah, dass Paul hier wartet, und dachte mir, ich spreche ein wenig mit ihm.«
»Worüber habt ihr denn gesprochen?«, wollte Enfryn fast beiläufig wissen, doch in Leas Nacken stellten sich alle Haare auf.
»Das geht dich mal so gar nichts an, Enfryn!«, kam es frech von Mira zurück. »Du weißt doch, Enfryn, was die Schüler zu bereden haben, hat dich nicht zu interessieren!«
Mit dieser Abfuhr ließ sie den rotbackig werdenden Enfryn im Flur stehen und verschwand schnell im Schlafsaal.
»Du willst mir bestimmt auch nicht verraten, was ihr besprochen habt?«, fragte er Paul und wirkte bereits so, als würde er keine Antwort von ihm erwarten.
»Über nichts Wichtiges«, antwortete Paul dennoch und dabei beließen sie dieses Gespräch.
Nun suchten sie den Weg zum Schlafsaal der Jungs, der am anderen Ende des Ganges war, und obwohl dazwischen nur zwei Türen abgingen, fühlte sich dieser Weg wie eine Ewigkeit an.
»Wir gehen jetzt den gesamten Weg von dem einen Saal zu dem anderen«, sagte Enfryn, »denn ihr habt

noch nicht die Basisenergie, um diesen Weg zu beschleunigen.«

»Kannst du uns das einmal vorführen?«, wollte Paul wissen.

Enfryn schaute sich in alle Richtungen um und besiegte seine Zweifel, und kaum, dass er einige Worte gemurmelt hatte, schoss er in hoher Geschwindigkeit durch den Gang, und hielt kurz vor dem Ende des Flures, auf der Höhe des Eingangs des jungen Schlafsaals, an.

»Das ist schon richtig krass«, kommentierte Paul das eben gesehene, »aber vor allem wollte ich ihn von uns entfernt haben, damit ich dir erzählen kann, was mir Mira eben erzählt hat.«

»Da bin ich sehr gespannt«, meinte Lea und versuchte, nicht eifersüchtig zu klingen.

»Sie sagte, dass es in den Schlafsälen eine Art von Überwachungssystem gebe, eine Art Ohren an den Wänden, und als ich sie fragte, ob es sich um echte Ohren handelt, kam ein Blick zurück, der alles bedeuten könnte. Das heißt aber: wir sind in den Schlafsälen nicht sicher, und müssen davon ausgehen, dass unsere Gespräche von jemandem mitgehört werden. Aber laut Mira soll es in diesem Gang keine Abhörung geben.«

«Da wir sowieso nicht zusammen in den Schlafsälen sein können«, sagte Lea darauf, »müssen wir uns so oder so an einem anderen Ort austauschen, was wir erfahren haben. Da ist dieser Gang, mit seinem weiten Flur doch ideal, um etwas Zeit zu verlieren.«

»Ich denke, wir sollten aufpassen, mit wem wir über unsere Beziehung sprechen«, meinte Paul mit einem Mal gerade raus, und Lea war heilfroh, dass er das Thema ansprach, da sie selber nicht wusste, wie sie es anfangen sollte.
»Das denke ich auch, Paul«, antwortete Lea, »denn wir wissen noch nicht, ob es etwas Gutes ist, Verbündete zu haben, oder ob es einen in Schwierigkeiten bringt, wenn einer stärker ist als der andere und man dann hin- und hergerissen ist, wenn man sich zwischen dem Partner und der Schule entscheiden muss.«
Lea schaute zu Paul und versuchte zu ergründen, ob er sich dieser Gefahr bewusst war, doch er schien mit seinen Gedanken bereits weiter zu sein.
Inzwischen waren sie in der Nähe von Enfryn angekommen und stellten ihre vertrauten Gespräche wieder ein.
»Weißt du Enfryn«, meinte Paul mit einem Lächeln auf den Lippen, »ich war eben schon ein wenig enttäuscht, dass ihr die Klamotten nicht aus dem Lager einfliegen lasst. Das hatte eher den Charme einer Asservatenkammer!«
»Weißt du, Paul«, antwortete Enfryn ohne den Scherz verstanden zu haben, »dass solche permanenten Zauber, wie in den Wannen, sehr aufwendig sind, denn sie müssen erst einmal funktionieren und dann müssen sie permanent mit magischer Energie versorgt werden. Und da das Speichern der magischen Energie noch niemand erfolgreich erforscht hat, muss die Wanne ihre eigene magische Energie wieder nutzen.«

»Das ist dann quasi wie recyceln?«, fragte Paul.
»So in der Art«, kommentierte Enfryn mit einem Blick, der ausdrückte, dass er jetzt mit ihm in den Schlafsaal gehen wollte.
Dieses Mal blieb Lea draußen stehen und wartete auf die Rückkehr der beiden. Paul und Enfryn traten in den Schlafsaal, und Enfryn ging zielstrebig zu einem Bett, doch dann stellte er fest, dass es bereits belegt war und suchte im Raum herum, welches denn freigeräumt worden war.
»Es sieht so aus«, sagte er zu Paul, »dass du das Bett direkt am Eingang bekommen hast, was nicht ungewöhnlich ist, wenn einer auszieht, dass die Betten neu aufgeteilt werden.«
Obwohl Paul das nicht sehr recht war, direkt am Eingang zu liegen, weil er befürchtete, dass er dann dauernd aufwachte, wenn einer an ihm vorbeilief, zuckte er nur mit den Schultern und legte seinen Kram auf das Bett.
»Willst du nichts einräumen?«, fragte Enfryn.
»Ich will Lea nicht so lange warten lassen!«, gab Paul zurück, »und ich werde ja wohl noch einige Zeit hierbleiben, da habe ich noch genug Zeit, alles einzuräumen.«
»Wie du möchtest!«, kam es etwas desinteressiert zurück.
Da Paul darauf drängte, den Schlafsaal wieder zu verlassen, zeigte Enfryn ihm auch nicht die magische Wanne zum Reinigen der Klamotten, sondern drückte

die Klinke wieder runter und öffnete die Türe, um rauszugelangen

Lea und Paul kommunizierten mit ihren Augen, dass in der Zwischenzeit nichts passiert war, und so konnten beide nun zur Klasse zurückgehen, um dort ihre Arbeiten fortzusetzen. Der Abend sowie das Abendessen, das bereits getrennt voneinander vonstattenging, war ohne große Vorkommnisse, sodass die beiden, jeder für sich, in den Schlafsaal gingen, um ihre erste Nacht in Tynn zu erleben.

Kapitel zehn: Leas erste Nacht

Lea hatte sich über den Abend mit einer Gruppe Mädchen angefreundet: Jenny, Ella und Gigi. Die drei waren schon länger in Tynn und besuchten höhere Klassen als Lea. Jenny war eine groß gewachsene, etwas vorlaute, junge Frau mit braunen Haaren, die sehr klar davon erzählte, was in Tynn gut und was schlecht war. Ella hingegen war von kleinerem Wuchs und mit ihren Sommersprossen im Gesicht sah sie noch sehr jung aus, war aber schon einundzwanzig. Sie wirkte auf Lea eher wie eine, die in einer Gruppe mitschwamm, ohne dass sie das abschließend nach einem Abend sagen konnte. Gigi hingegen war wie ein Mysterium für sie, denn obwohl sie ein offenes Lächeln in ihrem rundlichen Gesicht zur Schau trug, wurde Lea nicht schlau aus dem, was Gigi wirklich wollte. Es gab Momente in einzelnen Gesprächen, in denen Lea vermutete, dass Gigi Tynn abgrundtief hasste, um im nächsten Halbsatz zu loben, wie toll das Zaubern wäre, und, wenn man höhere Zauber endlich schaffen würde. Lea fand die drei auf Anhieb eine nette Gruppe und beschloss, dass sie versuchen würde, sich an die drei zu heften, vor allem auch, weil die anderen Gruppen nicht wirkten, als würden sie viel darüber sprechen, was in Tynn passierte. Als sie Jenny fragte, warum so viele über die kritischen Themen hier in Tynn schweigen würden, meinte sie nur, dass die Gefahr einer Abführung und Bestrafung sehr groß sei, doch sie sich dennoch dafür

entschieden hätte, Neuankömmlingen darüber zu berichten. Bisher sei ihr auch noch nichts passiert, und sie klopfte mit ihren Fingerknöcheln gegen ihren Kopf und machte knock, knock, knock.
Das war das erste Mal, dass Lea herzhaft lachen musste, seitdem sie in Tynn angekommen war, und obwohl sie diesen Witz schon selber viel zu oft gemacht hatte, konnte sie darüber lachen. In diesem Moment, in dem die angestauten Emotionen raus mussten, war sie nur froh, kein Lachflash zu bekommen.
Viel Neues hatte Jenny, obwohl sie einiges über Tynn anzumerken hatte, nicht für Lea, und sie spürte, dass ihr grummeliges Gefühl in der Magengegend genau der richtige Ausdruck für die Situation war. Es schien, als läge etwas in der Luft, etwas, das weder Jenny noch sie bisher greifen konnten, von dem sie aber ahnten, dass es einen großen Einfluss auf ihr Leben haben werde. Auf die Frage, wer von den dreien gedenken würde, irgendwann mal in die normale Welt der Menschen zurückreisen zu wollen, antwortete nur Jenny ziemlich eindeutig, dass sie es auf jeden Fall versuchen würde, wenn es denn eine realistische Aussicht gab. Ella war der Naturmensch, die sich ungern festlegte, wenn es darum ging, einen erworbenen Status quo wieder loszuwerden oder ins Risiko zu stellen. Sie deutete an, dass ihre Eltern sehr schwierig seien und sie ihnen gerne ein wenig Sorgen bescherte. Gigi hatte, so wie sie es ausdrückte, über diese Frage bisher noch nicht nachgedacht und würde

deswegen keine Antwort geben wollen. Auch das wirkte auf Lea sehr merkwürdig, da Gigi die stärksten Emotionen für und gegen Tynn bisher vorgebracht hatte, sich aber gerade in dieser zentralen Frage enthielt. Auch bei mehrmaligem Nachfragen bekam Lea keine Antwort, mit der sie etwas anfangen konnte, um ihre eigenen Probleme anzugehen oder sogar zu lösen. Für den Moment musste sie, wohl oder übel, die Thematik erst einmal in ihrem Herzen parken, denn auch Paul hatte bei ihrer Rückkehr aus dieser Welt einiges mitzureden.

Ansonsten lief der Abend bei den vieren recht ruhig, und da die Nächte aufgrund der Konstellationen der fünf Himmelskörper etwas kürzer im Augenblick waren, legten sich die Mädchen früher als gewöhnlich zu Bett. Das war eines der Themen, mit denen sich Lea noch anfreunden würde müssen, meinte Jenny, denn gerade der Wechsel der Länge der Nächte wäre für den Schlafrhythmus eine große Herausforderung. Zeitweise würde man sich fühlen, als wäre man mit dem Flugzeug einmal um die Welt gereist und müsste mit einem Jetlag leben.

Was Lea auf jeden Fall ausprobieren wollte, bevor sie schlafen ging, war die Wanne mit dem permanenten Reinigungszauber, und als sie sah, wie die Mädchen ihre Kleidungsstücke hineinwarfen und kurze Zeit später sauber und gefaltet am Rand liegen hatten, versuchte sie auch ihr Glück und warf ihre Kleidung hinein, um sie wenige Augenblicke später wieder in den Händen zu halten - die Wanne hatte ihre

Kleidungsstücke, wie von Enfryn angekündigt, einfach ohne eine Reinigung ausgespuckt. Alle Mädchen lachten aus vollem Hals, nur Lea verstand nicht, warum ausgerechnet sie am ersten Tag das mit der Wanne erleben musste, und Gigi erklärte ihr, dass das vor allem beim ersten Mal passierte, wenn die Wanne den Geruch des neuen Mädchens noch nicht kannte und irgendwas daran auszusetzen hatte. Als die Mädchen sich später hinlegten, stellte Lea fest, dass sie das große Glück hatte, direkt neben Jenny das Bett bekommen zu haben. Ella lag zwei Betten neben Jenny, und Gigi war ganz am Ende des Raumes, weit weg für die drei anderen. Was ihr aber scheinbar nichts ausmachte, denn sie hatte sich noch nie beschwert, meinte Jenny kurz zu Lea und wünschte ihrer neuen Freundin eine gute Nacht.
Kaum, dass das Licht ausgemacht wurde, jagte Jenny aus dem Liegen auf, und Lea wurde sofort nervös, doch Jenny fand nichts Ungewöhnliches, sondern verspürte nur etwas und erinnerte sich an ein Ritual, das sie ihrer neuen Freundin genauestens erzählte.
Als alle dann schwiegen, kamen Lea die Erinnerungen an ihre Familie zurück in den Kopf und sie fragte sich, ob Enfryn und Paul recht hatten, dass in der realen Welt nur eine knappe Minute vergangen war. Nichtsdestotrotz war in Tynn ein ganzer Tag vergangen, und Lea würde gerne ihre Mutter anrufen, um ihr zu sagen, dass alles gut bei ihr war - aber war denn alles gut? Über diese Frage fiel sie in einen

schwermütigen Schlaf, der sie kaum zu erholen vermochte.

Kapitel elf: Pauls erste Nacht

Bei Paul sah der Abend etwas anders aus, denn obwohl er den ein oder anderen Spaß mit den Jungs im Aufenthalts- und Schlafraum anstellte, gab es jetzt direkt keine Gruppe, der er sich anschloss. Sein Bettnachbar – er hatte nur einen, da er an der Türe einquartiert war – war ein seltsamer Typ, der selber keinen Kontakt zu den anderen Jungs aufnahm und von der Seite ein wenig wie ein Geier aussah. Da Paul von der Nutzung seiner magischen Kräfte müde war, wollte er an diesem Abend auch nicht mehr viel erleben und versuchte, schnell einzuschlafen. Doch wie man es vielleicht hätte erwarten können, gab es ein Ritual für Neuankömmlingen bei den Jungs, und kaum, dass er sich hingelegt und die Decke über seinen Kopf gezogen hatte, standen sie auch schon um sein Bett herum, zogen die Decke wieder weg und hoben Paul aus dem Bett heraus. Paul ahnte, dass er sich gegen dieses Ritual nicht wehren brauchte, da sie in einer viel zu großen Überzahl waren, und er ertrug, dass sie ihn in Richtung der Wäschewanne trugen und ihn davor absetzen. Seine Aufgabe war es nun, mitsamt seiner Kleidung in die Wanne hineinzuspringen. Paul sah sich etwas unsicher um, doch es schien, als wären alle durch diese Prüfung gegangen und damit es ihm einfacher wurde, holte einer der Jungs einen Tritt herbei, sodass Paul mit einem leichten Sprung in die Wanne hineinspringen konnte. Es fühlte sich so an, wie Paul sich das

Herunterspringen von einer Planke auf einem Piratenschiff vorstellte, in dem Ungewissen, was mit ihm passieren würde. Bevor er sich weiter Angst davor machte, was mit ihm passierte, nahm er tief Luft und sprang in die Wanne, als würde er kerzengerade von einem Einer im Schwimmbad springen, mit zugehaltener Nase. Als er in der Luft war, vernahm er das Raunen im Raum und hörte nur noch, wie einer der Jungs verwundert sagte, dass Paul wirklich springe, und in diesem Moment kehrte die volle Angst zurück. Kaum, dass seine Füße den sternenstrudelartigen Zauber in der Reinigungswanne berührten, wurde er auch mit einer hohen Geschwindigkeit in die Wanne gezogen und wie in einem Wirbelsturm herumgeschleudert. Doch das änderte sich augenblicklich. Erstaunlicherweise konnte er alles sehr detailliert sehen, und wenn er seinen Kopf hob, konnte er sogar die anderen Jungs erkennen, wie sie mit ihrem Kopf über der Wanne hingen und hineinglotzten. In dem Reinigungszauber wurde er nur noch leicht hin und her geschleudert, doch er verspürte keine körperlichen Schmerzen, sodass er seinen ganzen Mut zusammennehmen konnte und seinen Arm hob, den Finger ausstreckte und die magische Energie des Reinigungszaubers durch ihn hindurchfließen spüren konnte. Vor allem in seiner Bauchgegend kribbelte es mächtig, und Paul verstand in diesem Moment, dass er den Reinigungszauber vollständig kontrollierte. Er überlegte kurz, was er mit dieser Erkenntnis machen sollte, und entschied sich dafür, den Reinigungszauber zu stoppen. In dem Moment, wo er diesen Gedanken formulierte und an das Kribbeln in seiner Bauchgegend sendete, hörte der Reinigungszauber auf zu existieren.

Die Jungs, die um die Wanne herum standen, staunten nicht schlecht, als der Reinigungszauber plötzlich aufhörte, und stattdessen Paul auf dem Boden der Wanne saß, als wäre nichts geschehen. Als Paul sich langsam erhob, um aus der Wanne zu steigen, traten alle einige Schritte zurück und sahen verwirrt auf den Neuankömmling.

»Was ist mit euch los«, fragte Paul, »war das nicht meine Aufgabe?«

»Ich kenne niemanden«, antwortete einer der Jungs aus der großen Masse, »der jemals den Reinigungszauber gestoppt hätte. Die meisten werden ordentlich herumgeschleudert und dann ausgespuckt – wenn sie überhaupt springen! Was die wenigsten machen, wenn ich ehrlich bin! Wie hast du das gemacht?«

»Keine Ahnung«, erwiderte Paul, und versuchte sich daran zu erinnern, was er gemacht hatte, »ich spürte irgendwann in mir den Reinigungszauber fließen und befahl den Fluss zu stoppen und damit stoppte wohl auch der Reinigungszauber. Danach saß ich auf dem Boden der Wanne und jetzt stehe ich vor euch. „Und ihr seid euch sicher“, wollte er wissen, „dass noch niemand den Reinigungszauber gestoppt hat?«

»Nein, noch niemand, soweit wir wissen«, antwortete nun ein anderer.
»Habt ihr denn nicht die Kraft in euch gespürt, um den Zauber zu beenden?«, hakte Paul weiter nach.
»Kaum einer traut sich überhaupt reinzuspringen!«, meinte einer der Jungs.
»Mich hat der Zauber nur von links nach rechts geworfen und mir ist kotzübel geworden!«, sagte ein anderer.
»Mir auch!«, pflichtete ein weiterer bei.
»Ich musste mich sogar in der Wanne übergeben«, meinte noch ein anderer.
Es schien, als ob alle Jungs darauf gewartet hätten, dass es Paul nach der Wanne schlecht gehen würde, doch umso größer musste die Überraschung sein, die sie nun erlebten, dass er nicht nur dem Wirbelwind widerstanden, sondern sogar den Zauber ganz beendet hatte.
Es entstand eine unangenehme Stille im Raum, ehe Paul gedankenversunken in Richtung seines Bettes ging, um sich hineinzulegen und die Decke über seinen Kopf zu ziehen. Ihm war schwindelig, aber nicht wegen der Wanne oder dem Reinigungszauber, sondern weil er scheinbar ein höheres magisches Potential hatte als die anderen anwesenden Jungs. An diesem Abend war es recht leise im Schlafsaal, da alle anderen Jungs miteinander tuschelten, aber niemand traute sich, laut auszusprechen, dass Paul ein besonderer Schüler sein musste.

Als dann etwas später ein Magierlehrer, den Paul bisher noch nicht gesehen hatte, in den Raum hineintrat, um die Nachtruhe einzuläuten, wunderte sich dieser, wie ruhig und geordnet es in diesem Schlafsaal vor sich ging, denn normalerweise musste er Strafzauber androhen, damit sich die Jungs endlich ins Bett begaben. Der Lehrer wünschte eine gute Nacht und löschte das Licht.

Paul konnte eine sehr lange Zeit nicht einschlafen, und immer wieder kreisten seine Gedanken um das, was er in der Klasse und in der Reinigungswanne erlebt hatte. Obwohl ihn das Aufnehmen des Zaubers in der Wanne viel Kraft gekostet hatte und er hundemüde war, konnte er nicht einschlafen. Immer, wenn ihm die Augen zuzufallen drohten, kam eines der Bilder des Tages vor sein geistiges Auge und er war wieder für einige Momente hellwach, wälzte die Gedanken von der einen zur anderen Seite, ohne Ruhe zu finden.

Es dauerte bis tief in die Nacht, ehe er in einen schwarzen Schlaf fiel, der sich anders anfühlte als die Träume, die er sonst hatte. Was Paul nicht wusste, war, dass dieser Traum nicht von ihm ausging, sondern über ihn gezaubert worden war. Denn kaum, dass er eingeschlafen war, kamen vier ältere Zauberer in den Raum hinein, und stellten mittels leichtem Schlafzauber sicher, dass niemand in dem Schlafsaal wach wurde. Sie zauberten Pauls Bett in eine Schwebeposition und nahmen es aus dem Schlafsaal mit – den träumenden Paul obendrauf.

Es verging eine Weile, ehe die vier Zauberer das Bett zurückbrachten und an die angestammte Position auf dem Boden zurücksinken ließen. Mit deutlicher Erregung standen die Vier am Fußende von Pauls Bett und murmelten sich unverständliche Dinge zu, die jedoch niemand außer sie in diesem Schlafsaal mitbekam – die Vorsicht war völlig unbegründet, da die Zauber bei allen Schülern sorgsam wirkten. Dann verschwanden die vier Zauberer wieder und entfernten alle Schlafzauber aus dem Raum, sodass wenige Minuten später einige der Jungs gleichzeitig aufwachten und auf Toilette mussten, wo sie sich gegenseitig beinahe über den Haufen liefen.

Kapitel zwölf: Der nächste Morgen

Am nächsten Morgen wachte Paul mit starken Kopfschmerzen auf, die er noch nie zuvor so stark verspürt hatte. Lea hingegen konnte die kurze Nacht nichts anhaben, sie war es gewohnt, lange wach zu bleiben und nur wenig zu schlafen. Beide gingen getrennt voneinander in die Gemeinschaftsbäder, die an die Schlafsäle angeschlossen waren, machten sich dort für den Tag fertig, und folgten den anderen Schülern und Schülerinnen zum Essenssaal, wo es das gemeinsame Frühstück gab.

Einer der Grundregeln in dieser magischen Schule war es, dass jeder Schüler frühstücken musste. Das hatte den Hintergrund, dass das Frühstück einen speziellen Zauber erhalten hatte, um die magischen Kräfte, die in den Schülern und Schülerinnen schlummerten, zu stärken. Die meisten, die früher nicht gefrühstückt hatten, waren inzwischen daran gewöhnt und nur wenige mussten unter Androhung von Strafzaubern gezwungen werden. Lea war von Haus aus immer jemand gewesen, die wenigstens eine Kleinigkeit am Morgen aß, während Paul in den letzten drei Jahren so gut wie nie gefrühstückt hatte. Für ihn war es schwierig, sich vorzustellen, wie er das Essen herunterwürgen musste, und freute sich nur auf den heißen Kaffee, den es hier in einer guten Qualität geben sollte. Als Paul an der Essensausgabe stand, wurde ihm mit einem Hinweis bedeutet, dass er zur Seite gehen solle, und nach wenigen Augenblicken

trat ein untersetzter Mann mit Kochschürze an ihn heran und erzählte ihnen, dass er an diesem Morgen kein Frühstück erhalten werde, um seine magischen Kräfte nicht durcheinander zu bringen. Er durfte jedoch einen Kaffee trinken, aber nicht zu viele, und damit war der Morgen für Paul gerettet. Er zog sich einen Kaffee mit Milch und setzte sich zu dem Tisch, an dem Lea, Janina und Pit bereits saßen und sich unterhielten.
Als sich Paul zu ihnen setzte, blickte jeder der drei ihn ein wenig verwundert an, und er fühlte sich von nahezu allen im Raum beobachtet, am meisten jedoch von seinem eigenen Tisch.
»Was ist los?«, fragte Paul etwas genervt.
»Du hast den magischen Zauber in der Wanne gestoppt?«, platzte es aus Lea heraus, die eben davon erfahren hatte und sich allergrößte Sorgen machte, dass Paul nicht nur ein wenig mehr magische Energie in sich trug als sie, sondern dass es bedeutend mehr war, wodurch sich ihre Liebe und Freundschaft nicht retten werden ließe.
»Alle machen so eine große Sache daraus«, erklärte Paul, »doch für mich war das keine große Sache. Ich habe einfach die magische Energie des Reinigungszaubers gespürt und ihm befohlen, sofort aufzuhören. Das ist beileibe keine große Sache!«
»Und ob es das ist!«, meinte Janina, denn sie habe auch bei den Mädchen noch mal rumgefragt, und keinem wäre eingefallen, dass das jemals von einem Magierschüler oder -schülerin gemacht worden war.

»Aber vielleicht haben die anderen es gar nicht ausprobiert!«, konterte Paul, »denn nur wenige springen überhaupt in die Wanne, so wie ich verstanden habe, und daher ist die Annahme, dass ich der einzige bin, der das machen konnte, statistisch gesehen hinkend.«
»Du mit deiner Statistik«, sagte Lea. »Ich sehe nur, dass du an deinem ersten Tag hier in Tynn nicht nur das Werkzeug in deine Hand schweben lassen kannst, sondern einen permanenten Reinigungszauber beendest, als wäre es das einfachste der Welt und obwohl du das noch nie in deinem Leben gemacht hast.«
»Danke, Lea, mir ist durchaus bewusst, dass andere Schüler vielleicht nicht so schnell sind«, erklärte Paul ein wenig oberlehrerhaft, »aber das heißt noch nicht, dass ich in irgendeiner Form etwas Besonderes wäre. Wer weiß, wenn du einmal deine magische Energie entdeckt hast, die zweifelsohne in dir schwingt – denn ich kann sie fühlen –, dann wirst du vielleicht ähnliches machen können und ich bin nichts Besonderes mehr. Können wir jetzt bitte einfach nur frühstücken und ich in Ruhe meinen Kaffee trinken?«
Da die anderen drei auf die gereizte Stimmung mit Schweigen reagierten, aßen sie ihr Frühstück und tranken ihren Kaffee in völliger Ruhe. Auch um sie herum war es sehr ruhig; nur ab und an hörte man jemanden an einem der umliegenden Tische murmeln, und Lea war sich sehr sicher, dass Paul der Gegenstand dieser Gespräche war.

Nach dieser Reaktion und den Geschehnissen der letzten Nacht wuchs ihre Angst ins Unermessliche, aber Paul hatte recht: sie musste ihren eigenen Weg zu ihrer magischen Energie finden, und das war nun das oberste Ziel für sie, damit sie Paul auf dem Weg der magischen Lernkurve einholen konnte.
Nach dem Frühstück ging es in die Klassenräume und der gesamte Vormittag schien im Zeichen von Pauls weiterer Entwicklung zu stehen, denn gefühlt keinen einzigen Moment ließ die Lehrerin von dem Tisch ab und behielt ihn konstant im Auge. Sie schien von den Oberen der Schule die Anweisung erhalten zu haben, besonders auf Paul und seine Entwicklung achtzugeben. Er spürte natürlich, dass alle Augen auf ihn gerichtet waren, und anstatt sich damit zu beschäftigen, was die anderen über ihn dachten, entschied sich Paul zur Fokussierung auf die Arbeit und nach wenigen Stunden konnte er ein sehr sauber gearbeitetes Stück präsentieren, das die Form einer homogenen Kugel hatte, in der kleine Sterne eingearbeitet waren. Lea war sehr beeindruckt von dieser Arbeit und hatte sich selbst unter Druck gesetzt, an diesem Schultag etwas Gutes zu leisten. Entgegen ihrer persönlichen Erwartung stellte sie sich viel geschickter mit den Werkzeugen an, als sie es von sich selbst kannte. Ihre Arbeit war zwar nicht fertig, würde aber morgen der Arbeit von Paul in nichts nachstehen, in Feinheit und Ausarbeitung sie sogar übertreffen. Doch der große Moment, der vor ihr lag, war damit definiert, ob sie es schaffte, die magische

Energie in ihr zum Schwingen zu bringen. Daher fokussierte sie sich mit ihren Kräften auf den Nachmittag und ließ die kleine Arbeit für den heutigen Tag unvollendet.

Kapitel dreizehn: Leas magische Energie

Auch der Nachmittag begann wie der Vormittag geendet hatte: mit einer Dauerbeobachtung von Pauls Fähigkeiten durch die Nachmittags-Lehrerin. Lea wollte sich hingegen nicht davon ablenken lassen und sich auf ihre eigenen magischen Fähigkeiten konzentrieren. Dafür schob sie alle Gedanken, die sie im Moment in Bezug auf ihre Eltern, Pauls magische Fähigkeiten und die unklare Lage in Tynn zur Seite, da ihr klar wurde, dass keine Energie durch sie hindurchfließen konnte, wenn ihr Geist die ganze Zeit über die Probleme grübelte.

Dass das Wegschieben der Gedanken nicht so einfach werden würde, war Lea durchaus bewusst, und sie versuchte sich an die wenigen Yogastunden zu erinnern, die sie mit ihrer Mutter vor zwei Jahren besucht hatte, als ihre Mutter glaubte, dass Yoga die Beziehung der beiden zueinander verbessern würde, indem es den impulsiven Drang in Lea mindern sollte – was jedoch gründlich schiefging.

Lea schloss die Augen und versuchte sich auf ihr Innerstes zu fokussieren, versuchte zu spüren, wo in ihrer Mitte die magische Energie lag, um sie zu aktivieren. Doch es kamen die drängenden Fragen zurück in ihrem Kopf, und sie kämpfte die erste halbe Stunde damit, erst einmal in ihrem Kopf eine Art Leere herzustellen, die auch über einige Zeit Bestand hatte. Als sie es das erste Mal schaffte, die Leere für eine Zeit in ihrem Kopf zu bewahren, riss Paul diese

Leere wieder ein, indem er sie fragte, was sie da täte. Beim zweiten Mal wollte Paul ihr etwas zeigen, und als er das dritte Mal ihren Versuch zunichtemachte, eine Leere in ihrem Kopf herzustellen und zu behalten, pfiff sie ihn in einem scharfen Ton an, der ihn augenblicklich verstummen ließ.
»Ich versuche, meine innere Ruhe zu finden!«, blaffte sie in einem bösen Tonfall in Richtung Paul.
»Entschuldige bitte!«, sagte er mit wenig Mitgefühl, »das konnte ich ja nicht wissen. Ich rieche ja nicht, wenn du dich auf die Suche nach dir selbst machst!«
»Musst gar nicht so spöttisch reagieren!«, konterte sie. »Nur weil du schon alles hinbekommst, heißt das nicht, dass ich mich nicht dafür anstrengen muss!«
»Das habe ich auch gar nicht gesagt!«
»Aber gemeint«, schob sie hinterher und deutete ihm an, dass er sie in Ruhe lassen solle, damit sie sich konzentrieren konnte.
Lea merkte noch, dass ihr Unmut bei der Lehrerin angekommen war, die auch sofort zu dem Tisch herüberkam und fragte, ob alles in Ordnung sei. Paul bestätigte, dass alles in bester Ordnung war, und Lea war froh, dass Paul aus dieser Nummer keine größere Sache machte, als sie es war. Die Lehrerin verschwand wieder, behielt aber weiterhin den Tisch in ihrem aufmerksamen Blick.
Paul fühlte sich an diesem Nachmittag etwas ermüdet und entschied sich dafür, keine weiteren magischen Fähigkeiten zu testen. Daher langweilte er sich sehr, und beobachtete die anderen Schüler, von denen nur

sehr wenige einen echten Bezug zur Magie zu haben schienen. Erst jetzt wurde ihm bewusst, wie unterschiedlich er zu den anderen im Raum war, und er erkannte, dass vielleicht doch mehr dahintersteckte, als er sich gestern noch eingestehen wollte. Nachdem Lea ihn angepfiffen hatte, war ihm erneut klargeworden, wie sehr er sich wünschte, dass auch Lea ihre magischen Fähigkeiten finden würde, damit sie zusammen mit ihm in den Klassen aufsteigen konnte und er sie nicht abhing.

Lea hatte im nächsten Versuch ihre Ruhe wiedergefunden und konzentrierte sich darauf, in ihrem Körper eine Art magische Energie zu finden. Doch was bei Paul fast spielerisch ausgesehen hatte, schien für sie harte Arbeit zu sein, denn immer, wenn sie spürte, dass sie etwas zu greifen bekam, entwischte es ihr wieder und wollte nicht aktiviert werden. Es war ein nervenaufreibendes Katz-und-Maus-Spiel in ihrem Innern, und die Nervosität in Lea wurde immer größer, dass die Erkenntnis drohen konnte, dass sie zwar magische Fähigkeiten besaß, diese aber nicht nutzen konnte. In die Leere ihres Kopfes, zu der sie sich gezwungen und hingearbeitet hatte, kam nun der Druck, den sie sich selbst machte. Dies war kein helfender Druck, sondern ganz im Gegenteil, er ersetzte die Leere in ihr um weitere Sorgen.

Lea war kurz vor dem Aufgeben und wollte schon wütend die Werkzeuge vom Tisch mit einem Handstreich herunterfegen, als diese Wut ihr half, die magische Energie in ihr zu packen. Kaum, dass sie

ihre Hand ausgestreckt hatte, um die Werkzeuge vom Tisch zu fegen, spürte sie, wie ein starkes Schwingen durch ihren Körper zog, und als sie die Augen öffnete, sah sie, wie ein Hammer, der vorher noch auf dem Tisch gelegen hatte, nun zwischen ihrer Hand und der Tischoberfläche schwebte. Alle am Tisch waren sofort mucksmäuschenstill und beobachteten, was Lea mit dem Hammer anstellen würde. Zu der Freude, die Lea über ihren Erfolg verspürte, kam die Wut, die sich vorher in ihr angeschaut hatte und sie ließ den Hammer in einer sehr großen Geschwindigkeit auf der Stelle rotieren.
Niemandem in der Klasse war bewusst, wie groß die Gefahr in diesem Moment war, denn wenn Lea den Hammer auch nur einen Augenblick mit ihren magischen Kräften losließ, würde er aufgrund seiner Drehbewegung durch die Klasse schießen und jemanden stark verletzen können. Daher kam die Lehrerin zügig an den Tisch und murmelte einen Schutzzauber, der an den Enden des Werktisches nach oben hin eine Art Schutzhaut bildete. Zum Glück zauberte die Lehrerin gerade rechtzeitig, denn die Schutzhülle irritierte Lea und sie unterbrach die Verbindung zum Hammer für eine kurze Zeit, der mit voller Drehgeschwindigkeit lossauste und sicherlich Pit sehr verletzt hätte, wenn dieser nicht von der Schutzhülle geschützt worden wäre. Erst in diesem Moment stellte Lea fest, was geschehen war und entschuldigte sich sofort bei Pit und der Lehrerin.

»Wow«, hauchte ihr Paul entgegen, »das war super krass.«
»Das hat sich auch super krass angefühlt«, sagte Lea zu ihm und konnte ihr Glück kaum fassen, dass sie scheinbar ähnliche magische Kräfte in ihr liegen hatte wie Paul.
»Das war hervorragend«, kommentierte die Lehrerin, »doch wir müssen uns immer daran erinnern, dass die Sicherheitsmaßnahmen die wichtigsten von allen sind. Das konntest du nicht wissen, dass deine magische Energie sich in dieser Form äußern würde, Lea, daher musste ich schnell einen Schutzzauber auf den Tisch zaubern, damit der Hammer niemanden verletzt. Wenn du das nächste Mal einen mit Hochgeschwindigkeit drehenden Zauber starten möchtest, dann sag mir bitte vorher Bescheid.«
»Aber wie soll ich ihm denn Bescheid geben?«, fragte Lea. »Ich habe doch keine Ahnung, wie ich diesen Zauber beschworen habe. Ich habe in mir nur nach der magischen Kraft gesucht und sie dann nach langem Suchen gefunden. Dass sie sich so äußert, hätte ich nicht erwartet.«
»Ich habe eine große Portion Wut in dir gespürt«, gab die Lehrerin als Antwort, »woraus sich die unkontrollierten Kräfte im Hammer erklären lassen. Wenn du das nächste Mal den Hammer in der Luft halten willst, werde nicht wütend, sondern kontrolliere deine Kräfte. Wer wütend wird oder gar zornig, verliert die Kontrolle über seine magischen Fähigkeiten und kann die Zauber nicht mehr

zielgerichtet einsetzen. Daher ist die Erlernung der Disziplin, des Fleißes und des Handwerks oberste Priorität bei uns, denn wir sorgen in dieser magischen Schule dafür, dass alles im Lot bleibt.«

Die Lehrerin ließ wieder von dem Tisch ab und ging zu ihrem Pult zurück. Lea und Paul wechselten vieldeutige Blicke, und wie gerne hätte Lea Paul in diesem Moment einen Kuss gegeben, doch beide wussten, dass dies gefährlich werden konnte.

In den folgenden Übungen versuchte Lea, den Hammer wieder zum Schweben zu bringen, doch dieses Mal ohne die gefährliche Drehung, doch aus irgendeinem Grund schaffte sie es nur, den Hammer einmal vom Tisch in ihre Hand fliegen zu lassen. Allerdings war das Ergebnis des heutigen Nachmittags für sie so überragend, dass auch jegliches Scheitern in Ordnung gewesen wäre.

Kapitel vierzehn: Der Ausflug

Entgegen der eigentlichen Regel der magischen Schule und zum Unmut der anderen Schülerinnen und Schüler wurde es Lea und Paul gestattet, schon am zweiten Nachmittag die Schule zu verlassen und Tynn zu erkunden. Da Pit keine Lust hatte mitzukommen, bot sich Janina als Begleiterin an. Von ihren drei anderen neuen Freundinnen waren Ella und Jenny noch mit einer Strafe belegt, die einem Hausarrest gleichkam, da sie sich beim letzten Besuch von Tynn etwas danebenbenommen hatten: sie waren in einer Spelunke am Osttor eingekehrt, was nicht nur das Hoheitsgebiet einer anderen Schule, sondern auch voller übler Gestalten war. Diese verleiteten die beiden jungen Mädchen zu einigen sehr schlecht schmeckenden Getränken, und wer weiß, was passiert wäre, wenn Enfryn mit zwei Lehrern nicht aufgetaucht wäre, um die beiden Mädchen nach Hause in die Schule zurückzubringen. Sie erhielten beide eine lange Strafpredigt, bei der sie nichts anderes taten als zu lächeln, was die Strafe noch mal verdoppelte. Die beiden mussten noch etwas mehr als eine Woche in der Schule bleiben und konnten es kaum erwarten, wieder in Tynn herumzustreunen. Denn obwohl Jenny Lea einiges über Tynn und die Probleme vor Ort berichtet hatte, hatte sie zugleich erwähnt, dass Tynn eine überaus farbenfrohe und von vielerlei Eindrücken gespeiste Stadt sei, die an jeder Ecke mit Zaubern und magischen Gegenständen

aufwartete, die Lea und Paul sicherlich noch nie gesehen hatten.
Gigi hingegen war bei diesem berüchtigten Ausflug nicht dabei gewesen, und auch wenn sie in ihrem Verhalten öfters merkwürdig wirkte, freute sie sich, Lea, Paul und Janina in die Stadt begleiten zu können.
Die vier wollten sich draußen vor der magischen Schule auf dem Platz treffen. Lea und Paul hatten gedacht, dass sie ganz einfach den Weg, den sie hineingekommen waren, nach draußen nehmen konnten, doch da hatten sie sich gewaltig geirrt. Paul trat aus dem Schlafsaal in den Gang und versuchte wie Enfryn den Gang entlangzufliegen, doch es wollte ihm nicht gelingen und so musste er den gesamten Weg zu Lea laufen. Lea wartete geduldig, und als sie von dem Schlafsaal der Mädchen in Richtung Ausgang gingen, versuchten sie sich zu erinnern, wo es lang gegangen war. Aus Pauls Erinnerung heraus war der Weg relativ einfach gewesen, und um nach draußen zu gelangen, mussten sie sich auch bestimmt keinen Zugangscode merken. Also gingen sie den Gang weiter und nahmen die zweite Tür auf der linken Seite, gingen den ihnen bekannten Weg entlang und kamen zu dem Ausgangspunkt Ihrer Anreise am gestrigen Tag. Für Paul war es klar, dass sie nur durch die Tür treten mussten, um nach draußen zu gelangen, und mit diesem Wissen klopfte er nicht an die Tür, sondern riss die Tür auf und musste feststellen, dass dahinter ein völlig anderer Ort war, als er vermutet hatte. Zu seiner Verwunderung trug

bei, dass in diesem Raum alles anders schien, als er es von einer normalen Gravitation her kannte. Und kaum, dass die beiden sich die fliegenden und an der Decke hängenden Gegenstände begannen anzusehen, veränderte sich der Raum mit einem Mal und alle Gegenstände fanden ihren Platz auf dem normalen Boden. Aus der Ecke kam eine sehr erboste Magierin angestapft, ging auf die beiden Schüler los und wollte sich lauthals darüber beklagen, warum die beiden sie stören würden. Doch als sie den Blick auf Pauls Gesicht heftete und scheinbar erkannte, wer er war, veränderte sich schlagartig ihr Verhalten und sie erklärte in ruhigem Ton, dass es hier nicht nach draußen ginge, wie Paul es vermutet hatte. Sie war sogar so nett, dass sie die beiden nach draußen begleitete und ihnen viel Spaß in Tynn wünschte. Als Gigi sah, dass die Magierin, die ab und an einen Kurs über schwebende Dinge in ihrer Klasse gab, die beiden nach draußen begleitete und sich die Erklärung von Lea anhörte, ahnte sie, dass die Geschichten über Paul wahr zu sein schienen. Auch über Lea waren die ersten Gerüchte entstanden, wie sie den Hammer hatte herumwirbeln und tanzen lassen, sodass es einen Schutzzauber gebraucht hatte, um niemanden zu verletzen. Es schien, als wären die beiden ein besonderes Paar, ohne dass für die Schülerinnen und Schüler klar war, dass die beiden tatsächlich ein Liebespaar waren.

»Wie kauft man eigentlich etwas in Tynn?«, wollte Paul wissen. »Muss man dafür Geld haben?«

»Es gibt mehrere Wege, sich etwas zu kaufen«, antwortete Janina. »Die gebräuchlichsten sind: Entweder hast du genug Tynn-Kurantis dabei oder du bezahlst mit deiner magischen Energie.«

»Wie?«, wollte Paul weiter wissen. »Ich kann mit meiner magischen Energie bezahlen? Wie geht das denn?«

»Es gibt in fast allen Geschäften magische Steine, die dir so viel Kraft aus dem Körper ziehen können, die du zu bezahlen hast. Du musst nur aufpassen, dass du nicht übers Ohr gehauen wirst, denn wenn die magische Energie einmal aus deinem Körper in den Stein abgesaugt wurde, kannst du sie nicht so einfach wieder zurückbekommen.«

»Verliert man dann seine magische Energie?«, fragte nun Lea.

»Für den Moment - ja, daher ist es nicht von Vorteil, seine magische Energie herzuschenken, wenn man zum Beispiel magische Prüfungen in der nächsten Zeit hat«, erklärte Gigi.

»Erholt sich denn die magische Energie?«

»Am Anfang sehr langsam«, erklärte Janina, »aber mit etwas Übung geht es immer schneller, oder man trinkt einen magischen Energie-Trank, der einem dabei hilft, die magische Energie schneller wieder aufzubauen.«

»Lass mich raten«, meinte Paul, »an einen Trank für magische Kräfte zu gelangen ist so gut wie unmöglich für uns, oder?«

»Die höheren Klassen bekommen schon mal den ein oder anderen Trank, wenn es für sie auf eine Übung mit den anderen magischen Schulen geht, aber wir in den unteren Klassen erhalten keine«, erklärte Gigi.

»Angenommen, ich würde heute meine gesamte magische Energie ausgeben«, wollte Paul näher wissen, »wie lange, denkt ihr, braucht es, bis meine magischen Fähigkeiten wieder so aufgeladen sind, dass ich am nächsten oder übernächsten Tag wieder zaubern kann?«

»Das können wir dir gar nicht so leicht beantworten«, erklärte Janina, »denn wenn die Gerüchte stimmen, dann sollst du eine sehr hohe magische Energie haben, und du wirst ausprobieren müssen, wie lange es dauert, bis deine Energie wieder aufgeladen ist.«

»Da ich selber nicht weiß, wie viel magische Energie ich in mir trage, kann ich auch gar nicht wissen, wie viel ich ausgeben kann«, stellte Paul fest.

»Dafür gibt es besondere Tests«, erwiderte Gigi. »Die machen die Magier aber erst, wenn du aus den ersten vier Klassen in die oberen Klassen wechselst.«

»Das bedeutet, dass ich vorher nur so ungefähr weiß, wie groß meine magische Energie ist?«

»Man kann das schon ganz gut abschätzen nach einer Weile!«, sagte Janina und deutete an, dass sie nun gerne losgehen wollte.

»Wo gehen wir denn hin?«, wollte Lea wissen.

»Wenn ich es richtig in Erinnerung habe, dann wolltest du doch in einen Laden mit magischen Hilfsmitteln gehen«, gab Janina an Lea zurück.

»Ich habe nicht gedacht, dass es solche Läden wirklich gibt, und dass wir vielleicht sogar schon etwas kaufen können!«

»Ihr werdet euch auch kaum die wirklich guten Utensilien leisten können, denn dafür müsstet ihr noch viel mehr magische Energie ansammeln«, erklärte Gigi und ging voran.

Die anderen drei folgten ihr. Zunächst liefen sie die große Straße, die zum Platz vor der magischen Schule führte, hinunter, ehe eine querende große Straße diese schnitt und in die die vier abbogen. Sie kamen an einen großen Platz, an dem vielerlei Kunstwerke standen, und Janina erklärte den beiden Neuankömmlingen, dass dies der Platz der Künste sei. Da es keine magische Schule gäbe, die die Kunst als zentralen Punkt hatte, verbanden die Künstler der vier magischen Schulen ihre Fertigkeiten mit dem künstlerischen Ausdruck und erschufen damit magische Kunst, die zuweilen hier ausgestellt wurde.

Wichtig sei es, mahnte Janina, dass man die magischen Kunststücke niemals berührte, denn man konnte nicht wissen, mit welchen Zauber sie zusammengehalten wurden. Wenn man zufällig von einem Schwerlastzauber durchflutet wurde, konnte es passieren, dass man sich fühlte, als ob Zentnerlasten auf einen fallen würden, quasi so als würde man das gesamte Gewicht des Kunstwerks auf seinen eigenen Schultern tragen. Daher dürfe niemand die Kunstwerke berühren, außer es wurde in Führungen ausdrücklich erlaubt.

Lea und Paul gingen beeindruckt durch die meterhohen Statuen und Bilder und Kunstgegenstände aller Art, die nicht nur perfekt ausgearbeitet wirkten, sondern zuweilen auch über die Perfektion hinausgetrieben worden waren. Beide spürten in ihrem Innern, wie viel magische Energie auf diesem Platz aktiv war.
Aufgrund der vielfältigen Kräfte, die auf diesem Platz wirkten, dauerte es eine Weile, bis sie den Platz überquert hatten und in eine kleine Seitenstraße, die von dem Platz abging, eingebogen waren. Sofort veränderte sich die Wahrnehmung der beiden, denn auch hier wirkten magische Kräfte, aber von ganz anderer Natur als auf dem Platz. Während es auf dem Platz künstlerische, erschaffene Kräfte gewesen waren, spürten sie hier eine rastlose, unsichere Kraft, die sie beide frösteln ließ. Paul wollte zu Lea schon etwas sagen, doch dann zeigte Janina auf einen Laden, der von außen so winzig wirkte, dass dieser kaum als Laden zu erkennen war. Paul schob den Gedanken beiseite, den er gerade hatte und zog Lea zu der Eingangstür des Ladens, und gemeinsam traten die vier hinein.

Kapitel fünfzehn: Der magische Laden

Wie so oft in Tynn waren die äußeren Größenverhältnisse nicht korrespondierend zu den inneren, und kaum, dass die Augen sich an das diffuse Licht hinter der Eingangstür gewöhnt hatten, sahen sie einen Laden, der kaum unaufgeräumter wirken konnte. Überall standen Regale, hölzerne Truhen oder andere Aufsteller herum, und in jedem Fach war gefühlt die doppelte Menge an Krimskrams, als das Fach an Platz bot. Der Laden wirkte wie ein Messihaushalt in der normalen Welt, und Lea und Paul waren zunächst erschlagen von diesem Angebot.

»Wofür braucht man das alles wohl?«, quetschte Paul durch seine Zähne.

»Für alle Arten der magischen Zauber!«, kam es plötzlich von der Seite zurück und Paul erschrak bis ins Mark, während die anderen drei gesehen hatten, wie der Ladenbesitzer, ein kleiner, zwergenhafter Mann mit viel zu großer Nase und spitzem Kinn, herbeigekommen war. »Wie kann ich euch zu Diensten sein?«, fragte der kleine Mann mit etwas zu freundlicher Stimme, dachte sich Lea.

Doch Paul war ganz hin und weg von diesem Laden und dem Chaos, das er zu sehen bekam.

»Wir sind neu in Tynn«, sagte er ohne nachzudenken. »Daher haben wir kein Geld, aber ein wenig magische Energie. Was kann man denn dafür kaufen?«

»Ich habe viel zu verkaufen!«, sagte der Ladenbesitzer. »Fürs kleine Geld oder wenig Energie bis hin zu

Gegenständen, die ihr euch bestimmt niemals leisten könnt! Aber die bekommt ihr auch nicht zu sehen! Und Diebstahl funktioniert in diesem Laden nicht! Das gleich zu Anfang, denn alle Sachen würden sofort wieder zu mir zurückfliegen, wenn sie nicht mit eurer Energie gekoppelt wurden. Also denkt nicht mal dran!«

Lea wollte etwas auf die indirekte Anschuldigung erwidern, doch dann spürte sie einen Arm auf ihrem und sah, wie Gigi ihr andeutete, das Thema einfach zu vergessen.

»Verstanden«, sagte hingegen Paul, »also was kann ich Cooles für wenig magische Energie kaufen?«

»Wie wäre es«, dachte der Ladenbesitzer laut nach, »mit einigen Kräutern, die die Sinne erweitern?«

»Die sind in unserer Schule verboten«, erklärte Janina, »aber das wisst Ihr doch!«

»Ja natürlich!«, kam es wenig entschuldigend zurück. »Mir ist zu Ohren gekommen, dass manche Schüler bei Prüfungen etwas nachhelfen! Aber das sind bestimmt nur Gerüchte. Also falls ihr auf Gerüchte was gebt...!«

»Was gibt es noch zu kaufen?«, lenkte Paul das Gespräch wieder auf das eigentliche Ansinnen zurück.

»Lass mich nachdenken, was du brauchen könntest!«, murmelte der Ladenbesitzer und musterte Paul von oben bis unten, ging um ihn herum, ganz so, als ob er die Kleidergröße herausfinden würde. »Ich hab's!«, sagte er mit einem Mal und lief wieselflink in den hinteren Teil seines Ladens.

Es dauerte eine Weile und die vier hörten ab und an ein Fluchen, was für eine Unordnung in diesem Laden herrschen würde! Währenddessen schauten sich die vier ein wenig um; Gigi und Janina gingen in einen schmalen Gang, in denen alte Schriftrollen lagen, während Lea sich nicht traute, Paul aus den Augen zu lassen. Sie beide traten an ein Regal, in dem seltsam funkelnden Steine lagen, und als sich Paul mit dem Gesicht einem ganz schwarzen Stein näherte, verwandelte sich dieser und zeigte nach und nach feinste Linien, die ein Muster bildeten.
»Wow!«, stieß er aus und fragte Lea, ob sie auch die feinen Muster gesehen hätte, was sie jedoch verneinte. Inzwischen war der Ladenbesitzer wieder zurück und schien das Gesuchte gefunden zu haben.
»Was sind das für interessante Steine?«, wollte Paul wissen und zeigte auf die eben entdeckten.
»Das ist Nippes!«, sagte der Ladenbesitzer, »denn die machen sich nur hübsch, wenn man in die Nähe kommt. Ansonsten sind die für nichts gut! Kinderspielzeug, wenn ihr mich fragt!«
»Ich würde gerne den einen kaufen!«, sagte Paul jedoch und nahm den schwarzen Stein mit den versteckten Mustern in die Hand.
»Den schenke ich dir«, meinte der Ladenbesitzer, »wenn du dieses Amulett hier erwirbst. Ich denke, das gehört zu dir!«
»Wie kommt Ihr darauf?«, fragte Paul.
»Sagen wir, dass ich viel Erfahrung mit magischen Dingen habe und sich die Dinge manchmal ihren

Besitzer aussuchen - eher als andersherum. Sieh es dir selbst an!«

Er hielt plötzlich ein Amulett an einer Kette in seiner Hand, ließ das Amulett los und hielt die Kette dabei fest. Sofort bewegte sich das Amulett in Richtung von Paul. Da dieser jedoch schon einige Trickmagier in der echten Welt kennengelernt hatte, traute er dem Braten nicht.

»Macht das Amulett das auch, wenn Lea die Kette hält?«, fragte er den Ladenbesitzer.

»Natürlich!«, antwortete dieser ohne Anflug von Unsicherheit und gab die Kette an Lea.

Lea war für den Moment etwas überfordert damit, was sie machen sollte, doch dann sah sie Paul, wie er ihr bedeutete, dass sie das Amulett fallen lassen solle. Sie ließ es los und erstaunlicherweise bog sich die Kette erneut in Pauls Richtung, obwohl er in eine andere als zuvor stand.

»Ich bin überzeugt«, sagte Paul zum Ladenbesitzer und nahm das Amulett in seine eigene Hand. »Es wiegt schwerer als erwartet!«

»Es wiegt so viel, wie es für dich wirksam sein kann«, sagte der Verkäufer und Paul wollte wissen, was er zu zahlen hatte. »Da ihr neu in Tynn seid und ich dich und deine kritische Einstellung mag, biete ich es zu einem Freundschaftspreis an!«

»Das ist sehr freundlich«, bedankte sich Paul.

»Kommst du dann mit mir zum Tresen, damit du bezahlst? Ich gehe davon aus, dass du mit magischer Energie bezahlst?«

»Ich habe keine Tynn-Kurantis bisher, also ja!«
»Der Umrechnungskurs ist aktuell ein Tynn-Kurantis zu dreizehn magische Rhyun. Schon lange ist der nicht mehr unter zehn gefallen, wie es früher normal gewesen war. Daher würde ich dir für das Amulett zwei Tynn-Kurantis oder sechsundzwanzig Rhyun abnehmen wollen.«
»Dann hoffe ich mal, dass ich genug davon habe!«, meinte Paul und trat an den Tresen, legte seine Hand auf den Kassierstein und spürte, wie dieser einen kleinen Teil absaugte, kaum, dass Paul etwas vernahm, war das Gefühl auch bereits wieder fort.
»Keine Sorge«, sagte der Ladenbesitzer mit leicht nervösem Unterton in der Stimme. »Das war nur ein Bruchteil deiner Reserven!«
»Wie viel genau?«, wollte Paul umgehend wissen.
»Das kann ich nicht sagen, aber da die Übertragung nur Bruchteile von Sekunden gedauert hat, musst du ausreichend Reserven haben!«
»Ich habe zu danken!«, sagte Paul und wollte gehen.
»Der Dank liegt ganz bei mir!«, kam es vom Ladenbesitzer zurück, doch Paul war bereits bei Lea und auch die anderen beiden waren zurück.
Gigi hatte eine Schriftrolle in ihrer Hand und gab sie an den Ladenbesitzer zur Schätzung.
»Eine sehr gute Wahl!«, sagte er, »und ein sehr mächtiger Schutzzauber! Bist du dir sicher, dass du ihn zaubern kannst? Nach deinem Abzeichen zu urteilen, bist du in der Bärenklasse. Dieser Zauber ist eher was für Schülerinnen in der Adlerklasse!«

»Ich bin mir sicher, dass ich ihn schon oder bald zaubern kann«, sagte Gigi mit einer Portion Arroganz, die die anderen drei irritierte.
»Von mir aus!«, sagte der Ladenbesitzer, »aber kannst du dir den Zauber auch leisten?«
»Wie viel soll er denn kosten?«, fragte sie scharf, denn sie erwartete einen unverschämten Preis.
»Fünfundzwanzig Tynn-Kurantis oder dreihundertfünfundzwanzig Rhyun. Ich weiß, das ist ein hoher Preis, aber gerade Schutzzauber sind gerade sehr gefragt.«
»Das habe ich nicht!«, kam es enttäuscht zurück. »Weder in Tynn-Kurantis noch in Rhyun!«
»Dann lass mich das für dich bezahlen«, sagte Paul.
»Das kann ich nicht annehmen!«, sagte Gigi schnell und auch Lea war sehr irritiert.
»Dann kaufe ich sie für mich!«, meinte Paul und schaute den Ladenbesitzer aufreizend an. »Habe ich genug Rhyun?«
»Mit Sicherheit!«, bestätigte der Ladenbesitzer.
»Dann will ich sie kaufen«, entschied Paul, ging zum Tresen und legte seine Hand auf den Stein. Es dauerte nur wenige Augenblicke und die Transaktion war erledigt, auch wenn sich diese anders angefühlt hatte - viel mächtiger.
»Sieht gut aus«, sagte der Ladenbesitzer und gab die Schriftrolle mit einem leicht schiefen Lächeln an Paul. »Hier ist das Schmuckstück!«
»Und ich schenke es dir, Gigi«, sagte Paul und hielt ihr die Rolle hin, »möge sie dir bei irgendwas helfen!«

»Danke!« Mehr brachte Gigi nicht raus, nahm die Rolle an und schaute zwischen beeindruckt und entgeistert von Paul zu Lea zum Ladenbesitzer und wieder zu Paul.
»Dann waren wir ja erfolgreich. Danke nochmals!«, verabschiedete sich Paul vom Ladenbesitzer und ging voran nach draußen.
Als die vier nach draußen traten, war es in der Gasse, die normalerweise recht dunkel war, sehr hell und sie mussten sich an die Helligkeit gewöhnen. Die Türe hinter ihnen fiel zu und somit bekamen die vier nicht mit, wie sich zwei gut getarnte Menschen aus dem Hintergrund des Ladens lösten und dem Ladenbesitzer einen Beutel mit Geldstücken gab, ehe sie kommentarlos den Laden durch den Hinterausgang verließen.

Kapitel sechzehn: Die dunkle Gasse

Als die vier Jugendlichen draußen auf der Gasse standen, schienen alle kaum glauben zu können, was eben passiert war. Ihnen war schlagartig klargeworden, dass Paul ein sehr besonderer Schüler sein musste, wenn er, ohne groß nachdenken zu müssen, diese magischen Energien zur Bezahlung nutzte.

»Kann ich kurz mit dir unter vier Augen sprechen?«, wisperte Lea zu ihrem Freund.

»Klar kannst du mit mir unter vier Augen sprechen«, antwortete Paul gerade so laut, dass alle es mithören konnte.

Lea ging genervt zur Seite und wartete, dass Paul zu ihr trat, doch er wollte erst einmal in die Schriftrolle schauen, die Gigi Janina zeigte. Was darin stand, konnte er nicht entziffern - dafür schien ihm noch einiges an Wissen zu fehlen.

»Geht es dir zu gut?«, fragte Lea ihn entsprechend genervt, als er endlich zu ihr trat.

»Warum?«, spielte er den Unwissenden.

»Dass du dir das Amulett aufschwatzen lässt, kann ich noch nachvollziehen, aber dass du Gigi diese überaus wertvolle Schriftrolle einfach so schenkst! Meinst du nicht, dass das zumindest merkwürdig aussieht?«

»Bist du eifersüchtig?«, fragte Paul ausweichend.

»Ich bin nicht eifersüchtig! Aber denk doch mal daran, was Janina jetzt denken muss!«

»Dass ich was von Gigi will?«

»Zum Beispiel! Das ist sehr wahrscheinlich!«
»Ach, so ein Quatsch! Gigi ist mir völlig egal! Mir ging es nur darum, herauszufinden, ob ich genügend magische Energie besitze, um die Rolle zu kaufen! Allein darum ging es! Und dass Gigi jetzt glücklich ist, ist doch schön! Lea! Ich muss herausfinden, wie viel magische Energie ich in mir trage und wie schnell sich die Energie wieder auflädt! Seitdem wir hier sind, stolpere ich von einem Ereignis ins nächste, ohne Antworten zu haben! Und wenn du ehrlich zu dir selbst bist - du auch. Deine Klamotten werden von der Wäschetonne ausgespuckt und dann heute die Explosion deiner Kräfte im Unterricht! Wir beide sind anders als die anderen in der Schule und nach heute ahne ich, dass wir sogar anders sind als die meisten in Tynn. Wenn wir am zweiten Tag hier schon so komisch vom Verkäufer im Laden bedient und auch ein wenig hofiert werden, dann frage ich mich, wie viel da in uns schlummert!«
»In dir, meinst du«, sagte Lea.
»In uns, Lea! Ich habe heute im Unterricht deine magische Energie spüren können! Viel mehr als die von den anderen! Janina kann zwar das Werkzeug hochfliegen lassen, aber da spüre ich kaum etwas. Fast so, als ob ich einen Elektrozaun auf der Weide anpacke. Du bist hingegen mehr wie ein Starkstromkabel. Spürst du denn nichts?«
»Doch, auch ich spüre einiges, kann es aber nicht einordnen«, erwiderte Lea und änderte ihre Körperhaltung. »Wir müssen viel mehr auf uns

aufpassen, Paul. Ich spüre, dass das hier eine sehr gefährliche Stadt ist, die uns nicht willkommen heißt!«
»Wie kommst du darauf?«, wollte Paul wissen.
»Sagen wir, ich spüre es, wie du magische Energie spürst! Es ist wie ein Messgerät in mir, das hin und wieder stark ausschlägt. In dem Laden hatte ich einen starken Ausschlag, aber der Besitzer schien ganz nett zu sein. Keine Ahnung, ob da meine Antennen richtig funktionieren.«
»Wie ist es jetzt?«
»Alles dreht sich! Zwischen absolutem Vertrauen und größter Sorge ist alles dabei! Ich würde gerne zur Schule zurück!«
»Wir haben uns aber Tynn noch gar nicht richtig angesehen!«, protestierte Paul leicht.
»Ist so ein Gefühl, Paul, dass wir besser zurück sollten!«
»Von mir aus!«, sagte er nach einigen Momenten, in denen er die Argumente in seinem Kopf hin und her schob. »Dann lass uns mal zurückgehen!«
Er ging zu den beiden anderen und sagte, dass sie auf dem schnellsten Weg zurück zur Schule gehen würden, und Janina sagte, dass es eine Abkürzung gäbe, wenn sie durch ein paar Seitengassen liefen. Bevor Lea protestieren konnte, lief Paul bereits mit Janina voran, tiefer in die dunkle Gasse hinein, anstatt zurück zum Platz zu gehen.
In dem Moment, in dem das Drehen in Lea aufhörte und auf größtmöglichen Alarm schwenkte, traten drei

vermummte Gestalten aus dem Dunkel einer weiteren Seitengasse und nun ging es rasend schnell.
Obwohl sie nominell einer weniger waren, schienen die drei Angreifer gefühlt in der Überzahl. Zum einen waren es gewissenslose Scharlatane und zum anderen hatten sie das Momentum der Überraschung auf ihrer Seite. Der eine von ihnen, in dem kurzen Moment nur schemenhaft zu erkennen, dass er der größte von den dreien war, packte Paul von hinten um den Brustkorb und quetschte seine Arme an den Körper, sodass er sich nicht herauswinden konnte. Einer der beiden anderen lief zu Lea und drängte sie mit seinem massigen Körper von der Gruppe weg, während der letzte der drei mit großer Beweglichkeit und Geschicklichkeit von hinten an Gigi herantrat und ihr die Schriftrolle entwendete. Bis zu diesem Moment sah es wie ein klassischer Raubüberfall aus, doch mit der Schriftrolle war es nicht getan. Weiterhin trennten sie Lea und Paul, und der eine hielt Paul in seinem festen Griff so, dass er sich nicht bewegen konnte. Gigi und Janina hatten so viel Angst, dass der eine Schurke ausreichte, um sie in Schach zu halten. Es vergingen nur wenige Augenblicke, die sich jedoch wie halbe Ewigkeiten anfühlten, und durch Pauls Kopf schossen die wildesten Vermutungen, ehe sich die Statik der Situation vollkommen änderte. Paul hatte befürchtet, dass sie Lea und ihn nun mitnehmen würden, denn es war für ihn offensichtlich, dass sie hinter den beiden her waren und die Schriftrolle nur ein netter Beifang war, doch dann ließ der massige

Typ von Lea ab und wich langsam zurück und auch der Griff des Schurken, der Paul umarmte, lockerte sich, ehe Paul sich von selbst befreien konnte und zu Lea stürzte. Die drei Angreifer sammelten sich kurz, stimmten sich mit ihren Blicken ab und verschwanden so schnell im Dunkel, wie sie aufgetaucht waren. Paul und Lea verstanden nicht, was die Flucht verursacht hatte, doch dann sahen sie aus der anderen Richtung eine Gestalt herankommen, die ihre rechte Hand wie zu einem Schutzschild nach vorne hielt. Erst beim Näherkommen sahen die beiden im diffusen Licht der Gasse, dass es sich um Enfryn handelte.

»Du hast uns gerettet«, sagte Paul, nachdem er einmal tief durchgeatmet hatte.

»Die kommen auch so schnell nicht wieder«, sagte Enfryn mit großer Überzeugung in der Stimme, ganz so, als ob er die Jugendlichen beruhigen müsste. »Das waren auch keine allzu starken Gegner«, fuhr er fort, »denn ein einfacher Schutzzauber reichte schon aus, um sie in die Flucht zu schlagen. Ich denke, sie sollten euch nur Angst machen.«

Paul dachte ganz kurz über das Gesagte nach und fand, dass das Einhalten der drei, nachdem sie die Jugendlichen unter Kontrolle hatten, für die Annahme von Enfryn sprach.

»Hast du eine Ahnung, von wem die drei wussten, dass wir hier sind?«, wollte Lea wissen

»Vielleicht waren es nur einfache Diebe«, warf Gigi ein, „denn immerhin haben sie mir meine wertvolle Schriftrolle geklaut.“

»Du hattest eine wertvolle Schriftrolle?«, wollte Enfryn wissen.

»Ja, Paul hat sie mir mit seinen magischen Kräften eben gekauft. Aber jetzt ist sie in den Händen von Leuten, die wahrscheinlich nicht mal lesen können.«

»Wenn viel magische Energie fließt, bekommen das zuweilen auch düstere Gesellen mit, und vielleicht haben sie nur darauf gewartet, dass ihr Ahnungslosen aus dem Laden heraus tretet, um euch in einer dunklen Ecke zu bestehlen.«

»Ich glaube das nicht«, widersprach Paul, »denn wenn es nur um die Schriftrolle gegangen wäre, wären sie nach weniger als zehn Sekunden verschwunden gewesen, doch sie hielten uns weiter in Schach, bis du gekommen bist, Enfryn.«

»Ich denke auch, dass jemand ein Interesse hatte, euch Angst einzujagen«, sagte Enfryn als Erklärung und Paul spürte, dass Enfryn mehr wusste, als er erzählte.

Doch ihm war auch bewusst, dass er Enfryn nicht so einfach fragen konnte, wenn sie nicht unter vier Augen waren. Also musste er sich noch gedulden, bis er vielleicht einen Moment zu zweit fand, in dem er Enfryn die drängenden Fragen stellen konnte.

»Hast du sonst etwas gekauft?«, wollte Enfryn von Paul wissen.

»Ein Schutzamulett«, antwortete Lea, als Paul aufgrund seiner Gedanken nicht sofort reagierte.
»Zeig mir das Amulett!«, forderte Enfryn Paul auf, ihm das Amulett zur Prüfung zu geben. »Zeigt mir das Amulett!«
Erst der eindringliche Weckruf ließ Paul aufhorchen und er kramte das Amulett unter seinem Oberhemd hervor und gab es an Enfryn. Dieser nahm das Amulett und hielt es wie Lea zuvor an der Kette fest und das Amulett richtete sich prompt in Richtung von Paul.
»Ganz klar ein billiger Trick, um dich zu verfolgen!«, meinte Enfryn und schmiss das Amulett an die Seite der Gasse.
»Was machst du da?!«, schrie Paul mit einem Mal und wollte dem Amulett schon in die Ecke nachspringen, doch Enfryn hielt ihn zurück.
»Dieses Amulett beschützt dich nicht! Es verrät dich in jeder Sekunde, in der du es trägst!«
»Ich wusste, dass irgendetwas mit dem Amulett faul war«, meinte Lea und war froh, dass Enfryn das so deutlich benannte. Denn für ihren Geschmack verhielt sich Paul viel zu leichtsinnig in dieser Welt, von der beide nicht wussten, welche Gefahren auf sie warteten.
»Wir müssen zurück zur Schule!«, stellte Enfryn fest und da keiner der vier Anstalten machte, sich zu bewegen, ging er voran und vertraute darauf, dass die Jugendlichen ihren Beschützer nicht aus den Augen lassen würden.

Kapitel siebzehn: Die Zaubermeisterin

Auf dem halben Weg zur Schule begann es zu nieseln, und wäre der Nieselregen aus Wasser gewesen, hätte es kein Problem dargestellt. Doch dieser Nieselregen bestand aus einem schleimigen Etwas, das sich auf die Kleidung wie auch auf die Haut legte und einen unangenehmen Film bildete. Die fünf stellten sich in einer Gasse unter ein Vordach und warteten darauf, dass der schleimige Nieselregen endete, was er auch nach einigen Momenten tat.

Lea und Paul hatten sofort das Gefühl, dass der schleimige Nieselregen etwas mit ihnen zu tun hatte, da es in die Reihe von merkwürdigen Ereignissen an diesem Tag hineingepasst hätte. Doch Enfryn erklärte, dass dieses Phänomen des schleimigen Nieselregens bereits häufiger aufgetaucht wäre, und niemand vermochte zu erklären, woher dieser schleimige Regen kam. Man wusste nur, dass er in einer Regelmäßigkeit auftauchte, die zwar kaum eine Vorhersage möglich machte, jedoch einen Rahmen eingrenzte, wann es das nächste Mal auftrat.

Lea und Paul fragten sich, ob dieser Schleim in irgendeiner Form gefährlich für sie war, doch Enfryn sagte, dass er bisher niemanden getroffen habe, der wegen des Schleims eine Krankheit entwickelt hätte. Es war nur, dass das Gefühl ein ekliges war, wenn sich dieser Schleim auf der Haut ausbreitete und dort trocknete. Doch dann ließ er sich ohne Probleme herunterreiben, und kaum dass sie mit dem Thema

abgeschlossen hatten, standen sie auch bereits wieder vor der magischen Schule des Handwerks, und Enfryn öffnete die Pforte zum Eintreten.
Als sie in den Eingangsaal eintraten, verabschiedete sich Gigi in den Schlafsaal, denn sie wollte nach den Ereignissen des Tages nur noch schlafen. Janina hingegen schien übernervös zu sein und wollte Pit ausfindig machen, um das Erlebte gemeinsam mit ihm zu verarbeiten.
Enfryn gab Lea und Paul das Zeichen, dass sie bitte warten sollten, und als die beiden anderen verschwunden und die drei allein waren, trat Enfryn näher an die beiden heran.
»Was ich euch jetzt erzähle, ist nur für eure Ohren bestimmt«, begann er eindringlich, »und ich gebe zu, dass ich nicht immer alles erzähle, vor allem, damit ihr euch keine unnötigen Sorgen macht.«
Lea und Paul hatten beide unabhängig voneinander sofort den Gedanken, dass Enfryn nun entweder versuchen würde, ihr Vertrauen mit vermeintlich wichtigen Informationen zurückzugewinnen oder es sich tatsächlich um wertvolle Informationen handelte, die ihnen bisher verwehrt geblieben waren.
»Ihr müsst wissen«, erzählte Enfryn weiter, »dass die Lage in Tynn aktuell nicht ganz so einfach ist, wie wir es uns alle wünschen würden. Dafür muss ich euch aber etwas erklären: Jede der magischen vier Schulen wird von drei Zaubermeister oder Zaubermeisterinnen geführt, und diese zwölf Meister entscheiden über die politischen wie auch alle anderen

Themen, die die Schulen wie auch Tynn als Stadt betreffen. Ihr habt sicherlich bemerkt, dass ihr anders seid als die Jugendlichen in eurer Klasse, und auch anders als die anderen im Schlafsaal. Ich verrate euch sicherlich nichts Neues, wenn ich euch sage, dass die magischen Energiepotenziale, die in euch schlummern, viel größer sind als die der anderen Schüler.«

»Kann man bestimmen, wie groß die magische Energie in einem ist?«, wollte Paul wissen.

»In so einem frühen Stadium ist das noch sehr ungenau«, erklärte Enfryn, »aber du wirst über die Zeit feststellen, wie viel du mit der magischen Energie anfangen kannst und wie schnell sie sich nach dem Gebrauch regeneriert. Daraus lässt sich nach einiger Zeit recht genau bestimmen, wie groß die magische Energie in dir ist. Aber das ist nicht das, was ich euch heute erklären wollte, sondern das, was jetzt passiert, sollt ihr richtig einordnen können.«

»Was wird denn jetzt passieren?«, sagte Lea, da sie das Gefühl hatte, auch etwas sagen zu müssen.

»Die drei obersten Zauberer und Zauberinnen einer jeden Schule sind für verschiedene Bereiche zuständig: die drei Bereiche sind magische Energie und Politik, Lehrmethoden und Lehrinhalte und zu guter Letzt Ordnung und Sicherheit. Alle drei können sich untereinander vertreten und keiner der drei ist mächtiger als der andere - auch wenn sie durchaus unterschiedlich viel magische Energie haben können. Diese Grundfesten wurden vor vielen Jahrtausenden bereits geklärt, denn in ferner Urzeit gab es viele Versuche, die Macht in den magischen Schulen und damit auch in Tynn von einzelnen Magiern zu übernehmen, doch die Gleichsetzung der zwölf Obersten Schulleiter und -Leiterinnen sorgt dafür, dass es kein unnatürliches Ungleichgewicht gibt. Allerdings bedingt es, dass für ein Gleichgewicht die vier magischen Schulen einem gemeinsamen Ziel verpflichtet sind, was aktuell seit einigen Jahren nicht mehr der Fall ist. Wir alle hoffen darauf, dass sich diese Meinungsverschiedenheiten über die Zukunft von Tynn bald ausräumen lassen, damit die Unsicherheit in der Stadt ein für alle Mal verschwindet.«

»Worin äußert sich diese Unsicherheit?«, wollte Lea wissen.

»Erinnert ihr euch noch an gestern, als wir vom Bahnhof nach Tynn durch die Pforte eingetreten sind?«, fragte Enfryn zurück.

»Als du mit dem Wächter gesprochen hast, der dir die Frage gestellt hat, ob du ihn noch kennst – ja klar erinnern wir uns noch daran!«, gab Lea zurück.

»Wisst ihr, dass in normalen Zeiten die Stadtteile so vorgingen, dass wenn sich irgendwelche Probleme abzeichneten, diese sofort befriedet wurden. Normalerweise sind die Wächter umgängliche Typen, die für die Sicherheit in Tynn sorgen. Aber seit geraumer Zeit entwickeln sich in einigen Stadtteilen Machtzentren, die nicht von den vier magischen Schulen gesteuert werden. Wir alle hoffen, dass sich diese Situation bald wieder auflöst, denn Tynn ist eine so viel schönere Stadt, wenn man unbesorgt durch sie hindurchgehen kann, ohne Sorge haben zu müssen, dass man überfallen wird und die Täter straffrei davonkommen, weil ihn niemand verfolgt.«

Enfryn schaute etwas gedankenverloren durch die Gegend, und da Paul und Lea keine weitere Frage zu dieser Thematik einfiel, schwiegen sie für einen Moment.

»Aber das ist es gar nicht«, hob Enfryn wieder an, »weswegen ich mit euch sprechen wollte, sondern ich soll euch zu der Zaubermeisterin für Ordnung und Sicherheit bringen. Sie ist eine der Oberen der magischen Schule und damit eine der zwölf Oberen, die die Geschicke von Tynn leiten.«

»Was will sie von uns?«

»Sie will mit euch persönlich sprechen, einerseits, um euch kennenzulernen, aber auch andererseits, um euch auf den weiteren Weg vorzubereiten. Denn mit eurer magischen Energie, die in euch schlummert, werdet ihr sicherlich ein anderes Lernprogramm erhalten als andere Schüler.«

Mit dieser unklaren Andeutung drehte sich Enfryn herum und steuerte auf eine geheime Pforte an der Seite des Saals zu, legte seine Hand auf die nackten Steine und murmelte ein paar Wörter, ehe die Steine verblassten, als würden sie ihre Körperlichkeit freiwillig aufgeben.

Wie bei den anderen Zaubern waren Paul und Lea auch dieses Mal überaus neugierig, wie ein solcher

Zauber funktionierte. Als die beiden durch die neu entstandene Öffnung traten, hielt Paul kurz ein, um seine Hand auf die Steine zu legen, die nach dem Verschwinden eine Art Rundbogen bildeten. Entgegen seiner Vermutung fühlten sich die Steine jedoch wie ganz normale Steine an, kalt und glatt, meisterhaft bearbeitet. Keine einzige Unebenheit war zu spüren und Paul ließ seine Hand noch über einige Steine hinweggleiten, ehe er der Aufforderung Enfryns folgte, etwas schneller zu gehen.

Wie scheinbar alles in Tynn hatte auch dieser Gang, in den sie nun traten, andere Dimensionen, als sie auf den ersten Blick zu sehen bekamen. Denn obwohl der Gang ein breiter, prächtig anmutender Weg war, der fast so breit wie die Eingangshalle der Schule wirkte, vermochte Paul mit wenigen Schritten von der einen zur anderen Seite zu gelangen.

»Welche Kräfte hier wohl am Werk sein müssen?«, schoss ihm durch den Kopf, denn das waren nicht nur kleine optische Täuschungen, sondern sie mussten größeren magischen Kräften entspringen.

Bevor er den Gedanken ganz durchdacht hatte, stand er bereits mit Lea und Enfryn in einer prächtigen großen Halle, in deren Mitte eine Person stand, die augenscheinlich an einem Zauber arbeitete. Sie hielt ein, als sie spürte, dass jemand in den Raum eingetreten war und kam mit einem freundlichen Lächeln auf die drei zu. Lea und Paul spürten umgehend das wohlige Gefühl von Wärme und Geborgenheit, dass sie beim ersten Betreten der magischen Schule empfunden haben und Lea fragte sich, ob dieses Gefühl ein echtes war oder ob die Magierin ihnen das Gefühl in irgendeiner Weise eingepflanzte.

»Ich freue mich«, hob die Oberste Magierin an, »euch beide persönlich kennenzulernen. Ich spüre die große magische Energie, die in euch liegt, roh und ungeschliffen wie ein Diamant – den wir gemeinsam in der nächsten Zeit schleifen wollen. Ich bin die Oberste Zaubermeisterin, die für Sicherheit und Ordnung in dieser Schule zuständig ist. Mir ist zu Ohren gekommen, dass ihr auf offener Straße von einigen Vagabunden angegriffen worden sei!«, sagte sie und schien eine Antwort von den beiden zu erwarten.

»Ja«, bestätigte Lea, die als erste die Worte wiederfand, »und wenn Enfryn uns nicht beschützt hätte, hätte das schlecht für uns ausgehen können.«

»Da bin ich mir sehr sicher«, entgegnete die Zaubermeisterin, »dass ihr das glaubt, doch ich sage euch, dass ihr selbst ohne einen Zauberspruch die drei mit eurer magischen Energie ohne Probleme zerquetscht hättet, wenn ihr eure Gedanken auf die drei richten würdet! Da ihr aber noch nicht in der Anwendung eurer Kräfte geschult seid, wart ihr wie das berühmte Kaninchen vor der Schlange.«

»Aber wie können wir unsere Energie gegen andere oder auf sie richten, wenn wir keine Zaubersprüche kennen?«, wollte Paul wissen.

»Erinnert ihr euch an eure Übungen in der Klasse?«, erklärte die Zaubermeisterin. »Denn obwohl ihr nicht einen Zauberspruch kennt, konntet ihr das Werkzeug vom Tisch in eure Hand befördern, nur mit euren Gedanken und dem Fluss der magischen Energie aus euch heraus, auf den Gegenstand.«
Für Paul war die Antwort völlig ausreichend, doch Lea hatte den dringenden Bedarf, noch weitere Themen zu klären.
»Warum wollt ihr uns aber wirklich treffen?«, sagte sie und schob hinterher, dass da noch mehr sein musste, denn diese Informationen hätte auch Enfryn ihnen geben können, ohne dass die Meisterin ihre wertvolle Zeit mit ihnen verbrachte!
»Du hast ein gutes Gespür für die Situation!«, kommentierte die Zaubermeisterin. »Ein Talent, das nicht sehr viele besitzen. Daran solltest du besonders arbeiten, denn es kann dich vor Gefahr warnen, wo offensichtlich noch gar keine Gefahr sein kann. Fühlt ihr euch in meiner Gegenwart sicher?«
»Sehr sicher sogar!«, sagte Paul.
»Ja, sehr sicher!«, bestätigte auch Lea.
»Seht ihr«, erklärte die Zaubermeisterin weiter, »es gibt drei Dimensionen, die für die Nutzung der magischen Energie von äußerster Wichtigkeit sind. Die erste Dimension ist das Gefühl, das in euch liegt. Denn wenn ihr euch sicher fühlt, könnt ihr konzentriert an euren magischen Fähigkeiten arbeiten, während bei Unsicherheit das Gefühl der Unsicherheit euch immer davon ablenken wird,

sinnvoll mit den magischen Fähigkeiten zu arbeiten. Die zweite Dimension ist das Training der magischen Fertigkeiten, und in dieser Schule zudem das Training an den Werkzeugen, denn ohne das perfekte handwerkliche Geschick mit Hammer, Säge und anderen Werkzeugen werdet ihr keine echte Macht in Tynn erlangen.«

»Und die dritte Dimension?«, fragte Paul, nachdem die Zaubermeisterin eine gedankliche Pause eingelegt hatte.

»Die dritte Dimension ist das Vertrauen in euch selbst, mit euch im Reinen zu sein und euch auf dem richtigen Weg zu fühlen«, sagte die Zaubermeisterin abschließend und deutete an, dass sie nun wieder an ihrem Zauber arbeiten werde.

Enfryn verstand als Erster und berührte die beiden vorsichtig an der Schulter, drehte sie sanft zum Ausgang, und die drei verließen den Raum über die Pforte, die sich vor einigen Augenblicken selbst entmaterialisiert hatte.

Kapitel achtzehn: Die nächsten Tage

Nachdem die ersten zwei Tage sehr ereignisreich verlaufen waren, wurde es in den nächsten Tagen etwas ruhiger. Während sich für Paul auch weiterhin niemand unter den Jungs im Schlafsaal befand, dem er sich anvertrauen wollte, distanzierte sich Gigi von Lea. Auch Ella spürte, dass Lea eine besondere Schülerin war, mit der sie höchstwahrscheinlich nicht Schritt halten konnte, und zog sich ebenfalls zurück. Jenny war es offensichtlich egal, dass Lea irgendwie besonders war, und je länger die beiden sich über die Ereignisse der ersten Tage in Tynn unterhielten, desto mehr Vertrauen baute sich bei Lea auf, die sich Jenny gegenüber immer mehr öffnete. Da Jenny ebenfalls tief in ihr Wesen und ihre Gedankenwelt blicken ließ, und Lea jedes Mal, bevor sie etwas Wichtiges ihrer neuen Freundin erzählte, ihr Bauchgefühl befragte, ob sie Jenny weiterhin vertrauen konnte, ohne dass es Anlass zur Sorge gab, entstand eine Freundschaft zwischen den beiden. Jenny war auch die Einzige, der Lea erzählte, dass Paul ihr Freund war. Da Jenny nicht in ihrer Klasse war, hatte sie nur am Abend Berührungspunkte mit Lea und konnte so sich über den Beziehungsstatus keine eigene Meinung bilden. Jedoch war ihr auch zu Ohren gekommen, dass Paul ebenfalls ein Schüler mit sehr großem magischen Potential war, und sie sagte mehrfach zu Lea, dass eine Liebesbeziehung mit starker magischer Energie in Tynn selten funktionierte.

Lea hatte sich bereits so etwas gedacht, denn sie konnte sich kaum vorstellen, wie es sein musste, wenn man mit magischer Energie vollgeladen war und gleichzeitig versuchte eine Beziehung zu führen. Sie hatte zudem den Gedanken, dass mit wachsender magischer Macht und Nutzung derselben generell Beziehungen zu anderen Menschen schwieriger bis fast unmöglich würden. Auch wenn sie es nicht wahrhaben wollte, spürte sie in ihrem Inneren, dass eine Rückkehr in die Welt der normalen Menschen umso schwieriger werden würde, je länger sie Zeit in Tynn verbrachte und lernte, mit ihren Fähigkeiten umzugehen. Diese starke Konzentration auf sich selbst und die eigenen Fähigkeiten, das Loslassen der Gedanken und das Fokussieren der eigenen inneren Energieflüsse schottete das eigene Wesen von den anderen Menschen Stück für Stück weiter ab. Sie konnte sich daran erinnern, wie sie in Ethik einmal die Zurückgezogenheit der buddhistischen Mönche durchgenommen hatten, die auf der Suche nach der inneren und äußeren Ruhe völlig in sich selbst versanken, und Lea hatte die Befürchtung, dass sie sich auf eben jenen Weg begeben musste, um die magische Energie, die in ihr lag, vollständig hervorzurufen.

Paul hingegen machte sich solche Gedanken nur sehr am Rande; ihm war es viel eher daran gelegen, das Ausmaß der eigenen magischen Energie herauszufinden, doch in der Schule bot sich keine Gelegenheit, diese Grenzen auch nur annähernd auszutesten. Die wenigen Übungen, die sie im Unterricht Tag für Tag wiederholten, langweilten ihn nach einiger Zeit. Nur das Werkeln am Morgen mit den echten Werkzeugen fand er spannend und bereichernd, und er zeigte gerade bei diesen diffizilen Techniken besonderes Geschick. Nahezu jeden Vormittag baute er kleine Kunstwerke, schliff Holz bis an den Rand der Perfektion glatt oder schnitzte aus einem Block Holz eine wunderbar plastische Figur. Obwohl er ein großes Talent in diesen handwerklichen Dingen zu haben schien, verstand er dennoch, dass die wahrhaft meisterhaften Dinge, die von den Lehrern dieser Schule zustande gebracht wurden, noch sehr viel Übung erforderten, damit er auch nur in die Nähe dieser Perfektion kommen konnte.

So verging die nächsten Tage in Tynn, und da die beiden fürs Erste die Stadt nicht mehr erkunden wollten, ehe sie nicht wussten, ob es für sie sicher genug war, blieben sie in der Schule.

Da die Nachmittage nach den magischen Unterrichtsstunden aufgrund von mangelnden Aktivitäten mit jedem Tag langweiliger wurden, suchten beide nach einer neuen Beschäftigung. Paul hatte bereits früher häufig Sport getrieben, und fand nun Anschluss an eine Gruppe, die eine andersartige Version des Fußballs spielten. Lea hingegen versuchte herauszufinden, warum die Wäschewanne immer noch ihre Wäsche ausspuckte, wenn sie ihre hineinwarf, doch inzwischen kam sie wenigstens

gesäubert wieder heraus, sodass sie sie nur noch falten musste. Zudem hatte sie sich mit Jenny in die Bibliothek der Schule begeben und musste feststellen, dass nur sehr wenige Werke für sie bereitstanden. Interessanterweise bekam Jenny andere Bücher zu sehen, wenn sie alleine in die Bibliothek ging, als wenn sie zu zweit hineinkamen. Jenny erklärte ihr, dass die Bibliothek wisse, in welchem Wissensstand die Eingetretenen waren und bot demnach nur die Bücher an, die für den am wenigsten Ausgebildeten der Gruppe zur Verfügung standen. Da Lea zwar wahrscheinlich über mehr magische Energie verfügte als Jenny, sie aber zwei Klassen über ihr war, wurde Lea deutlich weniger von der Bibliothek angeboten. Sie fragte Jenny, ob sie ihr ein Buch aus der Bibliothek mitbringen konnte, dass sie selber noch nicht lesen konnte, doch als Jenny versuchte, das Buch aus der Bibliothek mitzunehmen, versperrte ihr ein vorher nicht zu sehender Wächter den Weg und forderte sie auf, das Buch zurückzugeben. Nun wussten beide, dass sie Bücher nicht aus der Bibliothek entfernen oder mitnehmen konnten, wenn sie die Absicht hatten, es einer anderen Schülerin zu geben.
Die Erkenntnisse mit der Bibliothek und den Büchern wollte Lea Paul erzählen, und sie fand ihn beim magischen Fußball. Beim letzten Mal, als sie ihn in der hohen Halle gefunden hatte, hatte er ihr erklärt, wie das Spiel funktionierte, doch was sie an diesem

Nachmittag zu sehen bekam, hatte wenig mit dem zu tun, was er ihr erklärt hatte.
Der magische Fußball hatte wie der normale Fußball zum Ziel, dass ein Ball in das Tor der gegnerischen Mannschaft flog, doch musste man bei dieser Variante in Tynn keine Spieler ausdribbeln oder aussteigen lassen, sondern magische Verteidigungspotentiale überwinden. Die angreifende wie auch die verteidigende Mannschaft arbeitete mit Potentialen, die aus ihren magischen Energien gespeist wurden. Dabei wurden diese Potentiale in die Beine der Spieler umgeleitet, die dann entweder mit dieser Energie den Ball in Richtung des Tores des Gegners traten oder mittels ihrer potentiellen Energie den Einschlag des Balles im eigenen Tor verhindern wollten. Da Paul mit den Jungs aus den ersten Klassen spielte, kam so gar kein Spielfluss zustande. Paul mit seiner hohen magischen Energie brauchte sich nur kurz zu konzentrieren und schoss den Ball mit einer hohen Geschwindigkeit jedes Mal ins Tor. Im Gegenzug konnte er, wenn er sich ein wenig anstrengte, jeden Schuss des gegnerischen Teams mittels seiner Abwehrenergie aufhalten. Sie hatten gehört, dass es in höheren Klassen auch richtige Spielzüge gab, in denen die Spieler der verschiedenen Mannschaften die eigene Energie mit der Energie eines anderen Spielers verknüpften, um so wirkungsvollere Schüsse auf das gegnerische Tor loszutreten. Dieses Spiel hier in der unteren Klasse wirkte jedoch wie eine Einmannshow, sodass Paul es

aufgab, in dieser Mannschaft magischen Fußball spielen zu wollen.

»Ich gebe es auf!«, sagte er zu Lea, nachdem er fünf weitere Tore ohne große Mühe geschossen hatte.

»Nur weil du jetzt derjenige bist, der das größte magische Potential hat, heißt das noch lange nicht, dass die Schüler in den oberen Klassen dich nicht locker besiegen können.«

»Das mag sein«, antwortete Paul, »aber bevor ich nicht ernsthafte Gegner bekomme, werde ich den magischen Fußball erstmal nicht mehr spielen. Was hast du denn heute so getrieben?«

»Ich war mit Jenny in der Bibliothek«, antwortete Lea und sie erzählte, was sie alles herausgefunden hatte.

»Ich denke«, antwortete er, nachdem Lea ihren Bericht beendet hatte, »dass diese Schule ganz genau weiß, in welchem Stadium der Entwicklung wir uns befinden, wo wir uns befinden und wie wir uns fühlen.«

»Ja, das befürchte ich auch«, erwiderte Lea, »und wir brauchen uns keiner Illusionen hinzugeben, dass wir vor der magischen Schule irgendwelche Geheimnisse haben können.«

»Deswegen bin ich so gespannt, wie sich das Ganze hier weiterentwickeln wird, denn wenn wir wirklich bis zum Ende der vierten Klasse mit diesen Schülern abhängen müssen, dann wird das eher langweilig werden!«

»Ich habe gedacht«, sagte Lea, »dass wir nach dem Besuch bei der Obersten Zaubermeisterin andere

Aufgaben erhalten oder irgendetwas Besonderes mit uns passieren wird. Aber da muss ich mich wohl getäuscht haben, denn es ist seither sogar weniger als in den ersten zwei Tagen passiert.«

»Ganz schön langweilig, oder?«

»Ja, voll!«

»Wenn die doch sowieso wissen«, wagte Paul einen Versuch, »dass wir ein Paar sind, warum leben wir nicht einfach damit und zeigen es ganz offen?«

Auch wenn Lea sich über Gefühle und magische Energie viele Gedanken in den letzten Tagen gemacht hatte, und sie zu dem Schluss gekommen war, dass beide Zustände kaum miteinander vereinbar waren, überraschte sie diese Frage von Paul und sie musste zugeben, dass sie keine guten Antworten auf diese Frage hatte. Das einzige, das sie hatte, war ihr Gefühl, dass es nicht zu ihrem Vorteil sein würde, wenn sie beide ihre Beziehung öffentlich zeigten.

»Ich weiß nicht so recht«, versuchte sie ausweichend anzuheben.

»Sind wir überhaupt noch zusammen?«, platzte es mit einem Mal aus Paul heraus.

»Ich weiß es nicht«, versuchte Lea eine Erklärung, »in welchem Stadium unserer Beziehung wir uns befinden, aber ich spüre ganz stark in mir, dass eine Offenlegung unserer Beziehung nur Nachteile mit sich bringen wird. Und auch wenn ich mir kaum etwas sehnlicher wünschen würde, als dich zu küssen, hält mich dieses Gefühl der Gefahr davon ab – und zwar nicht wegen meiner Sicherheit, sondern vor allem wegen deiner Sicherheit. Ich liebe dich immer noch, Paul, aber ich bin mir absolut sicher, dass wir unsere Beziehung zueinander auf völlig neue Beine stellen werden müssen, wenn wir beide hier in Tynn bleiben werden.«

»Ich werde nicht weg gehen!«, kam es von Paul entschieden zurück, »zumindest nicht vorerst!«

»Ich habe auch nicht vor zu gehen, auch wenn ich spüre, dass das Verlangen nach meiner Familie größer und größer wird. Zugleich spüre ich aber auch, dass mit wachsender magischer Energie in mir der Weg zurück länger und länger wird. Das macht mir Angst, Paul. Dir nicht?«

»Ich verspüre viel, aber keine Angst!«, stellte Paul klar und nach dieser strikten Aussage zog sich Lea aus dem Gespräch zurück und für diesen Nachmittag kam kein vertrautes Gespräch mehr zustande.

Kapitel neunzehn: Das neue Training

Der nächste Tag brachte für Lea und Paul dann die ersehnte Veränderung. Die beiden hatten sich schon gefragt, ob sie vielleicht nach dem Gespräch mit der Obersten Magiermeisterin vielleicht vergessen worden waren, doch wie an jeder normalen Schule war das Umorganisieren von Lehrpersonal eine Herausforderung. Am Morgen hatten sie noch ganz normal ihren Werkunterricht geleistet, jedoch in diesem bereits mit neuen Werkzeugen und Werkstoffen arbeiten dürfen, die eine höhere Fertigkeit erforderten. Nach dem Mittagessen, das sie weiterhin am Tisch mit Janina und Pit zu sich nahmen, wollten sie in ihren normalen Unterrichtsraum zurückgehen, doch sie wurden vor der Klasse von einem ihnen bisher unbekannten Lehrer abgefangen, der sie bat, mit in einen anderen Teil der magischen Schule zu kommen. Die Lehrerin schien Bescheid zu wissen und so verblieben Janina und Pit alleine an ihrem Tisch.

Es war das erste Mal, dass Lea und Paul die Etage in der magischen Schule wechselten; selbst, als sie die Oberste Magiermeisterin besucht hatten, waren sie auf der gleichen Ebene geblieben. Als sie dem Lehrer hinterhergingen, kamen sie an einen Ort in einem langen Gang, von dem bisher keine Treppe abgegangen war, doch plötzlich und unverhofft konnte Paul als erster die Treppe sehen, an der sie

entweder bisher vorbeigelaufen waren oder diese sich erst jetzt das erste Mal zeigte.
»Habe ich nur das Gefühl«, sagte Paul mehr zu sich selbst, »dass diese Treppe vorher noch nie da war?«
»Ich habe sie auch noch nie wahrgenommen«, bestätigte Lea.
Die beiden erwarteten, dass der Lehrer ihnen bestätigte, dass die Treppe sich nicht jedem zeigte oder dass sie mitunter in einem anderen Gang waren, doch dieser schwieg eisern und ging ohne einen Kommentar die Treppe hinauf. Die beiden folgten ihm und gelangten nach wenigen Stufen auf die nächste Etage, in der sich eine kleine Art Halle im Inneren vor ihnen ausbreitete. Neben den vielen handwerklich perfekten Kunstgegenständen, die in dieser Halle standen, waren es vor allem die Lichtspiele, die Lea und Paul beeindruckten. Es schien, als würde ein überdimensionales Prisma die Lichtstrahlen in verschiedene Lichtquellen aufbrechen, die dann ihrerseits in verschiedene Formen zerstreut wurden, sodass es schien, als würden sie ineinander verflochtene Seile bilden.
Die beiden Jugendlichen blieben stehen und genossen den überaus spannenden Blick auf dieses Schauspiel, dabei verpassten sie beinahe, wie der Lehrer quer durch die kleine Halle gelaufen war und bereits am Ausgang auf sie wartete. Sie sputeten sich, durch die Halle zu jagen und kamen gerade noch rechtzeitig, bevor sich der Ausgang wieder zurück materialisierte, denn der Zauberer hatte eine Wand, die vorher

eigentlich den Raum begrenzt hatte, an einer Stelle geöffnet, sodass alle dreien hindurchtreten konnten. Nun befanden sie sich in einem Raum, in dem bereits mehrere Schüler und Schülerinnen darauf warteten, dass der Unterricht beginnen konnte. Paul zählte schnell durch und kam auf sechs weitere Schüler, zwei Jungs und vier Mädchen, von denen je zwei an einem Tisch waren und Aufwärmübungen zauberten. Die beiden spürten, dass hier eine andere Menge an magischer Energie vorhanden war und zum Einsatz kam als in ihrer vorherigen Klasse. Lea und Paul kannten keine der anwesenden Schüler und Schülerinnen, und sie wurden offensichtlich nicht mit offenen Armen empfangen, denn keiner der sechs Anwesenden hob den Kopf und musterte die beiden. Alle waren hoch konzentriert beim Üben von Zaubersprüchen und schienen sich nicht ablenken lassen zu wollen. Zudem spürte Lea eine grundsätzliche Ablehnung in dieser Klasse, die sie nunmehr nicht mehr so stark verwunderte, da sie ahnte, dass die wachsende magische Energie zu einer Reduktion der emphatischen Fähigkeiten für andere Menschen führte.

»Das stimmt, Lea«, sagte plötzlich der Lehrer und schien ihre Gedanken lesen zu können. »Die starke Konzentration auf sich selbst und auf die Zauber führt dazu, dass die meisten Schüler sich in sich selbst versenken und jede unnötige Emotion vollständig ausblenden. Doch es gibt einige seltene Exemplare, die gerade mit den Emotionen arbeiten können, um ihre magische Energie noch um einiges verstärken zu können. Ich bin mir sicher, dass wir schnell herausfinden, ob du zu dieser besonderen oder zu der normalen Sorte Schülerinnen gehörst, die einfach nur besonders viel magische Energie abgekommen haben.«

Dieses Mal war es Lea, die geschockt war von den Informationen, die sie erhielt. Denn bisher hatte sie geglaubt, dass Paul eine sehr große Energie in sich trug, sie aber nur einen Bruchteil davon besaß. Dass sie vielleicht ebenfalls eine sehr ausgeprägte Energie besitzen sollte, veränderte für sie die Sachlage sehr stark.

Paul hingegen schien der Unterhaltung kaum gefolgt zu sein, so sehr war er gebannt von den Zaubereien, die die anderen Schüler als Aufwärmübungen durchführten, und er wollte schnellstmöglich diese magischen Handlungen nachzaubern können. Ein Schüler hatte Spaß daran, eine flüssige, schwarze Masse wie zu einem Basketball zu formen und mit ihm auf dem Tisch zu dribbeln, ganz so, als wäre diese flüssige Masse ein fester, gummihafter Werkstoff. Auf dem Tisch blieben trotz der schmierigen Konsistenz keinerlei Rückstände von diesem Ball zurück, und als Paul den Blick etwas weiter schweifen ließ, sah er, wie eine Jugendliche aus Nägeln einen Wirbelwind zauberte, den sie mit hoher Geschwindigkeit vor sich tanzen ließ, ehe sie den Befehl gaben, dass die Nägel um einen Hut an der Wand geschossen werden sollen.

Überraschenderweise flogen alle Nägel in exakt die Richtung, die ihnen vorgegeben war, ganz gleich, in welche Richtung sie beim Abschuss gezeigt hatten. Es zeigte sich, dass sich auch die meisten Nägel tatsächlich in die Wand schießen ließen, jedoch verfehlten einige das Ziel oder trafen mitten hinein, was von der Schülerin nicht so geplant war. Sie schien sich kurz aufzuregen, ehe sie ihren Tisch verließ, um die Nägel wieder aus der Wand zu ziehen, ging, ohne dabei die beiden auch nur einmal mit ihrem Blick zu streifen, an ihnen vorbei. Es war, als ob die beiden für sie nicht anwesend waren, und nicht nur Paul fragte sich, ob sie vielleicht wirklich nicht anwesend waren, denn verwundert hätte ihn diese Tatsache kaum.
»Doch, ihr seid schon anwesend«, sagte der Lehrer und Paul verstand, dass der Lehrer seine Gedanken lesen konnte.
Paul fragte sich, ob es einen Weg gäbe, den Lehrer aus seinen Gedanken auszusperren, doch als er diesen Gedanken formuliert hatte, sah er bereits, dass der Lehrer seinen Kopf schüttelte. Der nächste Gedanke, den Paul hatte, war, dass er bestenfalls gar keine Gedanken mehr hatte, ansonsten würde der Lehrer alle seine Gedanken bereits vorher kennen. In diesem Moment schaute er zu ihm hinüber, sah, dass sich der Lehrer von ihm abgewendet hatte und scheinbar diesen Gedanken nicht mitgelesen hatte. Paul vermutete, dass irgendeine Form des Augenkontakts notwendig war, damit der andere seine Gedanken lesen konnte.

Im Gegensatz dazu war Lea inzwischen mit ihren Augen über die einzelnen Jugendlichen gewandert und hatte, wie Paul zuvor, einige Zaubersprüche entdeckt, die sie brennend interessierten. Neben den Nägeln im Wirbelwind war es vor allem eine Schülerin, die in einem Glas Wasser, das zunächst wie ganz normales Leitungswasser aussah, plötzlich eine klebrige Masse entstehen ließ, die sich langsam zu einer Figur veränderte. Als Lea erkannte, dass die kleine Figur im Glas wie ihr Ebenbild aussah, erschrak sie und erkannte, wie das Mädchen sie plötzlich mit einem durchdringenden Blick anstarrte.
Der Lehrer hatte diese Situation erkannt, und den Blick von Paul abgewendet, und nun versuchte er die Gedanken von Lea zu lesen. Doch aus irgendeinem Grund gelang es ihm nicht so leicht, in Leas Kopf einzudringen und sie mitzulesen. Es schien, als hätte sie eine Mauer um ihre Gedanken hochgezogen.
Lea hingegen suchte Halt bei Paul, der jedoch mit seinen Gedanken anderweitig beschäftigt war, sodass in diesem Moment alle drei etwas unsortiert waren.
Der Lehrer fand als Erster wieder zurück zur Wirklichkeit und sprach die beiden an, doch näher in die Klasse zu kommen. Nun stellte der Lehrer die beiden den anderen Schülern vor und erklärte Lea und Paul, was das Ziel dieser Klasse war: das Erlernen von der Nutzung der magischen Energie in der Gestaltung von anderen Werkstoffen. Da es sich um die magische Schule des Handwerks handelte, war es umso wichtiger, mit den Werkzeugen und

Werkstoffen, die in Tynn verfügbar waren, die Zaubersprüche anzuwenden, die hilfreich waren, um die verschiedensten Herausforderungen zu lösen.
Da aktuell drei Tische voll belegt waren, holte der Lehrer aus der Ecke einen weiteren Tisch und zwei Beistellhocker und ließ Lea und Paul sich selbst die Utensilien aus dem Wandschrank holen, mit denen sie arbeiten wollten. Erst nach einigen Augenblicken erkannte der Lehrer, dass die beiden noch sehr neu auf der Schule waren und daher noch kaum magische Fähigkeiten entwickelt hatten, um mit den verschiedenen Werkstoffen umzugehen. Es schien, als ob die anderen Jugendlichen bereits seit Jahren in der Übung waren, und um den beiden zu helfen, gab er ihnen ein paar Tipps, welche Übungen zu Beginn gut realisierbar waren.
Paul nahm sich einen Messbecher und füllte Wasser hinein, und als Lea sah, was Paul begann, bekam sie es mit der Angst zu tun, dass Paul den Versuch machen würde, ebenfalls eine Figur ins Glas zu zaubern. Doch Paul wollte nicht mehr als einen Wirbelwind unter Wasser zaubern, einen Strudel, der alles nach unten zog. Dabei unterschätzte er jedoch seine Kräfte und erschuf einen so starken Sog, dass nicht nur das Glas zersprang, sondern der Tisch gleich mit. Da das ganze mit einem heftigen Knall passierte, erschraken einige in der Klasse und starrten auf das Chaos, das Paul angerichtet hatte. Auch Lea war geschockt, nur der Lehrer nicht, der in großer

Ruhe einen Reinigungszauber sprach, der alles zur Seite wegkehrte.

»Raphael«, sagte der Lehrer fast tonlos zu einem der Schüler, »würdest du bitte den Tisch wiederherstellen. Das Glas kannst du in das Holz materialisieren, dann erhöhen wir die Widerstandsfähigkeit für das nächste Mal.«

Raphael ließ ab von seinem Zauber und richtete den Tisch über den Nachmittag wieder her.

Paul hatte hingegen erkannt, dass er vor allem lernen musste, seine magische Energie maßvoll einzusetzen, denn als er den Strudel zauberte, floss die magische Energie völlig unkontrolliert aus ihm heraus.

»Paul, können wir miteinander mal reden?!«, kam es vom Lehrer in einem Ton, der die vermeintliche Frage wie eine Aufforderung klingen ließ, die man nicht ablehnt.

Die beiden gingen aus dem Raum und unterhielten sich darüber, dass Paul ein besonderes Training zur Kontrolle seiner großen Energie bekommen müsste, bevor er wieder in die Klasse zurückkehren könnte. Das war Paul auch inzwischen klar und er begrüßte den Vorschlag, auch wenn er damit die Nachmittage getrennt von Lea verbringen musste. Der Lehrer ließ ihn von einer jungen Oberschülerin abholen und zu einem Raum bringen, in dem eine sehr alt wirkende Zauberin saß.

Kapitel zwanzig: Die alte Zauberin

Rani war bereits so viele Jahre alt, dass sie aufgehört hatte, diese zu zählen. Paul fragte sich, wie alt man wohl in Tynn werden könnte und wie viele Jahre dann in der realen Welt vergehen würden. Wenn er annahm, dass er 80 Jahre alt in der normalen Welt werden würde und dann hochrechnete, wie viele Jahre in Tynn vergingen, dann erschrak er bei der Zahl, die er nur grob in seinem Kopf überschlagen hatte. Er hatte sich oft gefragt, wie es wohl wäre, wenn man ein unendliches Leben vor sich hätte, und bei dem Blick auf Rani kam ihm der Gedanke, dass in Tynn zumindest ein Großteil dieses Wunsches in Erfüllung gehen könnte. Spannenderweise war der erste Gedanke, den er dazu hatte, dass er vor dieser Vorstellung Angst empfand, mehr als dass er sich darüber freute.

»Du bist also derjenige, der die große magische Energie in seinem Körper verspürt«, sagte Rani zur Begrüßung, »und keine Ahnung hat, wie er damit umgehen soll.«

»Ich denke, das ist richtig«, antwortete Paul und suchte im Gesicht von Rani Anzeichen dafür, ob er ihr trauen oder misstrauen sollte.

Doch die alte Dame vor ihm wirkte wie ein zahnloses Mütterchen, das sich am liebsten an den Ofen setzte, um die müden, alten Knochen zu wärmen. Erst als er tief in ihre Augen blickte, stellte er fest, welches Feuer in ihr loderte und spürte mit einem Mal die gewaltige

Energie, die in ihr lag. Paul hatte schon festgestellt, dass seine Fähigkeit darin bestand, die Energiepotentiale anderer zu erkennen, während Lea anscheinend spürte, ob eine Gefahr bestand oder nicht. Zudem erkannte Paul, dass das Älterwerden in Tynn zwar den Körper veränderte, aber die magische Energie nicht verloren ging oder nach und nach verschwand.

»Auch wenn ich keine Gedanken lesen kann«, sagte die Magierin und winkte dem Lehrer mit einem Zeichen, dass er den Raum verlassen könne, was dieser auch nahezu lautlos tat, »so habe ich mir über die Jahrhunderte angelernt, die Gesichter der Menschen zu lesen. Mir ist völlig klar, dass du eine alte Frau siehst, in der noch das Feuer der magischen Energie lodert, als wäre sie ein Jungspund, und du stellst dir die Frage, wie ich dir helfen kann, deine Energie besser zu kontrollieren.«

»Da will ich nicht widersprechen«, sagte Paul, »aber ich glaube, dass der körperliche Verfall über die Jahre zwar nicht durch die magische Energie aufgehalten werden kann, diese aber immer noch so wirkungsvoll eingesetzt werden kann, wie zu jeder Zeit.«

»Im Grunde hast du recht«, antwortete Rani, die alte Frau, »jedoch musst du bedenken, dass man zwar ein Potential an magischer Energie besitzt, dieses aber auch nutzen und trainieren muss, um es zu behalten. Wenn man es nicht tut, dann kann es sogar passieren, dass man seine gesamte magische Energie verliert und dann nur noch langsam vor sich hinlebt. Damit das nicht passiert, werde ich dir ein paar Übungen zeigen, die dir helfen werden, deine magische Energie zu trainieren und vor allem zu kontrollieren.«

Als Rani von Übungen sprach, hatte Paul gleich die Gedanken an Atemübungen oder anderen Übungen, doch schon bei der ersten Vorstellung, was Paul tun könnte, wurde ihm klar, dass es sich hierbei um echte magische Übungen handelte. Rani nahm sich einen Holzklotz, der keinerlei besondere Merkmale trug und wie ein größeres Kinderspielzeug wirkte, legte es auf einen Tisch und murmelte etwas in sich hinein, und das Holz verwandelte sich nahezu augenblicklich in eine Knetmasse.

»Wow!«, sagte Paul, »kannst du mir diesen Zauberspruch beibringen?«

»Das ist kein Zauberspruch«, antwortete Rani, »das habe ich nur mit meiner magischen Energie gemacht, indem ich mich darauf konzentriere, dass dieses feste Holzstück zu einer Knetmasse werden soll.«

»Aber ich habe doch gesehen, dass du gemurmelt hast!«, wandte Paul ein.

»Ach, weißt du«, antwortete Rani, »das Murmeln ist kein Zauberspruch, sondern mein Weg, meine magische Energie auf ein Ziel auszurichten. Es ist eher ein Spruch zur inneren Konzentration, um die Leere in meinem Geist herzustellen. Damit die magische Energie durch mich hindurchfließen kann, ohne dass sie von etwas gebremst oder abgelenkt wird.«

»Ich glaube«, versuchte Paul zu erklären, wie er sich fühlte, »dass ich nicht das Problem habe, dass die magische Energie aus mir herausströmt, sondern ich muss lernen, sie beim Ausbruch zu kontrollieren!«

»Das verstehe ich«, sagte Rani, »deswegen machen wir auch die Konzentrationsübungen mit diesem Holzblock, denn genau diese Übung wird dir dabei helfen, zielgerichtet deine Energie für eine Veränderung deiner Umwelt zu nutzen. Sieh her!«

Rani konzentrierte sich wieder auf den Holzblock, der nun eine Knetmasse war, und ohne dass sie die Knete in ihren Händen berührte, verformte sie den Block in verschiedene Formen. Es entstanden nahezu perfekte Kreise, dann wieder waren es Rechtecke und zum Schluss ließ sie ein Modell eines Schiffes entstehen, das so detailreich war, dass man meinen konnte, die Matrosen an Deck sehen zu können. Als sie ihre magische Energie wieder von der Knetmasse weg richtete und kurz ihren Blick auf Paul richtete, verwandelte sich der Knetblock zurück in das Holzstück, das es am Anfang gewesen war.

»Beeindruckend!«, drang es aus Pauls Mund heraus, der immer noch das Bild des Schiffs im Kopf hatte.

»Das ist nur so beeindruckend«, erklärte Rani, »wie beeindruckend dein Geist ist. Es geht bei dieser Übung nicht darum, die Kraft, die in dir steckt, auf ein Ziel zu lenken, mit dem du spielen kannst, sondern deiner magischen Energie eine Form mitzugeben, an die du denkst. Das sind zwar keine Formen, die Bestand haben werden, denn du siehst, dass es sich wieder um einen einfachen Holzblock handelt, aber der Transport von Vorstellungen über die magische Energie ist eine der zentralen Aufgaben in der magischen Schule des Handwerks. Aus diesem Grund brauchen wir die Gemeinschaft der Schule, denn wenn du dich an das Schiff zurück erinnerst, konnte ich die Imagination des Schiffes so lange aufrechterhalten, wie ich daran dachte, doch in dem Moment, als ich meine Gedanken zurücknahm, verwandelte sich die Knetmasse zurück in den Holzblock. Denn der Holzblock hatte von sich aus nie vor, eine Knetmasse zu sein. Wenn du jedoch jemanden an deiner Seite hast, der aus der Imagination meines Schiffes eine haltbare, feste Form zaubern kann, dann wird aus den Gegenständen etwas, das die Zeiten überdauert.«

»Dann sind die überaus perfekt gestalteten Gegenstände, die in der Eingangshalle und überall in der Schule zu finden sind, aus einer solchen Imagination entstanden?« wollte Paul wissen.

»Genau richtig erkannt!«

»Aber warum lernen wir dann mit Werkzeugen zu arbeiten und echtem Holz und echten Metallen«, wandte Paul ein, »wenn es ausreicht, dass ich einen beliebigen Holzklotz in einen anderen Zustand und Form bringe?«

»Du wirst feststellen, dass du ohne dieses Wissen um die Behandlung der Werkstoffe die Verwandlung in andere Werkstoffe sowie die Veränderung der Form nicht hinbekommen wirst!«, erklärte Rani. »Versuch

doch einmal diesen Holzblock, der auf dem Tisch steht, in eine Knetmasse zu verwandeln!«
Paul überlegte kurz, ob dies nun eine schwierige oder eine einfache Übung war und welches Ergebnis er von seinem Versuch erwarten konnte. Doch als er seine magische Energie auf den Holzblock richtete, sprang dieser quer durch den Raum und knallte gegen eine Wand, von der er abprallte.
»Siehst du«, sagte Rani, »dass du deine Energie aus sich herausfließen lässt, ohne sie zu kontrollieren oder zu dosieren. Deine Energie ist nicht in den Werkstoff eingedrungen, sondern hat sich an seiner Oberfläche entladen und ihm die Energie mitgegeben, die ihn durch den Raum springen ließ. Es geht aber nicht darum, dem Holzklotz deine Energie mitzugeben, sondern in seine Struktur einzudringen und ihn dazu zu überreden, eine andere Struktur anzunehmen.«
»Ich überrede einen Holzklotz dazu, eine Knetmasse zu werden?«, wunderte sich Paul.
»Es gibt für mich kein besseres Wort als überreden, denn es trifft den Kern dessen, was wir tun, denn von sich aus würde ein Holzklotz nie zu einer Knetmasse werden. Wenn du den Holzklotz als Ding begreifst, das veränderlich ist, dann wirst du erkennen, dass Modulationen jederzeit möglich sind.«
»Und wie lange wird es dauern, bis ich in den Holzklotz eindringen kann?«, wollte Paul wissen.
»Das hängt ganz von dir und deinem Trainingsfleiß ab«, meinte Rani und Paul ahnte, dass der Weg, der vor ihm lag, noch sehr weit werden würde.

Kapitel einundzwanzig: Leas Gedanken

Während Paul nach seinem Energieausbruch die Klasse verlassen hatte, war Lea alleine an ihrem Tisch geblieben und beobachtete die anderen Jugendlichen um sie herum. Was Lea am meisten irritierte, war das Gefühl, dass sie in diesem Raum verspürte, und obwohl der Lehrer ihre Gedanken nicht mehr lesen konnte, merkte er, dass Lea sich wie ein Fremdkörper in diesem Raum fühlte. Er näherte sich ihr zögerlich und Lea spürte seine Unsicherheit, was sie umso mehr irritierte.

»Ist alles in Ordnung mit dir?«, fragte er sie.

»Mir geht es gut«, sagte Lea reflexartig, doch sie fühlte sich alles andere als gut.

»Ich weiß, dass du mir nicht traust«, flüsterte der Lehrer in ihre Richtung, »sonst hättest du deine Gedanken nicht gegen mich abgeschottet. Aber du scheinst im Generellen recht misstrauisch zu sein!«

»So bin ich normalerweise nicht«, gab Lea in Gedanken zurück und spürte, dass sie diesen Gedanken zum Lehrer geschickt hatte, was sie ein wenig erschreckte, aber auch mit Freude begeisterte.

»Siehst du! Du kannst es scheinbar kontrollieren«, antwortete der Lehrer, ebenfalls über Gedanken. »Das ist sowieso der sicherste Weg, denn ich kann dir sagen, dass niemand aus dieser Klasse über die Gedanken sprechen kann.«

»Aber warum gelingt es mir nicht, in ihre Gedanken zu schauen?«

»Weil dafür viel Übung notwendig ist! Zudem ist es bei Menschen mit einem hohen magischen Potential immer so, dass sie eine natürliche Barriere aufgebaut haben. Diese musst du erst einmal überwinden! Aber sei dir gewahr, dass dabei viel magische Energie aufgebraucht wird. Wir sind uns sicher, dass du einiges an Energie hast…«

»Wir?!«, platzte es aus Lea heraus und sie merkte, dass sie es tatsächlich ausgesprochen hatte.

Die anderen Schüler in der Klasse hörten umgehend auf und schauten sie mit verschiedenartigen Blicken an: abweisend bis feindlich und offen bis neugierig.

Lea erkannte, wie wichtig es war, dass sie ihre Emotionen und Gedanken kontrollierte, denn es war ihr nicht klar gewesen, dass sie diesen Ausruf tatsächlich aussprechen würde.

»Du musst lernen, deine Gefühle zu kontrollieren!«, mahnte auch der Lehrer. »Auch wenn du mir nicht vertrauen magst, so kann ich dir dennoch helfen, wie man es schafft, nicht auszusprechen, was man denkt!«

»Das wäre toll!«, sagte Lea erleichtert, »denn Ihr habt schon recht damit, dass ich eher misstrauisch bin. Aber nur, wenn ich das Gefühl habe, dass um mich herum ein falsches Spiel gespielt wird. In Tynn schwankt alles zwischen überragend schön und abgrundtief feindselig, sodass ich meine Gefühle kaum zu kontrollieren weiß!«

»Das kann ich gut nachvollziehen! Als ich nach Tynn kam, war hier alles in bester Ordnung! Alle kümmerten sich um einen und die meisten in der

Klasse fanden es einfach nur schön, einen neuen zum Zaubern zu haben. Es war leicht, in Tynn Fuß zu fassen - aber ich gebe dir schon recht, dass sich das alles sehr verändert hat über die letzten Jahrzehnte. Seit dem großen Streit geht es beständig bergab mit der Sicherheit und dem Gefühl, das in Tynn herrscht!«

»Der große Streit?!«, wollte Lea wissen.

»Ach so! Entschuldige bitte! Du bist ja noch nicht so lange hier! Der große Streit ist so etwas wie die Trennung der christlichen Kirche in eine katholische und evangelische Richtung, nur mit viel mehr Machtpotential im Hintergrund! Es geht im Kern darum, ob Tynn eine Kriegspartei werden soll oder ob wir uns neutral verhalten.«

»Kriegspartei? In welchen Krieg will Tynn ziehen?«, fragte Lea schockiert.

»In gar keinen, wenn es nach unserer Schule geht«, erklärte der Lehrer, »doch die Frage, wer die Macht in Tynn hat, ist sehr fragil. Aus der Historie heraus waren die Schulen des Angriffs und die Schule der Kräuter- und Heilkunde eng verbandelt, während wir näher bei der Schule der Verteidigung waren. Das war aber eher daraus entstanden, dass die Angreifer viel mehr Hilfe von den Heilern brauchen, während wir zusammen mit der Verteidigung Hand in Hand arbeiten, um stärkere Angriffe abzuwehren.«

»Aber was ist dann passiert, dass es jetzt so unsicher in Tynn ist?«, fragte Lea weiter, als der Lehrer eine gedankliche Pause einlegte.

»Die beiden Schulen des Angriffs und der Heilkunde haben sich heftig gestritten. Der Angriff fühlte sich stark genug, um außerhalb von Tynn andere Ländereien und Städte zu erobern, doch die Heilkunde sah darin einen Bruch der Neutralität - was es auch ist. Unsere Schule war sofort auf der Seite der Heilkunde, und wir dachten, dass die Stimmen ausreichen würden, um den Angriff einzufangen, doch erstaunlicherweise wechselte die Verteidigung die Front und seither haben sie fünf von zwölf Stimmen, wir nur sieben.«
»Nur sieben?«, wunderte sich Lea. »Aber dann habt ihr doch mehr als die Hälfte und seid in der Mehrheit!«
»Beschlüsse werden in Tynn nur dann gefasst, wenn mindestens neun Stimmen vorhanden sind«, erklärte der Lehrer. »Das wäre nur gegeben, wenn die Verteidigung zu uns zurückschwenkt, doch im Moment sieht es eher so aus, dass auch der letzte Widerstand fällt. Dann hätten wir einen Patt.«
»Na und?«, versuchte Lea sich die Situation zu erklären, »solange nicht noch eine Schule einknickt, gibt es doch keinen Krieg.«
»Formal nicht. Aber bei einem Patt hätten die beiden Schulen schon mal das Recht, alles voranzutreiben und die Soldaten und Wächter nicht nur für den Verteidigungsfall zu trainieren, sondern auch für den Angriffsfall! Und was das für eine Wirkung auf die Bevölkerung haben würde, ist kaum auszumalen nach all diesen Jahrhunderten voller Frieden!«

Lea dachte zurück an den Wächter, der sie nach Tynn hereingelassen hatte, und sie spürte etwas in sich, dass ihr das Gefühl gab, dass die Wächter bereits längst auch den Angriff übten. Doch da sie nichts Genaues wusste, wollte sie keine Gerüchte in die Welt setzen. Stattdessen dachte sie folgendes: Das bedeutet, dass die unterschwellig aggressive Grundstimmung in der Stadt daher rührt, dass die Schulen sich nicht mehr richtig einigen können, wichtige Entscheidungen blockieren und damit jeder machen kann, was er will?

»Was einige sagen, ist übertrieben, da die alten Strukturen noch halten, aber es gibt immer mehr Risse. Dunkle Gestalten sieht man häufiger in dunklen Gassen und sie scheuen sich nicht mehr, einfache Menschen anzugreifen. Ihr habt selber erfahren, wie es laufen kann.«

»Das stimmt«, bestätigte Lea, doch sie verschwieg den Teil, in dem es um Pauls magisches Potential ging.

»Ich denke, die wichtigste Lektion hast du gelernt«, meinte der Lehrer, »denn wir beide können uns unterhalten, ohne den Mund zu bewegen. Das kannst du mit nur sehr wenigen, diese wirst du aber schnell erkennen. Du kannst das gerne mit mir üben, aber ich würde vorschlagen, dass du versuchst, auch deine anderen Talente zu scheinen zu bringen.«

»Welche anderen Talente?«

»Tief in die Materie eines Werkstoffs einzudringen, um ihn zu überreden, eine andere Form anzunehmen! Das können wir Gedankenflüsterer besonders gut! Geh und versuch es!«

»Gedankenflüsterer!«, sagte sich Lea immer wieder und fand dieses Wort als die beste Beschreibung, die sie je für sich gehört hatte.

Kapitel zweiundzwanzig: Das Foul

Für Paul wartete eine weitere Überraschung, denn nachdem er von Rani zurückgekommen war, wurde er von einer unbekannten Lehrerin abgeholt, und zusammen mit einer Schülerin aus der neuen Klasse ging es zum magischen Fußball - allerdings zu den Geübten. Allein die Aufwärmübungen waren von Paul kaum zu schaffen, da er seine magische Energie noch nicht ausreichend kontrollieren konnte. Als dann noch Lea in die Sporthalle trat, war es mit Pauls Konzentration vollends vorbei.

Dann ging es ans Spielen und Paul jagte fast immer seine Energie in den Boden, anstatt den Ball zu schießen, da die anderen Spieler viel schneller reagierten als er. Als sein Frust an seine Grenze geriet, fehlte nur eine Situation, um ihn explodieren zu lassen, doch dann spürte er mit einem Mal, wie seine Beine vom Boden gerissen wurden und er der Länge nach auf den Boden flog. Er landete hart mit seinem Rücken auf dem Hallenboden und konnte mit Glück seinen Kopf abfangen, doch er spürte den Schmerz, der seinen Rücken durchzog, unmittelbar nach dem Aufprall. Es ertönte ein Pfiff und das Getümmel auf dem Platz endete umgehend. Plötzlich stand eine Traube von Spielern um Paul herum und entweder beugten sie sich zu ihm oder unterhielten sich angeregt darüber, wie weich der Neue sei. Die Trainerin hingegen urteilte auf absichtliches und überhartes Foulspiel, ganz so, wie es Paul auch verspürte, doch ein paar aus der Gruppe meinten, dass Paul ein Simulant war. Was jedoch nur Lea gespürt hatte: in dem Moment, in dem Paul gefoult wurde, entlud sich seine Wut und erhöhte die Wucht des Fouls. Doch das behielt sie für sich und sah mit an, wie Paul langsam und mit Hilfe eines anderen aufstand und einige Zeit brauchte, ehe er seinen Rücken durchdrücken konnte. Lea spürte den Schmerz in seinem Körper und versuchte, seine Gedanken zu lesen. Als es ihr gelang und er scheinbar nichts davon mitbekam, unterließ sie es augenblicklich und ging ihrem Freund entgegen. Er versuchte es mit einem Lächeln, doch die Schmerzen verhinderten es.

»Hast du das Foul gesehen?«, wollte er von Lea wissen.

»Ganz schön hart!«, antwortete sie. »Der Aufprall muss richtig weh getan haben!«

»Och, das war nur ein kleiner Schmerz«, log Paul tapfer und schaute kurz weg, »aber ich muss schon sagen, dass du recht hattest, als du meintest, dass es noch viel bessere Spieler in der Schule gebe.«

»So ist das meistens!«

In der Zwischenzeit war die Lehrerin zu den beiden getreten und vergewisserte sich, dass es Paul einigermaßen gut ging.

»Ein kleines Willkommensfoul«, meinte sie »wenig scherzhaft, das passiert meistens, aber dieses Mal war es heftiger als sonst. Liegt wohl an dir und dem Ruf, der dir vorauseilt.«

»Welcher Ruf eilt mir denn voraus?«

»Dass du einer aus der höchsten Kategorie sein könntest!«

»Aus der was?«

»Alle Schülerinnen und Schüler werden in Kategorien eingeteilt«, erklärte die Lehrerin, »und es gibt insgesamt sieben Stufen. Ich bin am oberen Ende der dritten Stufe, das reicht, um Lehrerin zu sein. Eine Stufe darüber und man kann schon die Geschicke der Schule mit den anderen beeinflussen. Aber nur die höchste Stufe hat genug Potential, irgendwann einmal ein mächtiger Zauber oder eine mächtige Zauberin zu werden - und da es von diesen Potentialen nicht so viele gibt, ist es kein Wunder, wenn sich solche Gerüchte herumsprechen. Diese Schule ist in dieser Beziehung wie ein kleines Dorf, wo man etwas weiß, bevor die Betroffenen etwas davon wissen.«

Während die Lehrerin erzählte, hatte Lea erneut das Gefühl, dass die Überhöhung von Paul dazu führen würde, dass sie ihn verlieren würde, doch es kam anders.

»Und ganz selten«, wandte sich die Lehrerin nun an Lea, »kommt es vor - man munkelt sogar: noch nie -, dass ein Pärchen in die magische Welt von Tynn kommt und beide von dem größten Potential sind. Ganz richtig gehört, Lea! Wir wissen von euch beiden

als Paar und es ist in Ordnung für uns, wenn ihr eure Liebe auch ausleben wollt, aber ich rate euch, dass ihr äußerst vorsichtig seid, wem ihr euch anvertraut, denn nicht jeder kann damit umgehen.«
Nun war nicht nur Lea irritiert, sondern auch Paul, dass beide scheinbar ein riesiges Potential an magischer Energie zu haben schienen, sogar mehr als die Lehrer und Lehrerinnen. Sie fragten sich beide unabhängig voneinander, ob sie so viel Potential hatten wie die Oberen der Schule, und während sich Paul fühlte, als könnte er trotz der Schmerzen im Rücken Bäume ausreißen, fühlte Lea eine ozeangroße Leere in sich, von der sie nicht wusste, wie sie diese jemals füllen sollte.
»Ich weiß, dass das viel für euch beide sein muss«, sagte die Lehrerin, »aber wenn es nicht noch mal zu einem solchen Foul kommen soll, musst du unbedingt einige Übungen machen, die deine Reaktion verbessern. Zudem musst du dir ein Gefühl erarbeiten, wie du deine magische Energie in dir drin auflädst, hältst und erst dann loslässt, wenn du sie einsetzen willst! Da ihr beiden durch die Klassen gerade rast, habt ihr das bisher nicht gelernt. Denn das ist normalerweise etwas, was man direkt nach den ersten vier Klassen erlernt - ohne diese Fähigkeit habt ihr keine Chance, jemals einen wirkungsvollen Zauber zu generieren, denn nur sehr selten hat man den Zauber fertig und kann ihn direkt einsetzen. Zumeist hält man seine Energie gespannt wie einen Pfeil in

einem Bogen und schießt erst, wenn man denkt, dass der Zeitpunkt gekommen ist.«

»Das hat uns noch niemand gesagt«, versuchte Paul eine Erklärung.

»Ich weiß, es geht alles sehr schnell für euch und ihr könnt euch bestimmt auch nicht alles merken - und vieles geht nur mit Übung, aber ihr bekommt das hin! Ihr müsst nur fleißig üben und diszipliniert sein, dann stehen euch in Tynn alle Türen offen! Aber nun komm, Paul, ich zeige dir ein paar Übungen, die du benutzen kannst. Wenn du mitmachen willst, Lea, darfst du sehr gerne, auch wenn manche Übungen auf den magischen Fußball zugeschnitten sind.«

»Macht ihr mal ruhig«, wiegelte Lea ab und sah zu, wie die beiden auf den Platz zurückgingen und die Lehrerin Paul einige Übungen zeigte, die von außen nicht spektakulär aussahen, aber Lea spürte die Vertrautheit, die die Lehrerin aussendete, als wäre sie eine Verbündete. Auf jeden Fall war sie bisher die Person in Tynn gewesen, die am offensten mit ihnen gesprochen hatte.

Lea versank in ihre Gedanken und versuchte das Gehörte für sich zu sortieren. Einfach war es nicht, zu akzeptieren, dass sie besondere Talente und Potentiale hatte, denn bisher hatte sich Lea in ihrem Leben - wenn nicht normal - ein klein wenig sonderbar gefühlt, was aber einige Jugendliche in ihrem Alter durchmachten. Sie war so sehr in ihre Gedanken versunken, dass sie erst im letzten Moment erkannte, wie sich eine Gestalt von der Seite näherte

und kaum, dass sie ihre magische Energie aktivierte, strömte sie auch bereits aus ihr heraus und konnte nur mit Glück von Enfryn zur Seite abgelenkt werden, wo sie auf ein Geländer traf und augenblicklich absorbiert wurde. Hätte jemand das Geländer in diesem Moment angefasst, wäre die Hand binnen Sekundenbruchteilen nicht mehr zu retten gewesen.
»Glück gehabt«, sagte Enfryn nach dem ersten Schock, »aber ich bin froh, dass du schon gelernt hast, deine Energie für eine Verteidigung zu nutzen! Ich wollte dich nicht überraschen, Lea, sondern dachte, dass du mich hören würdest, da ich ein Liedchen vor mich hergepfiffen habe, aber scheinbar warst du in Gedanken versunken.«
»Ja, ich habe mir die Übungen angeschaut, die Paul macht und versucht, das für mich selber zu fühlen«, antwortete sie, »daher hatte ich wohl die Energie bereits in mir gesammelt und konnte sie in die Abwehr umleiten.«
»Die durchaus ein veritabler Angriff war, deine Abwehr«, gab Enfryn zu, »andere hätten bei der Stärke sicherlich große Verwundungen erlitten. Du musst nur aufpassen, dass du aktive Abwehr nicht mit einem Angriff verwechselt - das sehen die Schulen nicht gerne, wenn man in anderen Gefilden unterwegs ist.«
»Das verstehe ich, aber es war ein Reflex, kein richtiger Angriff«, wehrte sich Lea.

»Das wissen wir beide, aber jemand von außen käme vielleicht auf ein anderes Ergebnis. Das müssen wir uns immer vor Augen halten, wenn wir Magie einsetzen! Einer von draußen kann mitunter nicht verstehen, was die Beweggründe sind, die zu einer Reaktion geführt haben.«

»Das verstehe ich«, meinte Lea und wollte auf den eigentlichen Grund von Enfryns Aufsuchen hinaus.

»Da ihr einiges jetzt erfahren habt«, begann er mit der Erklärung, »müssen wir als nächstes herausfinden, wer eure und damit unsere Feinde sind.«

»Wie soll uns das gelingen?«, fragte Lea und ahnte im gleichen Moment, dass ihr die Idee nicht gefallen würde.

»Wir müssen Paul als Köder durch die Stadt laufen lassen - keine Sorge, er ist die ganze Zeit bewacht von mir und anderen.«

»Das gefällt mir ganz und gar nicht!«

»Wenn wir nicht herausfinden, wer uns angegriffen hat, können wir unsere Schule nicht mehr schützen!«, mahnte Enfryn, und Lea begann zu ahnen, dass er recht hatte. »Denn es muss jemand in dieser Schule etwas von Paul und seinem Potential nach außen gegeben haben, denn der Angriff geschah an dem Tag nach der Feststellung seines Potentials.«

»Ihr könnt sein Potential ermitteln?«, schoss es aus Lea heraus und als sie merkte, wie laut sie gewesen sein musste, sah sie zu Paul, der aber nur herüberwinkte und sich wieder seinen Übungen widmete.

»Das ist in so einem frühen Stadium noch eine sehr vage Wissenschaft, aber wir können das Potential ungefähr bestimmen.«
»Und weil er viel davon hatte, wurde er am nächsten Tag überfallen, schlussfolgert ihr?«, kombinierte Lea.
»Genau! Denn deine Messung haben wir erst später durchgeführt! Du wirktest am Anfang noch nicht sortiert genug, um dein Potential zu messen«, erklärte Enfryn ohne große Regung.
»Das bedeutet also, dass ihr gegen meinen Willen etwas mit mir gemacht habt?«
»Wenn du es so siehst, ist das sicher korrekt. Aber wir können es uns nicht leisten, allen Jugendlichen die Wahrheit so früh einzuschenken wie bei euch. Früher hätten wir das auch mit Sicherheit bei euch beiden nicht gemacht, aber da die Großwetterlage gerade ungemütlicher wird, haben wir dieses Mal einen anderen Weg gewählt.«
»Aus reinem Interesse: was macht ihr mit mir bei einer solchen Messung? Und ich wiederhole noch mal, dass ihr die Integrität meines Körpers völlig missachtet habt!«
»Das weiß ich, ehrlich gesagt, nicht!«, versuchte Enfryn aufrichtig zu sagen, doch Lea spürte, dass das nur ein Teil der Wahrheit war; dennoch ließ sie von dem Thema ab, um es an anderer Stelle noch mal aufzunehmen und zu klären.
Für einige Momente schauten sie Paul und der Lehrerin bei den Übungen zu, die er immer besser drauf hatte.

»Ich muss mit Paul reden!«, stellte Lea nach einer Weile fest und stieß sich vom Sitz hoch und ließ Enfryn alleine sitzen.

Kapitel dreiundzwanzig: Der Schlachtplan

Lea ging zu Paul, der gerade mit seinen Übungen fertig geworden war und ausgelaugt wirkte.

»Die Konzentration hochzuhalten, ist echt nicht leicht«, sagte er. »Ich fühle mich sehr müde und kraftlos gerade! Können wir später reden?«

»Nein«, antwortete sie in Gedanken und wartete auf eine Antwort, doch es kam nichts.

»Geht es dir gut, Lea?«, fragte er und sie verstand, dass Paul keine Gedanken übertragen konnte – zumindest nicht im Moment.

»Nein, ich habe große Sorgen um uns und vor allem um dich«, sagte sie zu ihm und vergrub ihr Gesicht in seinen Armen.

»Wir müssen stark bleiben, Lea! Wir sind stark! Viel stärker, als wir es uns jemals vorgestellt haben! Ich spüre immer mehr, wie ich die Energie in mir kontrollieren kann. Das ist ein so mächtiges Gefühl, das ist unbeschreiblich!«

»Das mag alles sein und es freut mich, dass du die Energie besser unter Kontrolle bringst, aber wir sind in großer Gefahr! Und du am meisten«, flüsterte sie.

»Wieso denn? Weil ein paar Jungs mich ärgern? Die sollen sich warm anziehen, denn bald ärgere ich sie zurück!«

»Es geht nicht um irgendwelche Schüler, sondern um die Schule! Und was sie vorhaben!«

»Was haben sie denn vor?«

»Sie wollen uns als Köder nutzen, um herauszufinden, wer aus der Schule Informationen über die Schülerinnen und Schüler nach draußen gibt.«

»Nach draußen gibt, meint was?«, verstand Paul die Zusammenhänge nicht.

»Die Information, dass wir beide neu angekommen sind und scheinbar sehr viel Potential haben, ist von irgendwem nach draußen getragen worden und deswegen sind wir angegriffen worden!«

»Weil wir einmal von Halbstarken angegriffen wurden, denken die wirklich, dass es hier einen Maulwurf gibt? Das halte ich doch für sehr weit übertrieben!«

»Erst einmal haben uns die Halbstarken ganz gut zugesetzt und zum anderen…«

»Das nächste Mal presse ich sie mit meiner Energie an die Wand und quetsche ihnen den Mist aus dem Körper. Das lass dir gesagt sein!«

»Woher kommt auf einmal diese Wut, Paul? Ich möchte normal mit dir reden und du fährst eine Gewaltfantasie vor deinem geistigen Auge ab!«

»Entschuldige bitte, Lea!«

»Also, es geht nicht um die Halbstarken, sondern um vermutlich mehr! Auf jeden Fall planen sie, uns als Köder zu verwenden!«

»Als Köder wofür?! Oh, ich verstehe - wir sollen frei in der Stadt herumlaufen und die bewachen uns, falls wir angegriffen werden!«

»Richtig!«, bestätigte Lea, »nur bin ich mir nicht sicher, wann sie eingreifen!«

»Wie meinst du das?«
»Stell dir vor, wir werden wieder von irgendwelchen Halunken angegriffen, dann bringt es denen gar nichts, denn sie müssen an die Hintermänner herankommen. Irgendwer dingt die Angreifer, und es geht darum, wer dahintersteckt.«
»Verstehe!«, meinte Paul, »also müssen wir die erste Gruppe womöglich selbst besiegen, damit die Hintermänner eingreifen!«
»So stelle ich es mir vor«, bestätigte Lea seine Vermutung.
»Bist du dir denn sicher, dass die zweite Angriffswelle dann direkt die starken Gegner sind?«
»Ich bin nicht mal sicher, ob wir überhaupt angegriffen werden, Paul! Es geht mir darum, dass wir uns einen Plan zurechtlegen, wenn es zu dieser Situation kommt! Dass wir dann nicht diskutieren müssen, sondern wissen, was wir machen!«
»Einen Schlachtplan!«, sagte Paul etwas abwesend.
»Nenn es, wie du willst«, versuchte Lea ihren Freund zurück in ihre Gedankenwelt zu holen, »es ist nur wichtig, dass wir einen haben!«
»Was stellst du dir vor?«
»Dass wir uns nicht gegen die ersten Angreifer wehren!«
»Nein, auf keinen Fall! Wenn es noch mal so Schurken sind, wie beim letzten Mal, dann zeige ich denen mal, was ich in den letzten Tagen gelernt habe!«
»Und was passiert dann?«

»Dann laufen sie hoffentlich weg und lassen uns in Ruhe.«
»Du hast mir nicht richtig zugehört, oder?«
»Wir schlagen sie nicht in die Flucht?«, war Paul überrascht.
»Nein! Wenn wir uns wieder passiv verhalten, befreit uns Enfryn und es gibt keinen gefährlichen Teil der Geschichte! Weil sich unsere Verteidiger vor dem zweiten Angreifer zeigen müssen.«
»Das klingt vernünftig!«
»Ich weiß! Ich war schon immer die Vernünftige von uns beiden!«, lachte sie ein wenig, schaute ihm in seine müden Augen und der Drang in Paul wurde so groß, dass er sie küsste.
Zuerst erwiderte sie den Kuss, doch dann stieß sie ihn sanft weg, denn sie befürchtete, dass sie gesehen werden konnten.
»Nicht hier!«, hauchte sie ihm entgegen.
»Wenn die Schule es doch weiß, können wir uns doch küssen.«
»Du hast die Lehrerin gehört! Wir sollten uns einen Ort suchen, wo wir ungestört sind. Hier sind wir es definitiv nicht«, meinte Lea und ging langsam aus der Sporthalle.
Ob es an der wachsenden magischen Energie lag oder daran, dass sie sich seit ihrer Ankunft nicht mehr geküsst hatten - Lea wurde von einem Gefühlsmix durchflutet, in dem sich Glück, Angst und eine kaum zu bändigende Kraft vermischte.

Kapitel vierundzwanzig: Ein erster Versuch

Am nächsten Nachmittag war es bereits soweit; ein junger Lehrer kam die beiden abholen und erzählte ihnen, dass eine der Oberen einen Auftrag für sie hätte. Sie sollten in das Viertel der Schule der Kräuter- und Heilkräfte gehen, dort einen der magischen Gärten aufsuchen und einige Kräuter und Pflanzen besorgen. Die Anweisung erhielt einige Instruktionen, wie sie die Kräuter ernten sollten, und von manch dieser Methoden hatten die beiden noch nie etwas gehört.

»Wir fragen einfach vor Ort jemanden«, schlug Paul vor, nahm den Zettel an sich und zog Lea von dem jungen Lehrer fort.

»Es hat begonnen!«, hauchte Lea zu ihrem Freund.

»Das ist nur der Anfang!«, meinte hingegen Paul, denn ich konnte bei der Übergabe etwas spüren, das mich verwundert hat.

»Was meinst du?«

»Ich glaube, dass der Auftrag nicht von den Oberen kommt - ich glaube, hierbei handelt es sich um eine groß angelegte Verschwörung innerhalb der Schule.«

»Wie kommst du darauf?«

»Sagen wir, es ist eine Kombination aus Bauchgefühl und dem bisherigen Wissen, das ich habe. Ich kann es nicht erklären, Lea, aber vertrau mir - wir sind Spielball auf einem Spielfeld, dessen Ausmaß wir nicht kennen.«

»Dann meinst du, wir sollten das ganze abblasen und weigern, den Auftrag durchzuführen?«
»Nein, wir müssen mitspielen, aber nicht, wie sie es sich vorstellen.«
»Mach bitte keine Dummheiten oder irgendwelche Alleingänge, Paul! Sprich vorher mit mir über das, was du zu tun gedenkst!«
»Mache ich, keine Sorge, Lea!«
Trotz oder gerade wegen seiner Zusicherung war Lea umso mehr alarmiert. Die beiden gingen nach draußen, verließen die Schule durch den Vordereingang auf den Platz, der an dieser Stelle in den warmen Strahlen der größeren der beiden Sonnen lag.
Lea versuchte ihr Gespür über den Platz auszubreiten und für einen Moment gab es eine gute Resonanz, sie spürte mehrere Energiepotentiale um sich herum und fühlte sich für einen Moment sicher. Es vergingen jedoch nur wenige Augenblicke, ehe alle anderen Eindrücke von allen Menschen auf und rund um den Platz auf sie eindrangen und Lea überforderten. Sie musste ihre Antennen wieder einfahren, da sie sonst kaum fähig gewesen wäre, auch nur einen Schritt vorwärts zu machen, und sie nahm sich vor, das Filtern von verschiedenen Einflüssen viel stärker zu üben - vor allem, damit sie ein Warnsystem hatte, das sie aktuell zwar spät, aber immerhin noch vor dem Eintreten eines Ereignisses warnen konnte.
Paul orientierte sich derweil und zeigte auf eine Straße, der sie folgen mussten, um in das andere

Viertel zu gelangen. Sie waren beide gespannt, wie sich die Stadt entwickeln würde, wenn es zu den Kräuter- und Heilkunden ging; sie erwarteten reichhaltige und exotische Düfte, ganz so wie die Sehnsucht vieler Europäer, das sie mit den Märkten von Marrakesch verbanden.

Zunächst wurden sie enttäuscht, denn in der Straße, in die sie traten, waren viele schwer arbeitende Handwerker zu sehen, und die beiden fühlten sich zwangsläufig in eine mittelalterliche Stadt zurückversetzt. Sie schauten nur kurz den Schmieden und Gerbern beim Arbeiten zu, und ihnen fiel auf, dass sie in dieser Welt jene Technik, die Menschen in der normalen Welt erfunden hatten, erstaunlicherweise nicht vermissten. Dieses Gefühl des Nichtvermissens irritierte vor allem Lea, die sich die Frage stellte, ob sie noch dieselbe Lea war wie die, die nach Tynn gekommen war. Denn nur, wenn sie sich wirklich darauf konzentrierte und an die normale Welt mit ihrer Familie und ihren Freunden dachte, war es ihr, als verspürte sie ein klein wenig Wehmut. Diese Gedanken erschreckten sie dann kurz bis ins Mark und eine Schuld kam in ihr auf, doch die Ereignisse und die Gefühle in Tynn verdrängten die Schuld mit aller Macht. Es war, als würde ein schwerer Brokatmantel über ihrer Vergangenheit liegen und nur ab und an vermochte sie es, den Schleier für einen Augenblick zu lüften, ehe sich der Mantel wieder über ihr Wesen legte.

Über diesen Gedanken hinweg hatte sie die nächsten Schauspiele verpasst: die Gaukler, die Händler, die einfachen Arbeiter, Wächter und Gelehrte, die in den Straßen unterwegs waren. Paul hingegen sog alles mit seinen überwachen Sinnen in sich auf, da er aus jeder Situation eine Gefahr für sie beide erwachsen sah, doch es passierte für den Moment nichts. Die beiden gingen meist unbemerkt und unbeobachtet durch die Straßen, hielten sich in der Mitte, um möglichst viel Fläche zwischen sich und den dunklen Ecken nahe der Häuser zu haben. Es war ein normal warmer Tag mit normal wirkender Sonneneinstrahlung, und wenn sie nicht als Köder unterwegs gewesen wäre, hätte dieser Ausflug auch ein Schlendern durch die Stadt sein können.

Die Wegbeschreibung durch die Stadt war relativ einfach: immer an dem großen Hügel in der Mitte orientieren, und kurz bevor man diesen erreichte, nach rechts schwenken - dann würde man automatisch in das Viertel der Gärten kommen. Lea und Paul konnten sich unter den Gärten nichts anderes vorstellen als das, was sie in Vorstädten gesehen hatten: gepflegte oder verwilderte Vorgärten oder hinter dem Haus angelegte Gärten. Doch als die beiden in das Viertel eintraten, war es völlig anders, denn es glich in allem dem, was sie vorher in ihrem Stadtviertel gesehen hatten. Sie standen auf der Straße, die von dem Hügel wegführte und sahen einen kleinen Markt in einiger Entfernung, zu dem sie laufen sollten, ehe sie sich kurz dahinter nach rechts

wenden mussten, um den Eingang zu einem der großen Gärten zu finden.
Für einen Moment entspannten sich die beiden, da sie ihrem Ziel näherkommen zu schienen, als plötzlich und unerwartet ein Mann auf sie zukam, mit schnellem Schritt, und ehe Paul ihn wahrnahm, schlugen die Alarme in Lea an, und bevor sie sich versah, hatte sie ihre Abwehrhaltung angenommen, die Hand zum Schild ausgestreckt und entlud eine große Menge magischer Energie in Richtung des Angreifers, der augenblicklich vom Boden gerissen und mehrere Meter nach hinten geschleudert wurde. Alles um sie herum blieb sofort stehen, niemand rührte sich und alle starrten sie an.
Lea schaute auf den Mann, der sie angreifen wollte und nun ohnmächtig auf dem Boden lag. Sie suchte zunächst nach Blut, da sie fürchtete, dass der Mann sogar tot sein mochte, doch dann spürte sie den Lebensfaden des Mannes, zwar schwach, aber undurchtrennt.
Lea atmete auf, denn erst jetzt kam ihr der Gedanke, dass sie mit dieser heftigen Reaktion einen Menschen hätte töten können und die gesamte Wucht ihrer Angst drang in sie, sodass auch sie das Bewusstsein verlor und zu Boden sank. Paul hingegen war, wie die anderen um sie herum, viel zu geschockt, um zu reagieren und erst das Niedersinken von Lea zog ihn in die Realität zurück. Er fiel auf seine Knie und hob Leas Kopf, spürte und hörte, wie sie atmete, fuhr mit seinen Händen unter ihren Körper, wuchtete sie nach

oben in den Stand und hob sie auf seine Arme. Er prüfte kurz, ob irgendwer von den Menschen um sie herum feindselig auf ihn wirkte, doch da alle nur weiterhin wie gebannt waren, ging er die Straße hinab und dachte daran, wie recht Lea mit ihrer Einschätzung gelegen hatte. Zudem fiel ihm auf, dass niemand in diesem Viertel eine ähnliche Kleidung wie sie selbst trugen, was die beiden sofort und für jeden erkennbar zu Besonderheiten machte, etwas, das nicht hierher gehörte, und das war das Gefühl, das Paul bis zum Markt begleitete. Lea begann sich zu bewegen, erst schwach, dann etwas stärker, und Paul zog sie enger an sich heran, um ihr das Gefühl von Sicherheit zu vermitteln, und ließ sie erst ab, als sie den Markt mit den vielen gaffenden Menschen hinter sich gelassen hatten und scheinbar kurz vor ihrem Ziel waren. Sie kamen an einen kleinen Platz, im interessanten Achteck angelegt, mit einem auffälligen Brunnen in der Mitte, aus dem der ein oder andere trank. Er suchte eine freie, hölzerne Bank und legte Lea dort ab, die ihre Augen langsam aufschlug und sich orientierte.

»Was ist passiert?«, fragte sie ihn und er erzählte ihr kurz, was seit ihrer Ohnmacht passiert war und wo sie sich jetzt befanden. Als Lea genügend Kraft hatte, um sich hinzusetzen, orientierte sie sich auf dem Platz und spürte unmittelbar, wo ihr Ziel lag. Sie zeigte auf das einfach wirkende Haus in einer der acht Ecken und ehe Paul widersprechen konnte, war sie bereits auf den Beinen und losgelaufen.

Kapitel fünfundzwanzig: Der wilde Garten

Lea war als erste an der Tür und ohne zu klopfen, öffnete sie die Türe und ging hinein. Sie trat in ein vollständiges Schwarz und Paul hatte Sorge, dass das eine weitere Falle war, sodass er hinterherging, doch als er durch das Schwarz getreten war, breitete sich ein riesig anmutender Garten in allen Farben vor ihm aus. Lea war schon in den Garten getreten, doch Paul musste sich erst einmal an das gleißende Licht und die riesige Weite gewöhnen. Es wirkte, als würde er auf einer Anhöhe vor einem riesigen Park stehen, in der Ferne der Horizont und mit Pflanzen in allen erdenklichen Farben. Als er sah, dass Lea hinter einer Wegbiegung verschwunden war, lief auch er los und versuchte, sie einzuholen. Um die Ecke sprintend, wäre er beinahe gegen Lea gelaufen, die vor einer Pflanze stand, die ihr den Durchgang verwehrte. Lea stand ganz still und schien sich auf etwas zu konzentrieren, sodass Paul die Zeit hatte, sich umzuschauen, woher die Pflanze kam, und er erkannte, dass sie sich von beiden Seiten in die Mitte streckte. Er entschied, dass er die Pflanze mit seiner magischen Macht wegschieben könnte, doch Lea bremste ihn umgehend mit einer Geste ihrer Hand. Paul hielt ein und wenig später zog sich die Pflanze tatsächlich zurück und gab den Weg für die beiden frei.

»Wie hast du das gemacht?«, wollte Paul von Lea wissen.
»Ich habe sie überzeugt, dass wir Freunde des Gartens sind - und keine Feinde.«
»Das hat sie dir einfach so geglaubt?«, wunderte sich Paul.
»Nein«, erklärte Lea, »ich habe ihr geraten, in unsere Herzen zu schauen. Dann hat sie den Weg freigemacht.«
»Sie hat in unser Herz geschaut? Bei mir hat sie es nicht gemacht! Zumindest habe ich nichts mitbekommen!«
»Pflanzen machen das anders, als du dir vorstellen kannst, Paul. Glaub mir, es gibt noch mehr als nur das menschliche Bewusstsein, besonders in dieser Welt! Aber lass uns jetzt weitergehen, wir werden erwartet!«
»Wir werden erwartet? Von wem denn?«
»Von jemandem ganz besonderes!«
Ohne auf Pauls Antwort oder Reaktion zu warten, setzte sie sich in Bewegung und ging den Weg weiter, der immer mehr von den Pflanzen freigegeben wurde. Paul hatte das Gefühl, dass sich die Pflanzen mit ihren überaus farbenreichen und großen Blüten vor den beiden verneigten und ihnen Spalier standen. Er hatte noch nie in seinem Leben etwas so Schönes gesehen und auch fühlte er sich von einer Ruhe beseelt, die ihn zugleich unsicher machte, ob diese echt sein konnte. Als er den Kopf hob, sah er Lea ein Stück voraus und steigerte seine Schrittgeschwindigkeit, gerade so, dass sie die nächste

Abbiegung zeitgleich erreichten. Als sie dann nebeneinander um die Ecke bogen, breitete sich ein kleiner Platz vor ihnen aus, eine Art Lichtung, wenn auch nicht im Wald, doch die hohen Pflanzen drumherum ließen diesen Eindruck entstehen. Inmitten dieses Platzes schien diese besondere Person zu stehen, eine Magierin, die kaum anders wirken konnte als die Oberen der magischen Schule des Handwerks. Im Gesamten erschien sie schlank und elegant wie der Stiel einer Blume, während ihr Körper von einem lebenden Kostüm voller Pflanzen, Blüten und Knospen war. Noch nie hatten die beiden eine solche Erscheinung gesehen, die sich nahtlos in die umgebende, wilde Natur einfügen konnte und in dem Moment verschwand, in dem sie sich zu ihnen gesellte. Während Paul erneut stehenblieb, um die Situation auf sich wirken zu lassen, war Lea bereits zur Magierin getreten.

»Seid willkommen in unserem wunderschönen Garten!«, begrüßte die Magierin die beiden, als auch Paul herangetreten war. »Was kann ich für euch tun?«

«Wie wäre es, einige Fragen zu beantworten?«, sagte Paul herausfordernd.

»Paul!«, schoss es aus Lea heraus, doch die Magierin bremste Lea augenblicklich.

»Ich verstehe deinen Freund sehr gut«, begann die Magierin nach einer kurzen Pause zur Beruhigung, »denn auch ich hätte in eurer Lage viele Fragen. Ich kann euch sicherlich viele beantworten, aber einige Antworten sind so sensibel, dass ich euch die

Wahrheit nicht anvertrauen kann - nicht jetzt! Wie es in ferner Zukunft aussieht, mag sich ändern, aber an diesem heutigen Tag seid ihr Lernende und ich kann in Teilen eure Lehrerin sein. Fangen wir mit eurem eigentlichen Auftrag an: es wird nachher jemand kommen, der euch zeigen wird, wie ihr die äußerst wertvollen Kräuter und Pflanzen ernten könnt. Daher - wenn ihr zu eurer Schule zurückkehrt - beschützt sie gut, denn sie sind sehr viel wert! Aber ich denke, dass das nicht die drängendste Frage ist, nicht wahr? Sondern: warum empfängt uns eine der Oberen einer anderen Schule? Darauf gibt es mehrere Antworten und keine ist wahrer als die andere. Zunächst seid ihr beide Phänomene, die nur selten erscheinen, mit so viel Macht, dass euch eine große Zukunft vorausgesagt wird. Zum anderen sind wir anderen Schulen besorgt, dass die magische Schule des Handwerks nun zwei von einem solchen Kaliber hat, während die anderen Schulen schon länger auf eine einzige Schülerin oder einen Schüler mit diesem Potential warten. Ihr wisst inzwischen sicherlich, dass das Gleichgewicht in Tynn aus der Mitte gerückt ist, und eine Verschiebung hin zu einer Schule könnte die Geschichte von Tynn über Jahrhunderte definieren. Daher wollen wir erfahren - will ich erfahren - was ihr für Seelen seid, um die Gefahr, in der sich meine magische Schule befindet, abschätzen zu können.«

»Kann man eigentlich die Schule irgendwann wechseln?«, wollte Paul wissen.

»Nein, das ist nicht möglich!«, erklärte die Magierin. »Alle, die es versucht haben, mussten erkennen, dass ihre magischen Kräfte nicht mit den Strukturen der Schule zusammenwirkten, in die sie gewechselt sind. Daher sind wir in Sorge, dass sich das Ewige Schicksal nach all den Jahrtausenden des Gleichgewichts für eine Schule entschieden hat. Denn wie gesagt, es ist noch nie vorgekommen, dass zwei mit einem solch großen Potential gleichzeitig in einer Schule auftauchen!«

»Was ist das Ewige Schicksal?«, wollte Lea wissen. »Ist es das, was die normalen Menschen unter dem Schicksal verstehen?«

»Nicht ganz«, versuchte die Magierin zu erklären, »es ist näher an eurer Vorstellung eines Gottes, der bei uns allerdings nur die großen Linien beeinflussen kann, in der sich Tynn und die anderen Städte befinden.«

»Die anderen Städte?«, hob Paul an. „Sind die uns feindlich gesinnt oder freundlich?«

»Das wiegt immer hin und her. Da Tynn selbst stets geeint und im Gleichgewicht war, konnte man die Stadt nicht einnehmen, aber wir entschieden uns immer auch gegen einen Krieg. Wir stehen für Neutralität und Frieden, zumindest über Jahrhunderte. Seitdem das Gleichgewicht aus den Fugen geraten ist, ist nichts mehr wirklich sicher!«

»Habt ihr Angst, dass unsere Schule Krieg will?«, wollte Lea wissen.

»Die magische Schule des Handwerks war schon immer die stärkste Friedensbewegung innerhalb von Tynn, und in den dunkelsten Stunden der Unsicherheit war es eure Schule, die sich stets für Frieden aussprach. Wir haben seit Anbeginn der vier magischen Schulen noch nie jemand anderen angegriffen.«

»Wofür gibt es dann die Schule des Angriffs?«, wunderte sich Paul.

»Manchmal ist Angriff die beste Verteidigung«, sagte die Magierin. »Wenn man die ersten Angriffswellen verteidigt hat, kann es ein gutes Mittel sein, einen Gegenangriff zu starten, damit der Feind erkennt, dass man stark ist und besser ein Frieden verhandelt werden sollte. Sicherlich kann man jedoch von außen betrachtet die Frage stellen, wofür es diese Schule gibt. Ich denke, dass es in der grauen Vorzeit, als die Schulen entstanden, sinnvoll war, den Angriff zu üben, da noch niemand wusste, wie sich Tynn entwickeln würde. Aber kommen wir zurück zu euch beiden. Wenn das Ewige Schicksal entscheidet, dass die Schule des Friedens, wie sie auch genannt wird, euch zwei erhält, dann muss es einen Grund geben - und den gilt es herauszufinden, denn wie ihr bereits selbst herausgefunden habt, ist eure Schule unterwandert von feindlichen Gesellen. Deswegen ist es für uns so wichtig, euch in die Herzen zu schauen, denn der Auftrag kam von den Feinden der Schule und wir mussten sichergehen, dass ihr nicht dazugehört.«

»Sonst wäre was passiert?«
»Ich vermute, dass wir dann nie miteinander gesprochen hätten«, sagte die Magierin tonlos, und Lea wie auch Paul ging auf, wie knapp sie ihrem möglichen Tod entronnen waren.
»Welchen Rat habt ihr für uns? Sollen wir unseren Oberen von der Verschwörung berichten?«
»Sie wissen davon, keine Sorge.«
»Wie?! Sie wissen davon? Aber warum entfernen sie dann das Übel nicht aus der Schule?«, fragte Lea überrascht.
»Weil es nicht darum geht, die Triebe einer Pflanze abzuschlagen, damit sie jederzeit nachwachsen können, sondern die Wurzel zu finden und diese aus dem vergifteten Boden zu ziehen.«
»Verstehe!«, meinte Paul. »Die Wurzeln bleiben aber verdeckt und können nicht gefunden werden?!«
»Exakt richtig«, antwortete die Magierin, »denn ihr seid nicht nur Köder für andere Schulen, sondern vor allem für eure eigene Schule!«
»Wem können wir denn dann trauen?«, wollte Lea wissen.
»Im Prinzip nur euch beiden.«
»Nicht mal den Oberen?«
»Nicht mal denen so richtig! Denn um eine Schule zu unterwandern, wie es in eurer passiert, muss mindestens ein Oberer eingebunden sein!«
»Was ist mit Enfryn?«, wollte Paul wissen.
»Enfryn, Enfryn«, rätselte die Magierin, »ach ja, ich erinnere mich. Er hatte einst ein großes Potential und

war nicht fleißig genug, sodass er jetzt Laufbursche für die neuen Schülerinnen und Schüler ist. Da kann ich nur sagen: schaut in sein Herz! Gerade du, Lea, bist gesegnet mit der Gabe, die Energie anderer Menschen zu spüren. Nutzt diesen Vorteil für eure eigene Sicherheit und haltet immer zusammen! Für eure Sicherheit und für die Sicherheit von Tynn!«

Von der Seite trat eine kleine Figur mit einem bastartigen Kleid hinzu, die von der Magierin herzlich begrüßt wurde.

»Das ist Osomi! Sie ist die beste Gärtnerin und Pflanzenflüsterin, die wir haben. Sie wird euch helfen, die Kräuter und Pflanzen in der allerbesten Qualität zu ernten. Seid euch sicher, dass ihr hier, in diesem Garten, absolut sicher seid. Ich wünsche euch viel Erfolg!«

Mit diesen Worten verschwand die Magierin und die beiden Jugendlichen waren viel zu erstaunt über Osomi und die Grazilität der Magierin, dass sie staunend schwiegen.

Kapitel sechsundzwanzig: Kräuter und Pflanzen

Osomi war kein Wesen vieler Worte, sondern nahezu im selben Moment, als die Magierin verschwand, drehte sich Osomi um und tauchte in einen bisher nicht sichtbaren Gang ab. Paul und Lea folgten Osomi ohne Hintergedanken, doch als sich der Weg hinter ihnen mit Ranken, Blüten und Geäst wieder schloss, wurde ihnen klar, dass sie Osomi und diesem Garten vertrauen mussten - sonst waren sie wohl für immer verloren. Lea hatte weder bei der Magierin noch bei Osomi irgendeine Feindschaft gespürt, wobei sie sich sicher war, dass gerade die Magierin gut genug geübt sein musste, sie jedes Gefühl spüren zu lassen, das sie mochte.

Osomi bewegte sich schnell durchs Grün, das kaum einen richtigen Weg freigab, und die beiden hatten Mühe, nicht irgendwo mit den Füßen einzufädeln und hinzufallen. Nach einer Weile hielt Osomi an und wandte sich nach rechts, wo ein Strauch mit länglich wirkenden Früchten zu sehen war. Aber anstatt an den Strauch zu treten und die Früchte zu ernten, nahm sie aus ihrer Tasche etwas, das wie Nüsse aussah, und hielt es der Pflanze hin. Erstaunlicherweise bewegte sich die Pflanze wie ein pfeilschnelles Raubtier, nahm die Nüsse mit ihren Blättern auf und schoss wieder in die ursprüngliche Haltung zurück. Aufgrund der starken Bewegung hatte der Strauch drei seiner Früchte verloren, und

Osomi bedeutete Paul, dass er diese aufheben solle. Paul dachte sich nichts dabei und kniete sich auf den Boden, begann mit dem Aufsammeln und spürte mit einem Mal und zeitgleich mit Leas Schrei, wie harte und haarige Blätter über seinen Kopf und Rücken strichen. Er war wie eingefroren und wartete auf den Angriff, doch dann zog sich die Pflanze zurück und er konnte mit den drei Früchten wieder aufstehen.
»Der Garten begrüßt euch«, sagte Osomi mit einem Mal und einer so tiefen Stimme, dass sich Lea und Paul wunderten. »Der Garten wird es an alle Pflanzen weitertragen, dass ihr berechtigt seid, Früchte und Kräuter mitzunehmen.«
Ohne eine Antwort abzuwarten, drehte sich Osomi wieder zum Gehen und marschierte zum nächsten Ziel. Lea strich Paul sanft über den Rücken, doch das erschreckte ihn noch mehr, sodass sie sich entschuldigte und es ließ. Diese Welt hatte so viele Überraschungen für die beiden, dass sie kaum wussten, was sie davon halten sollten. Doch ehe sie sich länger darüber Gedanken machen konnten, mussten sie Osomi folgen. Denn obwohl sie jetzt Freunde des Gartens waren, hieß das nicht, dass sie auch alleine rauskamen.
Osomi hielt nicht weit entfernt bei der nächsten Pflanze, einem krautigen Grün, das wie ein wilder Basilikum aussah, aber roch, als hätte man die methanschwangeren Gase einer Milchkuh mit dem Schwefelgeruch von Geysiren vermischt. Lea wurde umgehend übel, doch dann erinnerte sie sich an den

Trick, den der Lehrer ihnen mitgegeben hatte, und indem sie all ihren Mut zusammennahm, ließ sie ihren Arm vom Gesicht sinken und atmete einen großen Schwall des Duftes in ihre Lungen. Dort geschah das Erstaunliche, denn bereits als sie ausatmete, roch die Pflanze wie eine himmlisch duftende Rose.

»Nimm auch eine Nase davon«, empfahl sie Paul, doch ihm war so übel, dass er vorzog, dass dieses Mal Lea erntete.

Lea trat an die Pflanze heran und zupfte - wie ihr vorgegeben worden war - nur den allerjüngsten Trieb. Vier Stück sollte sie mitbringen und Osomi sah mit an, wie die Pflanze es zuließ.

Damit hatten sie zwei der vier Bestellungen eingesammelt, und Osomi war bereits auf dem Weg zur Dritten. Bisher war sie nur eine Begleiterin gewesen, was auch daran lag, dass Lea und Paul die Früchte und Kräuter selbst ernten mussten, um ihre Wirksamkeit auch zu erhalten.

»Nun kommt eure schwerste Übung«, meinte Osomi ohne jede Regung in der Stimme. »Ihr müsst eine Pflanze einfangen. Wenn ihr sie habt, bleibt sie an Ort und Stelle und ihr könnt eure Ernte beginnen. Aber bis ihr sie habt, kann Zeit vergehen, daher setze ich mich dort hinten in den Schatten an den Baum.«

Lea und Paul blickten Osomi verwundert hinterher, die tatsächlich zu dem Baum ging, um sich daran abzulehnen. Auf dem Stück Land vor ihnen stand eine einzige Pflanze, eine Art dicker Stängel mit

krausen Blättern und einer kleinen, spitz zulaufenden, violetten Blüte, die sie besorgen sollten.
»Jetzt bin ich wieder dran«, sagte Paul und ging direkt ans Werk.
Lea hielt sich zurück und beobachtete, wie Paul sich zunächst verdutzt umschaute, wo die Pflanze hin war, nachdem er sie ergreifen wollte, dann landete er mehrmals hart auf dem Boden, als er sich auf den Boden schmiss, ehe die Pflanze auch seinen Versuchen auswich, mit Erde beworfen zu werden.
»Ich gebe auf!«, sagte Paul, sichtlich konsterniert.
Lea hatte Paul und die Pflanze beobachtet und das Gefühl gewonnen, dass es ein System hinter dem Auftauchen der Pflanze gab.
»Kannst du bitte noch ein paar Mal die Pflanze jagen?«, bat ihn Lea und sah in Pauls Augen, dass ihm diese Bitte nicht gefiel.
»Weil du es bist!«, kam es durch seine zusammengepressten Zähne hindurch.
Er schmiss sich drei weitere Male auf die Erde und verfehlte die Pflanze klar. Als er sich aufmachte, ein viertes Mal zu springen, stoppte ihn Lea und hieß ihn warten. Sie schlich sich im Rücken der Pflanze an einen bestimmten Ort und gab Paul das Zeichen, dass er nun springen konnte, und kaum, dass die Pflanze verschwand und an einem anderen Ort auftauchte, berührte Lea sie und unterband das Hüpfen augenblicklich. Osomi hatte sich ebenfalls auf den Weg gemacht, als sie sah, wie Lea sich positionierte, und da Lea Osomis Gegenwart spürte, war sie sich

absolut sicher gewesen, die richtige Lösung gefunden zu haben. In ihrer Freude, das Rätsel gelöst zu haben, wollte Lea bereits die Blüte ernten, doch Osomi hielt sie davon ab.

»Nicht reißen, streicheln!«, sagte sie und zeigte Lea und Paul, wie die Blüte mittels Streichbewegungen ihr Innerstes freigab. In der Mitte der Pflanze befand sich eine grüne Perle, doch als Lea sie aufnehmen wollte, bewegte sie sich keinen Millimeter.

»Nutzt nicht die Kräfte eures Körpers, sondern die eures Geistes«, erklärte Osomi und Lea versuchte es mit ihrer magischen Energie, und ehe sie sich versah, war die grüne Perle in ihrer Hand. Sie schloss ihre Hand um sie und wagte sich nicht, die Hand zu öffnen.

»Keine Angst«, sagte Osomi, »die Verbindung mit der Pflanze wurde gelöst. Ab jetzt ist es eine ganz normale grüne Perle, die zerrieben mächtige Bilder erzeugt!«

»Also ist das eine Droge?«, wollte Paul wissen.

»Sind nicht alle unsere Kräuter und Pflanzen Drogen und kommt es nicht auf die Dosis an?«, fragte Osomi in einem Tonfall zurück, der die Antwort direkt mitlieferte.

Lea steckte die Perle zu den anderen beiden bisherigen Besorgungen.

»Nachdem diese hier die schwerste Übung war - was ist dann die letzte?«, fragte Lea.

»Ihr müsst eine nahezu unsichtbare Pflanze finden«, gab Osomi zurück. »Die vorherige Aufgabe war deswegen die schwerste, weil ihr bei dieser letzten Suche entweder schnell was findet oder niemals. Viel Glück!«

Kaum, dass sie es ausgesprochen hatte, riefen Lea und Paul gleichzeitig, dass sie die Pflanze entdeckt hätten. Sie zupften je zwei Blätter von ihr ab und legten diese zu den anderen Sachen.

»Dann habt ihr alles zusammen und ich kann mich verabschieden!«, schloss Osomi und verließ den Ort, ohne eine Antwort abzuwarten.

»Nett und merkwürdig zugleich«, meinte Paul und schaute auf ihre Ausbeute. »Wir haben alles zusammen. Wird nur spannend werden, wer uns auf dem Rückweg alles auflauert.«

»Wir können die Magierin fragen, ob wir Geleitschutz bekommen können!«

»Gute Idee! Wenn die so schnell weg sind wie Osomi, dann sind die bestimmt eine tolle Hilfe!«

»Sei nicht so negativ«, maßregelte Lea Paul, »es reicht manchmal aus, wenn man nach mehr aussieht.«

»Meinetwegen!«

Sie gingen zum Ausgang zurück und der Garten machte ihnen bereitwillig Platz. Als sie an den Ausgang kamen, wartete die Magierin auf sie.

»Ihr seid erfolgreich gewesen, wurde mir vom Garten vermeldet!«, sagte sie. »Und das in einer sehr hohen Geschwindigkeit. Das zeigt, dass ihr nicht nur riesige Kräfte in euch schlummern habt, sondern auch eure Gedanken sortieren könnt. Eine wichtige Eigenschaft, wenn man in Tynn an Einfluss gewinnen will!«

»Seid bedankt für die Hilfe«, gab Lea zurück, »dürfen wir um eine weitere Hilfe bitten?«
»Diese Bitte kann ich euch leider nicht erfüllen«, beschied die Magierin, »und lasst es mich erklären. Wenn wir als Schule der Kräuter und Heilkunde euch von der magischen Schule des Handwerks draußen auf der Straße Geleitschutz geben, dann sind wir morgen in einer Krisensitzung zusammen und diskutieren unseren offensichtlichen Kurswechsel. Deshalb muss ich euch die Bitte abschlagen, auch wenn ich in eure Herzen blicke und vor allem Gutes sehe! Also, ich wünsche euch das Allerbeste auf eurem Weg zurück und auf dem weiteren Weg der Ausbildung. Ich gehe davon aus, dass wir uns irgendwann wiedersehen!«
Mit diesen Abschiedsworten verließ die Magierin den Ort und die beiden schauten ihr hinterher.
»Lass uns gehen!«, sagte Paul. »Solange es noch hell ist, damit wir mögliche Angreifer frühzeitig entdecken können.«
»Was sie wohl damit meinte«, sagte Lea gedankenversunken.
»Was meinst du, Lea?«
»Das Allermeiste sei gut! Warum nicht alles?«
»Weil nicht jeder Mensch nur gut sein kann? Lass uns aufbrechen, damit wir noch ankommen!«
Paul nahm sie bei der Hand und zog sie sanft aus dem Garten. Lea ließ es geschehen, während sie noch ihren Gedanken hinterherhing.

Kapitel siebenundzwanzig: Der Rückweg

Kaum, dass sie aus dem Garten auf den Platz davor getreten waren, erkannten die beiden erneut, wie normal das Gebäude aussah, in dem sich der Garten versteckte und wie unwahrscheinlich es sich anfühlte, wenn sie darüber nachdachten. Zudem überblicken sie den vor ihnen liegenden Platz, um abzuschätzen, ob eine Gefahr drohte. Sie musterten alle anwesenden Menschen und kamen zusammen zu dem Entschluss, dass niemand gefährlich genug aussah.

»Wir können nicht ewig hier stehenbleiben«, meinte Paul und ging los.

Lea folgte ihm und beobachtete einen unauffälligen Mann im Halbschatten, von dem ein widersprüchliches Signal ausging, das sie nicht auflösen konnte.

Sie waren kaum aus dem Schatten der Gebäude herausgetreten, da trat der mysteriöse Mann nach vorne und begann eine Beschwörung, die Lea sofort als Bedrohung erkannte, doch ehe sie Paul warnen konnte, flogen bereits gelbe Energiebälle auf sie zu und Lea wollte sich auf den Boden werfen, ohne zu wissen, ob das was helfen würde. Plötzlich jedoch entstand aus dem Nichts eine materialisierte Schutzhülle, die die Energiebälle einfach so absorbierte, ohne dass den beiden etwas passierte. Nun war auch Paul klar, was die Stunde geschlagen hatte und instinktiv hob er seine Hand, begann das

Kraftfeld zu spüren und ließ seine nicht geringe Energie zur Verstärkung hineinfließen. Lea erkannte, was Paul tat und machte es ihm nach. Sofort spürte sie die Energie der anderen und erkannte unter anderem Enfryn, der sie erneut beschützte. Der Angreifer hatte es mit einem weiteren Angriff versucht, doch auch dieser Zauber verpuffte, ehe bisher Unbekannte aus der magischen Schule des Handwerks auftraten und den Angreifer einkesselten. Dieser versuchte einen Zauber, um aus der Umklammerung zu fliehen, doch der Verbund war zu stark, sodass der Angreifer seine Taktik änderte und seinerseits einen Schutzzauber erwirkte. Nun war es an den für Lea und Paul unbekannten Mitgliedern ihrer Schule, ihrerseits anzugreifen, und zum ersten Mal sahen die beiden mit an, wie mehrere Zauberinnen und Zauberer ihre magische Energie miteinander verbanden, um einen weitaus wirksameren Angriff zu zaubern. Als dieser von dem Anführer der Gruppe losgelassen wurde, verschwand nicht nur der Schutzzauber augenblicklich, sondern der Angriffszauber pflanzte sich fort und bildete starke Ranken um den feindlichen Zauberer, sodass dieser sich nicht mehr bewegen konnte. Die Ranken pflanzten sich fort und bildeten ein Holzstück, das in den Mund des Angreifers geschoben wurde.
Im magischen Schutzfeld, in dem sich Lea und Paul befanden, wurden die meisten Geräusche von außen weggefiltert, sodass die beiden nicht verstehen konnten, was dort draußen gesprochen wurde. In der

Zwischenzeit war einer der Oberen der Schule aufgetaucht und musterte den Gefangenen, hob ihn mittels seiner magischen Energie mitsamt den Ranken mühelos vom Boden auf, ließ das Holzstück verschwinden und erzwang eine Antwort, die ihn wohl zufriedenstellte, denn kurz danach wurde der Gefangene freigelassen und durfte fortlaufen.
Da Lea und Paul einen großen Teil ihrer magischen Energie für den Schutzschirm verwendet hatten und noch nie zuvor diese Menge auf einmal aus ihnen abgeflossen war, sanken beide ohnmächtig zu Boden, als die Schutzhülle zu existieren aufhörte.
Bevor sie mit dem Kopf auf den Boden aufschlugen, wurden sie von herbei schwebenden Kissen sanft aufgefangen. Da sie in eine tiefe Ohnmacht gefallen waren, bekamen sie nicht mit, wie sie auf weitere schwebende Matten gehievt wurden. Die Mitglieder der magischen Schule des Handwerks verstanden sich exzellent darauf, Hand in Hand zu arbeiten; alle Handgriffe waren aufeinander abgestimmt und konnten ohne Koordinierung ablaufen. Zusammen als Gruppe gingen sie langsam durch die Straßen und mit den beiden Jugendlichen auf den schwebenden Matten wirkte es wie eine Prozession, die zwei Tote zu ihrer letzten Ruhestätte begleitet. Sie hatten weiße Leinentücher über die beiden Körper gelegt, die auf Höhe der Gesichter ein durchscheinendes Gewebe hatten. Diese Tarnung half der Gruppe, ohne weitere Zwischenfälle zur Schule zurückzugelangen. Da Lea und Paul noch eine ganze Weile unfreiwillig schliefen,

bekamen sie von dem ganzen Trubel nichts mit; auch nicht, als sie unter den Augen der anderen Jugendlichen im Schlafsaal von den schwebenden Matten auf ihr Bett gelegt wurden. Schnell waren die angrenzenden Betten freigeräumt und Wachen postierten sich dort für die kommende Nacht, um die beiden Wehrlosen zu beschützen. Doch nur Paul war wirklich wehrlos, Lea hingegen spürte unterbewusst alles, was um sie herum passierte. Sie vernahm, dass sie prinzipiell in Sicherheit war, jedoch diese Sicherheit nur für den Moment galt, denn die Gruppe innerhalb der Schule, die ihre eigenen Pläne hatte, schützte sie und Paul - jedoch für ihre eigenen Zwecke.

Kapitel achtundzwanzig: Das Aufwachen

Als wären ihre beiden Seelen miteinander verschweißt worden, erwachten beide zur exakt selben Zeit und fühlten sich trotz mehrerer Tage Schlaf völlig schlapp. Lea versuchte als erste aufzustehen, doch musste sie auf dem Weg zur Toilette von ihrer Wache gestützt werden.

Paul hingegen lag wach auf dem Bett und starrte an die Decke, versuchte, das Erlebte in einen sinnvollen Kontext zu bringen, doch da ihm die Informationen, die Lea erfühlt hatte, fehlten, schweiften seine Gedanken in eine völlige andere Richtung ab. Der Angreifer war alleine gewesen und scheinbar gab es danach keinen weiteren Versuch, sie anzugreifen, da sie unbeschadet zurückgekommen waren. Also waren die Angreifer entweder von dem Schutz der beiden abgeschreckt worden oder die unbekannten Angreifer wollten nicht preisgeben, zu welcher Gruppierung sie gehören und hatten daher einen Zauberer angeheuert, der nur seinen Auftrag durchführte. Paul vermutete letzteres und war sich sicher, dass Lea und er als Köder keine Erkenntnisse gebracht hatten, was enttäuschend war, angesichts des Risikos, das sie eingegangen waren.

Die Wache, die bei Lea gewesen war, informierte eine andere Wache und diese meldete das Erwachen weiter, sodass binnen kurzer Zeit die Geschehnisse wieder ins Rollen kamen. Lea ging es wieder so gut, dass sie alleine laufen konnte und gemeinsam gingen sie zum Schlafraum der Jungen, wo sie den wachen Paul abholten. Gemeinsam gingen sie quer durch die Schule zu einem Raum, in dem die beiden noch nie gewesen waren, und der an Pracht alles andere in den Schatten stellte. Überall schien sich das hereinscheinende Licht zu verfangen, aufzusplitten und in den schönsten Figuren zu tanzen, wenn man sich bewegte. Paul und Lea waren gebannt von so großer Fertigkeit, denn es bestand kein Zweifel daran, dass nur meisterhafte Hände eine derartige Perfektion herstellen konnten. Kein Spiegel oder Glas hatte eine Macke, alle waren perfekt glatt und so geschliffen, dass sie zusammenspielen, als wären sie ein einziges Lichtorchester.

Inmitten dieser magisch anmutenden Tänze saß ein Magier auf einer Art Thron, der sich im Rhythmus der Lichtbrechungen zu bewegen schien, obwohl er sich nicht bewegte. Alles in diesem Raum war eine riesige optische Täuschung, und niemand konnte wohl sicher sein, dass der Magier wirklich auf dem Thron saß oder ob es nur ein projiziertes Abbild war.

Für den Moment gingen Lea und Paul auf den Magier zu und beobachteten ihn genau, denn sie hatten beide die Ahnung, dass er es war, der die Spannungen in der magischen Schule des Handwerks hervorrief. Im Gegensatz zu den anderen mächtigen Zauberinnen und Zauberern dieser Schule stand er auch nicht oder suggerierte ein wohliges Gefühl der Sicherheit in diesem Raum - ganz im Gegenteil. Lea versuchte zwar zu erfühlen, in welcher Stimmung sie ihren Gegenüber vorfanden, doch alle Versuche prallten an einer kalten, glatten energetischen Mauer ab. Dieser Magier, der ihnen gegenüberstand, war wohl der mächtigste, dem sie bisher begegnet waren.

»Ich danke euch für euren Einsatz«, sagte der Magier mit einem Mal, ohne dass in der Stimme auch nur die kleinste Spannung oder Emotion zu spüren war. »Ihr habt nicht nur euren Auftrag hervorragend ausgeführt, wie mir vermeldet wurde, was euer großes Potential zeigt, auch habt ihr spontan eure Energie beim Schutz eingesetzt, ohne zu wissen, was das mit euch machen würde. Großer Einsatzwille, Mut und bedingungslose Hilfe sind Grundeigenschaften, die an meiner Schule sehr gerne gesehen sind.«

Obwohl es nach Enfryns Erklärung drei Obere in jeder Schule gab, war den beiden nicht entgangen, dass der Magier von seiner Schule sprach.

»Euer Angreifer war ein mächtiger Zauberer, der euch ohne den Schutzschirm vernichtet hätte, doch er gehört keiner Schule an. Dennoch ist es mir gelungen, in seine Seele einzudringen und wichtige Informationen zu erlangen, die mich wissen lassen, welche Schule der Agitator gegen euch ist - zudem entspricht es meiner Vermutung, dass wir nicht nur eine Spaltung der vier Schulen von Tynn erleben, sondern ganz konkret auch die Radikalisierung einer Schule, die die alleinige Macht in Tynn übernehmen will. Als ihr beiden in unsere Schule kamt und wir das gewaltige Potential von euch beiden erkannten, war uns klar, dass das Ewige Schicksal gesprochen hatte - und zur Einheit in Tynn ruft. So etwas spricht sich schneller herum, als man manchmal meinen mag, denn auch diese Schule hier ist von Ratten durchsetzt, die für die andere Seite arbeiten.«

In diesem Moment erhob sich der Magier blitzschnell, streckte beide Arme zum Boden und ließ eine Energiewelle durch den Boden in Richtung von Pauls Bewacher fließen. Dieser drehte sich um und wollte fliehen, doch eine knochige Hand trat aus dem aufgeplatzten Boden, griff nach dem Bein des Fliehenden und zog ihn mit starker Kraft in den Boden, der sich umgehend danach wieder von selber schloss und erneut wirkte, als gäbe es nicht mal einen Kratzer. Paul blickte nach unten und sah unter ihm, durch den Glasboden die erschrockenen Augen seines Bewachers, ehe dieser mit einem stummen Schrei ins Dunkel darunter gezogen wurde und für immer verschwand.

»Ihr sollt keine Angst vor mir haben«, sagte der Magier mit nun ruhiger und weicher Stimme, »denn wer auf meiner Seite steht, wird immer den vollen Schutz genießen. Wer jedoch Sache mit dem Feind macht und entdeckt wird, muss mit seiner gerechten Strafe rechne - und leider gibt es immer mehr Feinde in Tynn.«

Nun war der Magier aufgestanden und kam auf die beiden zu. Je näher er kam, desto ungefährlicher wirkte er, und als er direkt vor ihnen stand, hätten beide meinen können, dass der Magier ein netter, älterer Herr sei, der es gut mit ihnen meinte. Wenn nicht das Ereignis mit der Hand und der Wache gewesen wäre.

»Dürfen wir erfahren, welche Schule ihr eben meintet?«, wollte Paul wissen, doch er bekam keine Antwort - also wagte er sich weiter vor. »Die Schule der Kräuter- und Heilkunde wird es nicht sein, denn dort habt ihr uns hingeschickt und die Magierin war sehr hilfreich. Bleiben noch die anderen beiden übrig. Da die Verteidigung mit uns eng zusammenarbeitet und wir bisher nichts darüber gehört haben, dass sie nicht mehr unser enger Partner ist, kann es nur die Schule des Angriffs sein.«

»Du bist recht forsch für dein jugendliches Alter«, kommentierte der Magier, »fahr ruhig fort. Ich bin gespannt, wohin deine Gedanken dich führen.«

»Es gäbe noch die Möglichkeit, dass wir die abtrünnige Schule sind, aber da sprechen gleich mehrere Aspekte dagegen, vor allem das Ewige Schicksal. Außer es hätte entschieden, dass der Ausgleich in Tynn nicht mehr zentrales Ziel wäre.«

»Interessanter Aspekt«, sagte der Magier, »aber ich erkläre dir mal, was das Ewige Schicksal ist. Denn es ist kein Wesen oder eine Art Gott oder sonst was, das einen aktiven Eingriff in unsere Welt macht. Auch wenn es am Anfang es einfacher macht, wenn man es sich als eine Art Gott vorstellt.«

»Nein? Was ist es denn dann?«, drang es aus Lea hervor.

»Es ist ein uralter Mechanismus, der nicht denkt, sondern auf Basis von Entwicklungen handelt. Das hat aber nichts mit einem Bewusstsein zu tun, sondern der Mechanismus erhält Schwingungen der Macht und verteilt demnach die Potentiale innerhalb der Schulen. Da wir im Kreuz der Schulen auf der Gegenseite des Angriffs stehen und wir euch beide erhalten haben, war meine Vermutung, dass unser Gegenüber irgendwoher Macht hinzugewonnen hat - woher auch immer.«

»Das Kreuz der Schulen?«

»Im Prinzip eine einfache Zeichnung. Wenn man so mag, die Schule des Angriffs im Norden, wir als Gegenpol im Süden, die Verteidigung zu unserer Linken im Westen und die Kräuter im Osten. Das definiert auch, wer eine starke, wer eine schwache Bindung und wer keine Bindung hat. Wir haben zum Beispiel eine starke Bindung zur Verteidigung und eine schwache zu den Kräutern, keine zum Angriff. Die Verteidigung hat eine starke zu uns, eine schwache zum Angriff und keine zu den Kräutern. Der Mechanismus schaut sich die Bindungen und die Machtpotentiale an und schickt dann junge Menschen so zu den Schulen, dass langfristig ein Gleichgewicht zurückerobert werden kann. Das hat auch über die letzten Jahrtausende funktioniert, selbst in Krisen kamen wir gestärkt wieder heraus, doch dieses Mal scheint es anders zu sein.«

»Was ist daran anders?«, fragte Lea und schien die Antwort schon zu kennen.

»Die Schule des Angriffs scheint sich nicht an den Mechanismus halten zu wollen und greift in ihn ein, indem ihr beide angegriffen werdet. Ohne zu wissen, was dann passiert oder welche Konsequenzen das haben wird!«
»Was könnte denn passieren?«, fragte Paul mit brüchiger Stimme.
»Das wissen wir alle nicht«, erklärte der Magier, »nur, dass es ein uraltes Schriftstück gibt, das darauf hindeutet, dass Tynn dann ins Chaos versinken wird - und wenn ihr mich fragt, befinden wir uns bereits auf dem Weg in dieses Chaos. Noch nie zuvor musste man in Tynn zu gewissen Uhrzeiten aufpassen, dass man sich nicht in bestimmten Straßen befindet, sonst kann es einem schlecht ergehen. Diese neue Angst und Sorge um das eigene Leben ist ein Virus, der sich in Tynn breit macht und daher spreche ich davon, dass das Chaos bereits begonnen hat.«
Paul und Lea erinnerten sich an ihren ersten Tag und die Worte von Enfryn und konnten nachvollziehen, was der Magier ausdrücken wollte.
Da das Gespräch zu Ende schien, drehte sich der Magier zurück zum Thron, ging langsam dorthin und setzte sich auf ihn.
»Passt besonders auf euch beide auf«, riet er Lea und Paul, »denn ihr könnt noch entscheidende Rollen in der weiteren Geschichte von Tynn spielen. Doch nun steht vor allem erst einmal die Ausbildung im Vordergrund, denn große Potentiale müssen auch richtig eingesetzt werden.«

Mit diesen Worten entließ er die beiden und die eine verbliebene Wache führte die beiden aus dem Raum zurück in den Essenssaal, in dem es inzwischen Mittagessen gab.

Kapitel neunundzwanzig: Das Mittagessen

Die anderen Schülerinnen und Schüler waren bereits beim Mittagessen und hielten inne, als die beiden in den Raum traten. Es war unklar, wie viel die Anwesenden wussten, doch da Lea und Paul im Schlafsaal gelegen hatten und bewacht worden waren, musste etwas Spektakuläres vorgefallen sein. Jeder ihrer Schritte wurde genauestens beobachtet und beim Überblicken der Gruppe fiel Lea auf, dass Janina und Pit fehlten, denn ihr Tisch war frei und niemand anderes saß daran.

Beide nahmen sich je ein Mittagessen und setzten sich an den frei gebliebenen Tisch, während sie bei jedem Bissen von den anderen beobachtet wurden. Nach einer Weile explodierte Paul, stand mit einem gewaltigen Ruck auf, hätte beinah den Tisch, an dem Lea und er saßen, umgeworfen, und wollte schon zu einer Brandrede einsetzen, doch Lea zog an seinem Ärmel und gebot ihm, sich wieder hinzusetzen. Paul folgte ihrer Aufforderung und setzte sich wieder hin, jedoch hatte er eine große Portion Wut in sich, die irgendwie anders raus musste. Er stocherte wie wild in seinem Essen herum, und da es in dem Raum so still war, dass eine Stecknadel hätte fallen können und jeder hätte es gehört, erklang das dumpfe Klacken mit seiner Gabel auf dem Porzellanteller in einem Rhythmus, den man sonst von kreischenden Kriegstrommeln kannte.

»Das kann doch jetzt nicht so bleiben!«, zischte er leise zu Lea, die ihn genervt anschaute.

»Ich denke, dass es genau das werden wird«, antwortete sie, »denn wir sind besonders und wir sind vor allem anders als die anderen in der Gruppe hier. Wir müssen aber die Fertigkeiten erlangen, um unser Handwerk besser zu verstehen und einsetzen zu können. Daraus ergibt sich nun mal, dass wir mit dieser Gruppe schlafen und essen müssen, morgens lernen wir unser Handwerk, während wir nachmittags und abends die Möglichkeit haben, für uns allein zu lernen, was es heißt, stärkere Zauber heraufzubeschwören!«

»Wenn das denn so kommt«, prognostizierte Paul, »dann raste ich nach wenigen Tagen raus, denn es kann doch nicht sein, dass hier niemand etwas sagt, nur weil wir irgendwas Besonderes sind!«

»Entspann dich, Paul!«, gab Lea zu verstehen. »Ich glaube, das wird zwei, drei Tage andauern, dann kehrt alles in eine Normalität zurück. Die Menschen sind nicht dafür geschaffen, auf ewig still zu halten, vielmehr passen sie sich nach kurzer Zeit an und verhalten sich dann wieder normal.«

»Uns gegenüber auch?«

»Nein, das wird wohl niemals wieder anders werden!«, sagte Lea und sah Paul an, dass er mit dieser Antwort nicht zufrieden war.
»Wir haben heute Nachmittag noch frei«, schlug Paul vor, »dann könnten wir mit Enfryn darüber sprechen, ob er eine solche Situation schon mal bei seinen Schülerinnen und Schüler hatte. Vielleicht hat er einen guten Rat, wie wir mit dieser Situation einfacher umgehen können.«
»Das finde ich einen sehr guten Vorschlag!«, erwiderte Lea und mit diesem Gedanken endete auch das Stochern auf dem Porzellanteller.
Nach dem Mittagessen suchten die beiden Enfryn in der magischen Schule, doch sie konnten ihn nicht finden. Stattdessen fanden sie die Lehrerin vom Vormittagsunterricht und fragten sie, ob sie wüsste, wo Enfryn sei. Sie antwortete ungewöhnlich ausweichend, und als Paul etwas nachbohrte, da er befürchtete, dass Enfryn die Schule haben verlassen müssen, entlockte er ihr das Geheimnis, dass Enfryn mit einem Sonderauftrag in Tynn unterwegs war.
»Was das wohl für ein Sonderauftrag ist?«, fragte Paul Lea, als die Lehrerin aus ihrem Blick verschwunden war.
»Keine Ahnung! Ob es was mit uns zu tun hat?«, spekulierte Lea.
»Dieser Gedanke ist mir auch schon in den Kopf gekommen! Aber was soll er denn in Erfahrung bringen?«

»Das ist alles sehr mysteriös!«, meinte Lea. »Auch der Oberste Magier der Schule hat mir ordentlich Angst eingejagt, auch wenn wir ihm wohl für den Moment trauen können.«

»Ich glaube, dass man einem solch mächtigen Zauberer niemals trauen kann!«, antwortete Paul darauf, »er würde uns jederzeit seine Machenschaften opfern!«

»Das stimmt schon, auf zwei, die im Ewigen Schicksal den Unterschied ausmachen können, verzichtet aber auch er nur sehr ungern. Das bedeutet für mich, dass wir von allen Seiten geschützt werden, denn wenn du mich fragst, war der Schutzzauber, den sie über uns gestülpt haben, so überwältigend für mich - dass die stärksten Zauberer im Verbund einen solchen Schutz überhaupt ermöglichen können, ist ein Wunder und Zeichen für mich. Zudem hat es sich der Oberste Zauberer der Schule nicht nehmen lassen, selbst den Angreifer zu vernehmen. Das alles zeigt mir deutlich, dass wir von der gesamten Macht der Schule geschützt werden, was uns jedoch zu Einzelkämpfern innerhalb der Schülerschaft werden lässt.«

»Aber wir beide können immer zusammenhalten, Lea!«, sagte Paul und schaute sie mit einem verliebten Blick an, den sie schon seit ihrer Ankunft hier den Tynn so sehr vermisste.

»Wir beide gegen den Rest dieser Welt!«, hauchte Lea zurück und ließ sich von Paul inmitten der Eingangshalle zärtlich küssen.

Der Kuss dauerte nur ein paar Augenblicke, doch für die beiden bedeutete er eine kleine Ewigkeit, denn sowohl Lea als auch Paul hatten daran gezweifelt, ob ihre Liebe dieses Abenteuer überstehen würde. Doch gerade der Umstand, dass beide mit einem hohen magischen Energiepotenzial gesegnet waren, und sie zudem aufgrund der Ereignisse zu Außenseitern in der Gruppe werden würden, schmiedete sie beide noch enger zusammen. Sie entschieden beide jeweils für sich, und ohne dem anderen es zu sagen, dass sie ihre Liebe nicht wieder vergraben würden, sondern offen zur Schau zu tragen, wann immer es ihnen danach war. Sollten doch die anderen Schülerinnen und Schüler denken, was sie wollten, denn auch in Tynn war es nunmehr keine andere Situation als vormals an ihrer Schule, wo beide ebenfalls nicht nur ein Liebespaar, sondern auch Außenseiter gewesen waren.

Als sie sich wieder voneinander lösten, schaute Paul Lea eindringlich an, und schlug ihr vor, dass sie beide auf eigene Faust herausfinden sollten, was sich um sie herum abspielte.

»Was willst du denn anderes herausfinden als das, was uns der Oberste Magier bereits gesagt hat?«, wollte Lea wissen und Paul spürte ihre Sorgen, die in ihrer Stimme mitschwang.

»Ich möchte herausfinden, wer mit uns gerade ein Spiel spielt!«, entgegnete Paul, »denn bisher kennen wir ganz viele mächtige Zauberinnen und Zauberer, aber es gibt immer noch das Gerücht, dass unsere magische Schule des Handwerks in sich gespalten ist, und ich würde gerne herausfinden, zu welcher Seite wir tendieren sollten, wenn wir uns entscheiden müssten.«

»Bist du dir sicher, dass wir ein solches Risiko eingehen sollten?«

»Ich bin mir sehr sicher, dass wir herausfinden müssen, ob der Oberste Magier vertrauenswürdig oder ob er das Übel in unserer Schule ist, derjenige, der den Keil immer weiter vorantreibt, bis zur Spaltung der Schule.«

»Aber hast du nicht gesehen, wie er uns beschützt hat vor der Schule des Angriffs?«

»Ich habe nur wenig gesehen und noch viel weniger gehört«, konterte Paul, »denn wenn du ehrlich bist, hast du auch nur deine Kraft in den Schutzzauber gelenkt, ohne zu wissen, wer diesen gezaubert hat. Wir vermuten, dass es der Magier war, denn er wusste so ziemlich jede Einzelheit über die Begebenheit mit dem Angreifer, doch vielleicht war es auch jemand anderes. Was ist denn, wenn er uns nur erzählt, dass er der Retter war, während jemand anderes uns gerettet hat und wir einer optischen Täuschung anheimfallen? Wir können das nicht herausfinden, wenn wir so tun, als würden wir die Warnungen ignorieren, dass diese Schule von innen zersetzt wird!«

»Wir sind doch nur Schüler der ersten Klasse!«, versuchte Lea ihn umzustimmen. »Meinst du nicht, dass es unsere Aufgabe ist, zu lernen, und nicht dauernd Fragen zu stellen, wer nun unser Feind und wer unser Freund ist?«

»Doch genau diese Aufgabe sehe ich bei uns!«, erklärte Paul. »Denn wenn das Ewige Schicksal entschieden hat, dass wir beide zusammen zu den Gegnern der Schule des Angriffs geschickt werden, dann will ich wissen, in welche Gefahr ich mich begebe, wenn ich hier in dieser Schule irgendeinem der Oberen treu dienen soll!«

»Ich verstehe deine Motive, auch wenn ich Angst vor den Antworten auf deine Fragen habe, Antworten, die wir vielleicht nicht mehr kontrollieren können«, erklärte Lea. »Aber ich verstehe auch, dass ich dich nicht davon abhalten kann, diese Fragen zu stellen!«

»Nein, das wirst du nicht schaffen«, stimmte Paul zu, »und wenn du zu viel Angst hast, dass wir uns in eine große Gefahr begeben, verstehe ich natürlich, wenn du mir nicht folgst!«

»Natürlich folge ich dir, mein Liebster, denn wen außer uns beiden haben wir hier in Tynn?«

»Wir haben nur uns, Lea! Wir haben nur uns beide!«, sagte Paul und nahm sie in seine Arme.

Kapitel dreißig: Die Jagd ist eröffnet

Lea und Paul fühlten sich sicher und unbeobachtet genug, um aus der Schule auf den Platz davor zu treten, und für einen kurzen Moment strahlte die hellere der beiden Sonnen so stark, dass Paul nicht mehr als Schatten sah und als sich dieser dazu noch bewegten, zog er Lea mit auf den Boden. Zunächst war sie erschrocken, doch dann verstand sie, was vorgefallen war und konnte Paul beruhigen, dass sie zwar nicht so viel sehen, aber dafür alles fühlen konnte - und der Platz vor der Schule war sicher.

Paul stand auf, entschuldigte sich bei ihr und klopfte den Staub von seiner Hose.

»Wo willst du mit deinen Nachforschungen starten?«, fragte Lea ihn.

»Ich denke, an dem Ort, an dem alles begann.«

»Meinst du am Tor, dort, wo der Wächter Enfryn ein wenig böse mitgespielt hat?«, mutmaßte Lea.

»Nein, auch wenn dieser Ort ein sehr spannender wäre, um Nachforschungen zu betreiben«, erwiderte Paul, »aber ich glaube, dass wir noch nicht gut genug gerüstet sind, um es mit den Wächtern aufzunehmen.«

»Wo willst du dann suchen?«

»In dem magischen Laden, wo ich mein Amulett gekauft habe.«

»Wo du auch die Schriftrolle für Gigi gekauft hast? Meinst du, dass du es dort mit dem Magier aufnehmen kannst?«

»Ich bin mir sehr sicher, dass der Ladenbesitzer zusammenzucken wird, wenn ich in den Laden reinkomme, denn ich habe bei ihm kein sonderlich großes magisches Potential spüren können. Ohne seine Bewacher wird er entweder schnell abhauen oder er wird vor Angst beginnen, wie ein Wasserfall zu reden.«

»Das bleibt nur zu hoffen!«, meinte Lea, »denn ohne einen wirksamen Zauberer zur Verteidigung können wir nur hoffen, dass niemand uns angreift oder in die Ecke drängt!«

»Wir können immer noch versuchen, mit unserer magischen Energie dagegen zu halten, Lea! Wie bei dem Schutzmantel, den wir mit unserer Energie deutlich verstärkt haben.«

»Falls du dich daran erinnerst, mein Lieber, lagen wir danach einige Tage in Ohnmacht!«

»Mir ist das Risiko durchaus bewusst, dass wir hier eingehen!«, erklärte Paul.

»Das hoffe ich sehr!«, sagte Lea etwas zu sich selbst und ging mit Paul über den in der Sonne liegenden Platz in Richtung Seitengasse, die in Richtung des magischen Ladens führte.

Lea hielt den ganzen Weg über ihre Antennen in alle Richtungen empfangsbereit und schaffte es immer besser, alle unwesentlichen Emotionen herauszufiltern, um frühzeitig mögliche Feinde zu entdecken, doch bis zu der kleinen Seitengasse, in der sich der magische Laden befand, verspürte sie nur

geschäftiges Treiben, ohne jede Aufmerksamkeit für die beiden Schüler.
»Wenn du mich fragst«, sagte Lea und blieb vor der kleinen, im Dunkel liegenden Seitengasse stehen, »dann habe ich kein gutes Gefühl, wenn wir das jetzt durchziehen!«
»Wenn wir das jetzt nicht durchziehen, werden wir immer ein Spielball der Mächtigen bleiben, ohne zu wissen, auf welcher Seite wir stehen!«, erklärte Paul. »Ich würde viel lieber wissen, für welche Seite ich mich entscheide, als ewig dieser Spielball zu bleiben!«
»Ich verstehe deine Motivation«, entgegnete Lea, »aber ich habe große Angst, dass wir diese Nachforschungen viel zu früh angehen.«
»Diese Nachforschungen werden immer zu früh sein«, meinte Paul, »denn wir werden nie genug präpariert seien, um gegen wirklich mächtige Zauberer anzukämpfen, doch die Hoffnung ist, dass niemand unsere Nachforschungen zu diesem frühen Zeitpunkt erwartet. Aber wie gesagt, wenn du nicht mitkommen willst, ist das für mich auch in Ordnung.«
»Ich gehe natürlich mit«, sagte Lea unsicher, »entweder wir gehen zu zweit oder gar nicht!«
Paul nahm ihre Hand und sagte: »Dann mal los!«
Gemeinsam gingen sie in die dunkle Gasse hinein, und wie es meistens war, nachdem sich die Augen angepasst hatten - fühlte sich die Gasse gar nicht so bedrohlich an, wie die beiden es für sich in ihren Erinnerungen abgespeichert hatten. Immerhin waren sie von drei Angreifern bedroht worden, was

zusätzlich zu der Ungewissheit, was sie im Laden erwarten würde, mit hinein spielte.
»Schade, dass ich mein Amulett nicht mehr habe!«, sagte Paul, kurz bevor sie den Laden erreicht hatten.
»Was würdest du denn mit dem Amulett anfangen wollen?«, wunderte sich Lea.
»Der Ladenbesitzer hat mir dieses Amulett verkauft, damit irgendwer weiß, wo ich mich befinde.«
»Genau! Dieses Amulett hätte dich zu jeder Zeit verraten! Das bedeutet, dass du stets in Gefahr wärst, entdeckt zu werden!«
»Das stimmt, Lea, aber in diesem Moment würde ich mir gerne vorstellen, wie ich das Amulett dem Ladenbesitzer vor die Augen halte und ihn frage, in welchem Namen und Auftrag er mir dieses Amulett verkauft hat! Außerdem würde ich es gerne umtauschen!«
»Ich bin mir nicht sicher, ob man überhaupt gekaufte Dinge in Tynn umtauschen kann«, scherzte Lea.
»Siehst du! Du kannst sogar Scherze machen!«
»Ich glaube das liegt an meiner großen Nervosität, die ich gerade in mir verspüre!«, sagte Lea darauf.
»Apropos spüren! Spürst du irgendeine Art von Feindschaft in der Nähe?«, wollte Paul wissen.
»Ich bin mir nicht sicher«, erklärte Lea, »denn ich spüre rein gar nichts, wenn ich an dieses Haus hier denke! Was äußerst ungewöhnlich ist, denn selbst bei unserer magischen Schule spüre ich etwas. Das macht mir noch mehr Sorge, dass ich nicht einschätzen

kann, ob dies ein Haus voller Feinde ist oder ob sich nur ein Ladenbesitzer darin befindet.«

»Dann müssen wir es auf die altmodische Art und Weise machen«, erklärte Paul, »und einfach eintreten!«

Indem er das sagte, ergriff Paul die Türklinke und drückte sie nach unten. Da er erwartet hatte, dass die Türe nachgeben würde, stieß er mit seiner Schulter gegen das Holz und erkannte, dass sie abgeschlossen war.

»So ein Mist!«, fluchte er und rieb sich seine Schulter. »Das ist doch ein Laden! Der muss doch geöffnet haben, um etwas zu verkaufen!«

»Beruhige dich, Paul! Vielleicht hat der Laden einfach nur geschlossen, weil Mittagspause ist!«

»Am Nachmittag!?«, erwiderte Paul.

Er wollte schon weiter reden, als er ein tapsendes Geräusch hinter der Tür vernahm und den Zeigefinger auf seine Lippen legte. Lea verstand und trat instinktiv einen Schritt zur Seite. Paul trat ebenfalls neben die Tür und wartete, dass sie geöffnet wurde, doch es vergingen einige Augenblicke, ehe hinter der Tür einige Schlösser entriegelt wurden. Die Tür öffnete sich langsam und ein Augenpaar schaute hinaus, doch die beiden waren so positioniert, dass der Ladenbesitzer sie im ersten Moment nicht sehen konnte und die Tür weiter öffnete, sodass Paul mit Schwung in die Tür hinein springen konnte, um seinen Körper gegen sie zu werfen.

»Ich vermute, dass ihr mich wiedererkennt!«, presste Paul zwischen seinen Lippen hervor, denn der

Ladenbesitzer versuchte immer noch mit großer Kraft die Türe zuzudrücken.

Als der Ladenbesitzer merkte, dass er die Tür nicht würde zuschieben können, ließ er schlagartig die Türe los und lief in seinen Laden hinein. Durch das ruckartige Loslassen der Türe stolperte Paul in den Raum hinein und verlor wertvolle Sekunden, ehe er sich fangen und orientieren konnte und lief sofort dem Ladenbesitzer hinterher. Lea war indessen in den Raum eingetreten und überlegte, ob sie einen anderen Weg als Paul nehmen sollte, um dem Ladenbesitzer vielleicht den Weg abzuschneiden, doch da sie beide nicht mehr sah, entschied sie sich an Ort und Stelle zu warten. Sie sagte sich, dass der Ladenbesitzer vielleicht zurück zur Tür kommen musste, um nach draußen zu gelangen, und dass sie ihn dann stoppen würde. Mit diesen Gedanken wurde ihr klar, dass sie ohne Einsatz magischer Energie den Ladenbesitzer niemals abhalten würde, an ihr vorbei zu rennen oder sie umzustoßen, also konzentrierte sie sich darauf, die in ihr liegende magische Energie in ihrem rechten Arm zu sammeln und darauf zu warten, diese Energie zum Aufhalten des Ladenbesitzers einzusetzen. Sie spürte, wie die Energie in ihren Arm floss und sich die Muskeln stark angespannten, gerade so wie ein Pfeil in einem Flitzebogen, der auf maximale Anspannung gezogen wurde.

Paul war indessen an den ersten Regalen vorbei gestürmt und gelangte in einen größeren Raum, von wo einige große Bücherregale abgingen, ganz so, als wäre dies eine Bibliothek. Wieder einmal stellte Paul fest, dass die Dimension des Gebäudes von außen nichts mit den Dimensionen im Inneren zu tun hatte, und er fragte sich, in welchen dieser Gänge der Ladenbesitzer wohl verschwunden war. Zudem fragte er sich, ob dieser Laden in seiner Größe nicht einen oder mehrere Seitenausgänge besaß. Wenn dem so wäre, dann würde er den Ladenbesitzer wohl niemals finden, und da er vermutete, dass der Besitzer längst über alle Berge war, entschied er sich, sich in diesem Laden umzusehen. Da die Bücherregale nahezu alle gleich aussahen, begann er mit dem von ihm aus gesehen ersten Regal auf der rechten Seite und lief an Büchern, Schriftrollen und anderen Gegenständen vorbei, die ihn alle interessierten, jedoch im Augenblick nicht interessieren konnten. Er musste in jedem Moment darauf gefasst sein, dass der Ladenbesitzer hinter einem Bücherregal kauerte und ihn angriff, sodass Paul sich auf Zehenspitzen dem Ende des Bücherregals näherte. Als er den Blick in den dahinter liegenden Raum werfen konnte, erschrak er, denn hinter dem Bücherregal war nicht das Ende des Ladens, sondern es breitete sich eine große weite Wiesenlandschaft aus. Wie es auch immer sein konnte, dass sich vor ihm die Natur ausbreitete, sah Paul über sanfte Wiesen hinweg in die Ferne, wo schneebedeckte, große Berge am Horizont thronten und in den Himmel ragten.

Paul verstand, dass dieser Laden nicht einen oder mehrere Seitenausgänge hatten, sondern in eine wie auch immer geartete Paralleldimension führte, von der Paul nicht sagen konnte, ob es sich um eine Landschaft außerhalb von Tynn handelte oder um ein komplett eigenes Fantasiereich. Er ließ seinen Blick über die sanften Wiesen streifen und fand mit einem Mal in Ladenbesitzer, der einiges an Vorsprung hatte und auf einen kleinen Wald in der Nähe zusteuerte. Paul entschied sich, den Ladenbesitzer erst einmal aus den Augen zu verlieren, um Lea zu holen, die hoffentlich am Eingang auf ihn wartete. Der Weg zurück war nicht sehr weit und tatsächlich wartete Lea am Eingang auf einen der beiden und war sehr froh, als sie Paul und nicht den Ladenbesitzer sah. Die Entspannung, die Lea verspürte, als sie Paul zu sehen bekam, führte jedoch dazu, dass die Anspannung der magischen Energie in ihrem Arm mit einem Mal ausgelöst wurde, und diese Energie in den Boden abgeleitet wurde, die eine kleine Schockwelle auslöste und den Boden über mehrere Zentimeter anhob, nur gebremst durch die Schwere der Bücherregale, die alsbald begannen.

Mit stockendem Atem aufgrund der Energiewelle, die Lea ausgelöst hatte, und dem Wissen um die Landschaft hinter diesem Laden, versuchte Paul in wenigen Worten Lea zu erklären, was er gesehen hatte und dass er beabsichtigte, dem Ladenbesitzer in dieses Fantasiereich zu folgen. Lea merkte schon bei der Erklärung, dass sie Paul nicht davon abhalten würde, und entschied, dass sie mit ihm gehen würde, um den Ladenbesitzer zu finden. Paul nahm ihre

Hand und führte sie an den Büchern und Schriftrollen vorbei an den Ort, wo er das dahinterliegende Reich das erste Mal gesehen hatte, und als Lea einen ersten Blick darauf werfen konnte, vermochte sie nur zu sagen, wie schön der Ausblick sei.

Als sie an den Übergang vom Laden zu der Wiese traten, beschlich die beiden ein merkwürdiges Gefühl, da sie nicht wussten, ob der Übergang für sie überhaupt so einfach möglich war. Sie fassten sich fester an ihren Händen, nahmen tief Luft und traten aus dem Laden in die Weite der Wiesen und sie kamen recht unspektakulär darauf zu stehen.

»Was machen wir eigentlich«, wollte Lea von Paul wissen, »wenn wir zwar in dieser Landschaft unterwegs sind, aber den Weg zurück zum Laden nicht mehr finden?«

»Diese Frage habe ich mir auch schon gestellt«, antwortete Paul, »doch wir werden uns einfach auf unsere Sinne verlassen müssen, um an diesem Punkt hier wieder zurückzukommen.«

»Ich hoffe nur«, äußerte Lea weitere Bedenken, »dass wir nicht in dieser Welt nach dem Ladenbesitzer suchen und er zurück nach Tynn geht und diesen Übergang für immer schließt!«

»Da ist was Wahres dran«, gab Paul zu, »doch ich glaube fest daran, dass wir auch dann einen Weg herausfinden würden!«

Kapitel einunddreißig: Eine andere Welt

Für Lea und Paul war der Übertritt in die Wiesenlandschaft ein großes Mysterium, denn von dem einen auf den anderen Moment waren nicht nur die Lichtverhältnisse, sondern alles, was ihre Sinne aufnahmen, völlig verändert. In dieser Welt schien eine helle, freundliche Sonne, während es in dem Laden dunkel und gedrängt zugegangen war. Überall sprühte das Leben, es blühten die tollsten Pflanzen auf dem Boden und es sangen die angenehmsten Vögel ihre liebreizenden Lieder. Es war ein wenig, als wären sie ins Paradies eingezogen, und die beiden fragten sich, ob diese Welt real war oder nicht dem Reich der Fantasie entsprang. Doch wenn es diesen Ort nicht real gäbe, entstanden völlig andere Gedankenprobleme in den Köpfen der beiden, denn angenommen, sie wären in einem Fantasiereich des Ladenbesitzers, dann könnte dieser auch die Welt jederzeit ändern. Dagegen sprach, dass der Ladenbesitzer weiterhin vor ihnen weglief, auf das Wäldchen zu, das die beiden in der Ferne sahen.

Da sie davon ausgingen, dass sie den Ladenbesitzer vor dem Wäldchen nicht mehr einholen konnten, da er zu viel Vorsprung hatte und trotz seines Alters und der gelaufenen Strecke weiterhin ordentlich voran kam, entschieden sich die beiden, nicht zu schnell zu machen, sondern die Landschaft und die Gegebenheiten der Welt genauer zu begutachten.

Erstaunlicherweise gab es in dieser Welt kaum Tiere oder Pflanzen, die sie in der früheren Welt der normalen Welt nicht auch vorfanden. Es wirkte fast, als wäre dieses Fantasiereich ein Abbild der Welt, aus der sie nach Tynn gekommen waren. Daher stellten sich die beiden die Frage, ob diese Welt nicht durch ihre eigenen Gedanken aufgespannt wurde, doch dagegen sprach, dass sie den Ladenbesitzer über die weiten Ebenen laufen sahen. Wobei sich Paul die Frage stellte, ob es nicht die Welt war, die sie sich vorstellten und der Ladenbesitzer nur als eine Imagination ihrer eigenen Fantasie erschien, aber bereits über alle Berge in Tynn war.
Diese vielen Fragen, die Paul und Lea in ihren Köpfen hatten, zu denen sie jedoch keine passenden Antworten fanden, die alle Punkte miteinander auflösten, ließen die beiden für den Moment hinter sich und konzentrierten sich auf die Umgebung und die Verfolgung des Ladenbesitzers. Als sie einen sanften Hügel hinaufstiegen, verschwand der Ladenbesitzer für eine kurze Zeit aus ihrem Blickfeld, und als sie auf der Kuppe der Anhöhe kamen, war der Ladenbesitzer verschwunden. Die beiden fragten sich, ob der Ladenbesitzer bereits das Wäldchen erreicht haben konnte, doch Paul war sich sicher, dass die Distanz noch zu groß gewesen war. Sie blieben für einen Moment an Ort und Stelle stehen und suchten den Flüchtenden in der Ferne, doch sie machten ihn nirgendwo aus. Nun kam die Sorge zurück, dass sie in dieser Welt gefangen waren und der Ladenbesitzer sie

getäuscht hatte, doch als sie sich umdrehten und nach dem Eingang in diese Welt schauten, hatten beide das Gefühl, dass diese Pforte weiterhin offen war. Doch zu ihrem großen Erstaunen sahen sie nun den Ladenbesitzer, der nicht mehr auf das Wäldchen zulief, sondern geradewegs auf die Pforte und diese auch fast schon erreicht hatte. Beide fragten sich, wie das hatte passieren können, was sie für den Moment lähmte.

Als die beiden die drohende Gefahr erkannten, ergriff sie eine große Panik und sie nahmen ihre Beine in die Hand und liefen so schnell sie konnten den Hügel hinunter und über die Wiesen, um den Ladenbesitzer vor dem Erreichen der Pforte noch einzuholen. Doch sie mussten bald erkennen, dass der Vorsprung, den der Ladenbesitzer hatte, viel zu groß war, um ihn einzuholen – dennoch liefen sie mit dem Mut der Verzweiflung weiter. In Paul brodelte es ziemlich stark, insbesondere, weil er sich von dem Ladenbesitzer so aufs Glatteis hatte führen lassen, und die magische Energie wallte in ihm in großen Schüben hoch, ehe sie so stark wurde, dass er sie nicht mehr kontrollieren konnte und sie mit großer Macht aus ihm hervordrang.

Was nun passierte, schockierte wohl alle drei, denn die magische Energie schoss in Richtung der offenen Pforte und traf den Ladenbesitzer in seinem Rücken und die offene Pforte frontal. Während der Ladenbesitzer von der Energie ergriffen, mehrere Meter nach vorne geworfen wurde und mit seinem

Gesicht ins Gras fiel, absorbierte die Pforte die ausgesandte Energie und schloss sich mit einem heftigen Knall, der sich wie ein Kanonenschuss über die Ebene ausbreitete.

Lea und Paul stoppten augenblicklich ihren Lauf, und Paul musste sich ins Gras setzen, da ein großer Teil seiner magischen Energie plötzlich aus ihm abgeflossen war; zum Glück wurde er nicht ohnmächtig, wie auf dem Platz, als sie mit ihrer magischen Energie den Schutzschirm gestützt hatten. Er vermutete, dass ein Teil seiner magischen Energie noch nicht wieder aufgeladen war, sodass der Abfluss hier im Vergleich zu dem früheren Ereignis nicht so heftig gewesen war. Lea starrte in Richtung der Pforte und des Ladenbesitzers, der immer noch mit seinem Gesicht im Gras lag und sich nicht regte, und sie machte sich Sorgen, dass die Energie ihn vielleicht sogar umgebracht hatte. Doch für den Moment war ihr wichtiger, dass Paul versorgt war und sie beugte sich zu ihm hinunter, um mit ihm zu reden. Sie erzählte ihm, dass der Ladenbesitzer weiterhin im Gras lag und die Pforte geschlossen zu sein schien. Paul versuchte mit seinen verbliebenen Kräften aufzustehen, doch es gelang ihm erst beim dritten Versuch und mithilfe von Lea, sich hinzustellen. Er sah rüber zum Ladenbesitzer, der weiterhin auf dem Boden lag und sich nicht rührte, und ebenso sah er, dass es keine Pforte mehr gab, die aus dieser Welt in den Laden zurückführte.

»Was machen wir denn nun?«, fragte Lea spürbar nervös.
»Lass uns erst mal zum Ladenbesitzer gehen«, schlug Paul mit schwacher Stimme vor, »dann sehen wir weiter, ob die Pforte wirklich weg ist oder ob wir sie nur vielleicht an eine andere Stelle geschoben haben.«
»Du sprichst vom königlichen Wir«, monierte Lea, »denn es ist schon klar, dass es deine magische Energie war, die zu diesem Chaos geführt hat!«
»Ist es nicht egal«, versuchte Paul sich zu wehren, »wie es passiert ist, denn am Ende sitzen wir beide vielleicht in dieser Welt hier fest und müssen einen anderen Ausgang finden?«
»Mir ist es nicht egal, denn meine Energie habe ich auf den Boden gerichtet und nur kleine Schockwellen ausgelöst, während deine unkontrollierte Energie aus dir herausgeschossen ist und zu diesem Chaos führte!«
»Nenn es bitte nicht Chaos, denn aus meiner Sicht ist es kein Chaos, sondern nur eine Situation, die wir irgendwie regeln müssen«, wehrte sich Paul weiter.
»Irgendwie regeln müssen?«
»Jetzt beruhige dich mal, Lea«, versuchte es Paul auf eine andere Art und Weise, »wir finden hier raus!«
»Das will ich auch hoffen!«, sagte Lea mit fordernder Stimme und ließ Paul nicht vom Haken.
»Du wirst schon sehen, dass wir bald wieder in der Schule sein werden und alles wird gut werden!«, sagte Paul und Lea merkte, dass Paul seine Überzeugung stärker spielte, als er selbst überzeugt war.

Gemeinsam gingen sie langsam in Richtung des Ladenbesitzers, der sich weiterhin nicht rührte. Lea stützte Paul die erste Hälfte des Weges, ehe Paul sich sicher genug fühlte, den Weg selber fortzusetzen. Es verging einige Zeit, ehe sie in die Nähe des auf dem Boden liegenden Mann kamen und je länger es dauerte, desto mehr machten sich beide Sorgen, dass der magische Energiestoß zu einer schwerwiegenden Verletzung geführt hatte.

»Was machen wir, wenn er tot ist?«, fragte Lea mit zittriger Stimme und schaute Paul fordernd an.

»Lass uns erst nachschauen gehen, bevor wir so schwere Gedanken wälzen!«, meinte Paul und Lea merkte, wie sehr ihn diese Frage beschäftigte.

Kapitel zweiunddreißig: Zusammenhänge

Als Lea und Paul den auf dem Boden liegenden Ladenbesitzer erreichten, verflog unmittelbar die Angst, dass dieser tot sein könnte, da er sich inzwischen leicht bewegte und versuchte, sich nach oben zu drücken. Er schien jedoch so stark angeschlagen zu sein, dass jeder Versuch scheiterte und Paul ihn ohne große Gegenwehr auf den Rücken drehen konnte. Als der Ladenbesitzer erkannte, dass die beiden ihn erreicht hatten, bevor er durch die Pforte zurück in seinen Laden gehen konnte, veränderte sich augenblicklich sein Wesen.

Lea spürte umgehend die Angst, die in dem Ladenbesitzer aufwallte und um ihn zu beruhigen, beugte sie sich zu ihm hinab und murmelte einige Wörter in seinem Ohr. Sofort wurde der Mann wieder ruhiger und schaute vertrauensvoll in Richtung Lea.

»Was hast du ihm gesagt?«, wollte Paul wissen.

»Später!«, meinte Lea und bedeutete ihm, dass sie in Anwesenheit des Ladenbesitzers nicht über dieses Thema reden wollte.

Stattdessen half Lea dem Mann, sich aufzurichten und erzählte ihm, was passiert war, und entschuldigte sich bei ihm für den Angriff von hinten. Sie spürte, dass Paul die Entschuldigung nicht guthieß, doch Lea war sich sicher, dass Vertrauen in diesem Augenblick wichtiger war als die Schuld bei jemandem zu suchen.

»Wir sind deine Freunde!«, sagte Lea in einem sehr freundlichen Tonfall zu dem Ladenbesitzer. »Kannst du dich noch an unserem Besuch vor einigen Wochen erinnern, bei dem wir eine Schriftrolle und ein Amulett bei dir gekauft haben?«

»Natürlich kann ich mich noch an euch erinnern!«, gab der Ladenbesitzer zurück, »denn wie ihr vielleicht gemerkt habt, habe ich sofort die Tür zudrücken wollen, als ich deinen Freund hier gesehen habe!«

»Dann kannst du der auch vorstellen, welche Frage wir dir gerne stellen würden!«, sagte Lea in einem weiterhin äußerst freundlichen Tonfall.

»Wer mich bezahlt hat, um euch das Amulett zu verkaufen!?«, versuchte es der Ladenbesitzer.

»Genau diese Frage interessiert uns am meisten!«

»Ich weiß, dass ich die Antwort kenne, aber ein Zauber liegt auf meinem Gedächtnis, der verhindert, dass ich euch die Antwort geben kann!«

»Das bedeutet, dass jemand dich manipuliert hat?«, wollte Paul wissen.

»So könnte man es bezeichnen!«, antwortete der Ladenbesitzer.

»Das ist doch totaler Quatsch!«, fuhr Paul aus seiner Haut, »das behauptest du nur!«

»Bitte beruhige dich ein wenig Paul!«, forderte Lea ihren Freund auf, etwas weniger aggressiv zu sein.

»Ich schwöre, dass ich euch den Namen sagen würde, wenn ich ihn noch wüsste! Wobei, nein, ich weiß ihn, und ich weiß, dass ich ihn weiß, doch ich finde ihn nicht in meinem Kopf.«

»Verstanden!«, sagte Lea. »Aber wir brauchen Hilfe bei der Antwort, wer uns Schaden zufügen will.«
»Das verstehe ich, und ich würde euch sehr gerne helfen, doch wie gesagt, ich kann mich nicht an den Namen erinnern!«
»Dann versuchen wir es anders! Schließ bitte deine Augen!«, forderte Lea den Ladenbesitzer auf, was dieser auch bereitwillig tat. »Der Morgen, an dem wir nachmittags bei dir in den Laden kamen – kannst du dich an diesen Morgen erinnern?«
«An diesem Morgen kann ich mich gut erinnern!«, erzählte der Ladenbesitzer. »Denn es war ein sehr schöner Tag und ich habe einige der alten Schriftrollen neu sortiert und bin auf verborgene Schätze gestoßen, von denen ich keine Ahnung mehr hatte, dass ich sie noch besaß.«
»Sehr gut! Kannst du dich auch noch an den Abend erinnern, der nach unserem Besuch lag?«
»Da muss ich in meinen Erinnerungen kramen«, sagte der Ladenbesitzer gedankenverloren, ehe er meinte, dass er sich nur sehr nebulös an diesen Abend erinnern könne, was nicht ungewöhnlich sei, da er abends des Öfteren in einer Trinkhalle den Feierabend besiegelte. »Warum fragst du mich das?«
»Weil davon auszugehen ist, dass die Vernebelung deines Geistes nach unserem Besuch stattgefunden hat. Ich vermute zudem, dass das Eindringen in einen anderen Geist, um dort eine Sperre einzuplanen, kein Zauber ist, den jeder beherrscht. Im Gegenteil, ich denke, es muss ein mächtiger Zauberer oder eine

mächtige Zauberin gewesen sein, die dich besucht hat. Kommt dir da keine Erinnerung in den Kopf?«

»Wie gesagt, alles ist nebulös in meinem Kopf!«

»Ich vermute«, machte Lea einfach weiter, »dass der- oder diejenige, die dir das angetan hat, Tage vorher in deinem Laden war.«

»Was meinst du damit?«, versuchte der Ladenbesitzer Lea zu folgen.

»Ich vermute, dass unsere gesuchte Person nicht daran gedacht hat, diesen ersten Besuch mit einem Erinnerungsbann zu belegen. Daher such bitte in deinen Erinnerungen ein paar Tage vorher, ob ein mächtiger Zauberer oder Zauberin bei dir war!«

»Bei mir sind oft Mächtige, um Zauber oder andere Hilfsmittel zu kaufen! Ich kann nicht jeden beaufsichtigen!«

»Das will ich auch gar nicht!«, beteuerte Lea. »Aber gibt es nicht eine Begebenheit, die merkwürdig wirkte?«

»Doch, jetzt erinnere ich mich an eine«, sagte der Ladenbesitzer im Gedanken. »Es war einige Tage vorher, als einer der Oberen in meinen Laden kam, was hin und wieder vorkommt, aber meistens schicken sie ihre Adlaten zu mir, wenn es um Besorgungen oder Schriftrollen geht.«

»Was wollte der Obere von dir?«, versuchte Lea den Ladenbesitzer im Gespräch zu halten.

»Nichts Konkretes, was mich irritierte, er streifte durch meine Gänge und suchte irgendwelche Bücher, ein wenig ziellos, wie mir schien. Dann fand ich ihn in einer der hinteren Ecken meines Ladens und er erzählte mir, dass ich sehr seltene und besondere Exemplare in diesem Bereich besitzen würde. Ich war verwundert, da ich bisher dachte, dass diese Exemplare eher Papier zum Anzünden von Feuer waren, doch gleich am nächsten Tag begab ich mich daran, mir die Schriftrollen genauer anzuschauen - und erstaunlicherweise befanden sich seltene Exemplare darunter. Wie er gesagt hatte!«

»Kannst du ihn beschreiben?«, wollte Paul wissen und hatte sofort den alten Mann aus ihrer Schule im Kopf.

»Ich erinnere mich an sein Gesicht, ein älterer Mann und jetzt kommt es mir wieder: er ist einer der drei Oberen aus der magischen Schule des Handwerks!«

»Wusste ich es doch!«, sagte Paul scharf.

»Hat er zufällig eine Schriftrolle unter die besonderen Rollen gemogelt, wo der Auftrag stand, Paul das Amulett zu geben?«, wollte Lea wissen.

»Ich denke schon, auch wenn ich es nicht mehr weiß! Oder ich weiß es, aber ich finde es in meinem Kopf nicht!«

»Das wäre natürlich eine völlig neue Situation«, schlussfolgerte Lea und sah die Verwunderung in Pauls Gesicht. »Überleg mal, Paul, wir waren an diesem Tag am zweiten Tag da. Enfryn hat mir erzählt, dass sie das magische Potential von dir erst in der Nacht zuvor erkannt haben - wenn der Obere Magier aus unserer Schule jedoch schon Tage vorher wusste, dass wir in den magischen Laden gehen würde, dann müsste er nicht nur das Ewige Schicksal lesen können, sondern auch wissen, dass wir in den Laden gehen wollen - was dafür spricht, dass entweder Gigi oder Janina ihm geholfen hat!«

»Und weil Janina nicht mehr da war, glaubst du, dass es sie war, richtig?«, schlussfolgerte Paul.

»Richtig! Das würde zumindest zusammenpassen, auch wenn ich die Geschichte rund um das Ewige Schicksal viel riskanter empfinde als die Falle, die uns gestellt wurde. Eine Falle, die übrigens nur Angst machen sollte, denn die drei, die uns angegriffen haben, hatten nicht vor, uns wehzutun. Sie sollten uns nur Angst einjagen!«

»Aber was würde das dem Oberen bringen?«

»Ich vermute, dass wir dadurch erfahren sollten, dass es in Tynn gefährlich ist und wir vor allem der Schule trauen sollen. Kritisches Nachfragen ist nicht erwünscht! Ich meine, du hast ihn in seinem Thronsaal herausgefordert und er musste widerwillig mitspielen, da er einen hohen Einsatz im Spiel hat!«

»Ich verstehe das alles nur so halb!«, gab Paul zu. »Welchen Einsatz meinst du denn?«

»Wie gesagt, ich vermute das alles nur auf Basis der bisherigen Erkenntnisse! Wenn ich das alles zusammenfüge, dann bleibt die Lösung, die am wahrscheinlichsten ist!«

»Spann uns nicht so auf die Folter!«, forderte Paul sie auf, und auch der Ladenbesitzer hörte interessiert zu.

»Ich denke, unser Oberster Zauberer hat eine Möglichkeit gefunden, das Ewige Schicksal zu beeinflussen!«

»Niemals!«, kam es vom Ladenbesitzer. »Das kann niemand!«

»Niemand außer mir!«, sagte plötzlich eine Stimme in ihrem Rücken.

Kapitel dreiunddreißig: Gefahr

Alle drei drehten sich um und sahen dem alt wirkenden Mann, der scheinbar so gefährlich sein konnte, in die Augen.

»Ich bin sehr beeindruckt von euch beiden«, sagte der Magier im Plauderton, »denn obwohl ihr klare Anweisungen hattet, habt ihr euch getraut, eurem Gespür zu folgen und dort nachzubohren, wo es tatsächlich etwas zu erfahren gab. Dazu sind eure Gedanken zu den Vorkommnissen in Tynn und in unserer Schule so präzise, dass ich schon Sorge habe, dass auch andere so denken könnten - doch dann bin ich wieder überzeugt, dass nur solche Talente wie ihr fähig seid, soweit zu denken. Alle anderen sind viel zu blind über die Zeit geworden, um die Gefahren, die hier lauern, zu sehen, sodass sie eher willfährig meine Befehle ausführen, als darüber nachzudenken, welche Konsequenzen das eigene Handeln hat.«

»Das bedeutet auch, dass wir im Moment in eurem Fantasiereich sind«, mutmaßte Lea.

»Wie recht du hast, Lea!«, sagte der Magier und schien echte Begeisterung zu verspüren. »Ich habe mir das hier ausgedacht, weil ich davon ausging, dass ihr euch von Wiesen, Blumen und Bergen überzeugen lasst. Ich wollte euch eigentlich für eine Zeit lang einsperren in dieser Welt, um euch ein wenig mehr Gefolgsamkeit einzubläuen, doch dann entlud Paul seine Energie und ich sah, wie sehr ihr daran glaubt, das Richtige zu tun! Und ich gebe es nur sehr ungern zu, aber ihr erinnert mich in diesem Punkt an mich selbst! Ich agiere ebenfalls aus Überzeugung - der Überzeugung, für Tynn einen Weg gefunden zu haben, der aus der Sackgasse herausführen kann, in die wir uns über die letzten Jahrzehnte hineinmanövriert haben!«

»Was soll das für ein Weg sein?«, wandte Lea ein.

»Das Ewige Schicksal so zu ändern, dass eine Alleinherrschaft einer Schule in Tynn entsteht?«

»Wer denkt denn an die Herrschaft einer Schule, wenn man alleine die Herrschaft ausüben kann?«, konterte der Magier.

»Ich wusste es gleich, dass man euch nicht trauen kann!«, drang es aus Paul gepresst hervor.

»Vertrauen ist aus meiner Sicht völlig überbewertet! Wichtig ist nicht, dass ihr mir vertraut, sondern ihr ohne Widerworte das erledigt, wozu ich euch auffordere. Wenn ihr mit mir das Spiel spielt und nicht betrügt, können wir bald schon die Macht in Tynn übernehmen!«

»Was meint ihr mit Wir?«, wollte Lea wissen.

»Wir drei können mächtig genug sein, eine ganze Stadt zu unseren Vasallen zu machen! Dafür habe ich euch ausgewählt und sagen wir: das Ewige Schicksal gebeten - sagen wir, ein wenig gedrängt -, euch beide zu mir zu bringen.«

»Ihr könnt das Ewige Schicksal beeinflussen? Wie?«, wollte nun der Ladenbesitzer völlig überrascht wissen.

»Ich würde es euch gerne verraten, aber das muss wohl ein Geheimnis bleiben. Wichtig ist nur, dass ich es kann! Die wichtige andere Frage ist nun, ob ich auf eure Loyalität zählen kann? Denn wenn die nicht gegeben ist, dann…«

»Dann werden wir für immer in diesem Reich gefangen sein, richtig?«, schlussfolgerte Lea.

»Das wäre eine Option - vielleicht sogar die netteste, denn hier kann man durchaus ein Leben in Einsamkeit verbringen! Zumindest er hier wird herausfinden, wie es sich anfühlt«, sagte der Zauberer und zeigte auf den Ladenbesitzer, »die Frage ist nur, ob ihr bei ihm bleiben wollt!«

Es dauerte einige Momente, ehe der Ladenbesitzer verstand, was hier gespielt wurde, und er ging langsam, Schritt für Schritt zurück, ehe er sich umdrehte und die Beine in die Hand nahm.

»Warum läuft er weg?«, wunderte sich Paul.

»Ich denke, er sucht einen Ausgang aus diesem Reich!«, antwortete Lea.

»Den es aktuell nicht gibt!«, sagte der Zauberer, „denn glücklicherweise hast du mein Problem gelöst, bevor ich eingreifen musste! Also, ihr seht, dass ich euch jederzeit überwachen kann! Zudem habt ihr mit angesehen, was passiert, wenn jemand falsch spielt! Daher gehe ich davon aus, dass ihr versteht, welche Tragweite eure nächste Entscheidung hat!«

Die beiden schwiegen und Lea wünschte sich in diesem Moment nichts sehnlicher, als dass sie mit Paul über ihre Sorgen per Gedankenübertragung sprechen konnte. Auch auf die Gefahr hin, dass der Zauberer dieses Gespräch mit anhören konnte.

»Können wir zwei alleine darüber sprechen?«, fragte Paul, als der Zauberer ungeduldiger wurde.
»Ich glaube nicht, dass ihr euch darüber abstimmen müsst, ob ihr hier beim Ladenbesitzer bleiben wollt oder mir folgt!«, widersprach der Magier. »Denn das ist eine Entscheidung, die ihr für euch selbst treffen müsst! Ich zähle jetzt bis zehn. Wenn ihr euch nicht entscheidet, mir zu folgen, dann bleibt ihr hier. Eins, zwei, drei, vier…«
»Ich bin dabei«, sagte Lea, da die Alternative keine echte war - es war schlichtweg Erpressung, die hier stattfand.
»Schön! Wie ist es mit dir, Paul? Willst du der Antiheld der Geschichte hier sein? Ja?! Dann zähle ich mal wieder… fünf, sechs, sieben…«
Lea schaute Paul eindringlich an und versuchte zu ergründen, wie er sich entscheiden würde. Sie hatte aufgrund ihrer Erfahrungen begründeten Verdacht, dass Paul sich nicht unterordnen werden würde.
»Es wird knapp! Acht, neun…«
»Ich bin auch dabei!«, sagte Paul kaum zu hören.
»Melodramatik! Wie schön!«, kommentierte der Magier die Entscheidung. »Ich kenne eure Einstellung und habe in eure Herzen geblickt. Ich gebe mich keinen Illusionen hin. Sobald etwas passiert, das ihr als falsch oder gegen eure Werte empfindet, werdet ihr versuchen, gegen mich zu arbeiten. Ich kann nur davor warnen, jede Kleinigkeit auf die Goldwaage zu legen - vielmehr solltet ihr euch anschauen, ob das, was ich für Tynn möchte, nicht am Ende das ist, was

ihr euch auch wünscht. Zuweilen müssen die Wege noch ausgetreten werden, und manchmal sind die Methoden vielleicht nicht die nettesten, aber wir leben in einer Zeit, in der man nicht zimperlich sein darf. Wer zuckt, verliert - und wir dürfen nicht verlieren! Denn dann würde Tynn auseinanderbrechen! Vergesst das nie! Die Alternative zu mir ist Unsicherheit, Dunkelheit und am Ende Krieg, Leid und Tod. Wenn ihr das wollt, versucht euch gegen mich aufzulehnen - aber prüft euer Herz, ob ich nicht richtig liegen könnte. Tynn braucht einen neuen Weg und ich kann ihn ebnen. Das ist mein Schicksal, das ist der Weg des Ewigen Schicksals!«

Kapitel vierunddreißig: Zurück in Tynn

Die folgenden Tage waren für Lea und Paul sehr seltsame, denn zu jedem Zeitpunkt, in dem sie entweder Unterricht hatten oder mit den anderen Schülerinnen und Schüler zu Mittag aßen oder am Abend etwas unternahmen, schwirrten ihnen die Gedanken rund um den Obersten Magier der Schule im Kopf herum.

Nachdem sie beide dem Magier zugesagt hatten, dass sie gehorsam sein werden, hatte er in kürzester Zeit einen neuen Übergang zurück nach Tynn erschaffen, dieses Mal jedoch nicht in den Laden hinein, von wo aus sie gestartet waren, sondern sie kamen in einem Nebengebäude der magischen Schule heraus, wo sie unbemerkt durch das Portal treten konnten. Ohne ein Wort der Verabschiedung trat der Magier aus dem Nebengebäude auf den Vorplatz der magischen Schule und verschwand aus dem Blickfeld der beiden. Paul wollte umgehend mit Lea über das Vorgefallene sprechen, doch sie schaffte es, ihn zu bremsen, da sie befürchtete, dass Paul in seiner großen Emotionalität Sachen sagen würde, die beide in Schwierigkeiten bringen konnten. Sie nahm ihn bei der Hand, deutete ihm an, dass er schweigen sollte, und küsste ihn kaum spürbar auf die Wange. Paul ließ sich tatsächlich beruhigen und gemeinsam traten sie nach einer Zeit des Abwartens aus dem Nebengebäude ebenfalls auf dem Vorplatz der magischen Schule, wo angesichts der Tageszeit eine große Betriebsamkeit herrschte.

Zurück in der Schule hatten die beiden zunächst das Gefühl, dass jeder sie beobachtete und zu wissen schien, was vorgefallen war, doch Lea erkannte ziemlich schnell, dass es nichts mit dem Ausflug in das Fantasiereich zu tun hatte, sondern mit der allgemeinen Besonderheit, die die beiden in dieser Schule darstellten. Unter den neidischen wie abschätzigen Blicken der anderen in der Schule gingen die beiden zurück in den Schlafsaal, um, jeder für sich, an diesem Abend früher einzuschlafen.
Verwunderlich war, dass mit diesem Abend die Reinigungswanne die Kleidung von Lea nicht mehr ausspuckte, sondern ganz normal, wie die der anderen, zusammenfaltete und beinahe freundlich zur Abholung an die Seite legte. Was jedoch blieb, war, dass beide neben ihren Betten niemanden anderen liegen hatten, sondern im Schlafraum auch optisch von den anderen Schülerinnen und Schüler getrennt waren. Paul empfand die Distanz und Ruhe als äußerst angenehm, während Lea sich fragte, ob sie nicht einen neuen Versuch unternehmen sollte, um mit den anderen Mädchen im Schlafsaal anzubandeln und Freundschaften zu schließen. Sie überblickte die Gruppe und suchte nach möglichen Verbündeten, doch sie vermutete, dass nach den Ereignissen und den Erzählungen der drei anderen Mädchen wohl niemand in der Gruppe bereit wäre, sich mit ihr einzulassen. Selbst Jenny, die noch vor Tagen so vertrauenswürdig gewesen war, hatte sie von ihr zurückgezogen. Wenn sie eine Freundin in der

magischen Schule des Handwerks suchen würde, dann müsste sie wohl eher schauen, ob nicht eine der Schülerinnen aus den höheren Klassen mit ihr Freundschaft schließen mochte. An diesem Abend lag sie sehr lange wach in ihrem Bett und erkannte nicht nur, dass sie die nächsten drei Jahre in Tynn noch mit dieser Gruppe ihre Zeit verbringen würde, sondern wie schwer es nicht nur ihr, sondern vor allem Paul fallen werde, insbesondere die Zeit am Morgen totzuschlagen, in der sie das reine Handwerk der Schule lernten - in einer Gruppe mit völlig Unwissenden.

Über diesen Punkt war Paul bereits seit längerem hinweg und hatte sich damit abgefunden, dass die nächsten Jahre in Tynn eine Mischung aus großer Langeweile und spannenden neuen Erkenntnissen sein würden. Interessanterweise war dieser Umstand ihm nicht völlig neu, denn auch in seinem alten Leben hatte er die Schule am Morgen als wenig interessant empfunden, umso mehr mochte er den Nachmittag, in dem er seinen Hobbys nachgehen, aber vor allem sich mit Lea treffen konnte.

Pauls Gedanken kreisten an diesem Abend vielmehr um das, was die beiden erlebt hatten und welche Konsequenzen in der nächsten Zeit daraus für die beiden abzuleiten waren, doch er kam zu keinem Entschluss, der ihn ernsthaft weiter brachte. Immer und immer wieder drangen seine Fragen zurück zu dem Problem, dass er sein gesamtes weiteres Leben in Tynn dem Obersten Magier der Schule unterworfen

hatte. Natürlich war es Erpressung gewesen, doch da es scheinbar in Tynn keine funktionierende Gewaltenteilung gab, konnte Paul nicht einfach zur Polizei gehen und diesen Umstand anzeigen. Ihm erschien das ganze System in Tynn nicht sehr fortschrittlich und modern, sondern trotz des Systems der ausgleichenden zwölf Oberen der vier Schulen als altmodisch und überkommen. Diese ganzen Gedanken, um die sich Paul immer wieder drehte, halfen ihm kein bisschen weiter, die eigentliche Entscheidung, die dahinter stand, sinnvoll zu treffen. Denn ihm, wie auch Lea, war völlig klar, dass nur die Flucht aus Tynn eine reelle Chance auf Veränderung der Situation war. Würden sie sich gegen den Obersten Magier auflehnen, wäre das wahrscheinlich ihr Ende, so wie es der Wache ergangen war, als sie beide das erste Mal vor den Magier getreten waren. Da davon auszugehen war, dass sie vielleicht sogar ein ähnliches Potential an magischer Energie hatten wie der Oberste Magier und sie zudem zu zweit waren, so war es beiden dennoch völlig klar, dass sie weit davon entfernt waren, die magischen Fähigkeiten zu besitzen, um sich gegen den Magier aufzulehnen.
Beide schliefen erst sehr spät in der Nacht ein und wachten am nächsten Morgen mit Kopfschmerzen auf, die von der Lehrerin am Vormittag mittels eines verzauberten Wassers gelindert werden konnten. Die beiden erkannten erneut, dass es in Tynn durchaus normal war, dass die Schulen ein Grundverständnis von den Zaubern der anderen Schulen hatten.

Beinahe jede Lehrerin und jeder Lehrer konnte ein Grundmaß an Heilzauber, sowie kleine Verteidigungs- und Angriffszauber erwirken. Allein die Spezialisierung auf mächtige Zauber war nicht erlaubt, doch Paul stellte sich die Frage, ob es nicht grundsätzlich möglich wäre, auch starke Zauber aus anderen Schulen selber zu erlernen. Ihm kam bei diesem Gedanken immer das Bild der knorrigen Hand in den Kopf, die aus dem Boden geschossen kam. Dieser Zauber war sicherlich kein Zauber aus der magischen Schule des Handwerks, da war sich Paul sicher, doch er fragte sich, ob dieser Zauber überhaupt einer der drei anderen Schulen zugeordnet werden konnte. Die anderen Zauber, die er bisher miterlebt hatte, wie die magische Wäschewanne, das magische Fußballspielen oder das Fantasiereich wie auch der Schutzzauber – das waren alles klar zuordenbare Zauber. Doch die knorrige Hand aus dem Untergrund hatte etwas an sich, dass viel weniger Fertigkeit in sich trug, als vielmehr die Ausgeburt eines dunklen Zaubers, der eine andere Art als die bisher bekannten zeigte.
Über diese Vermutung hätte Paul gerne mit jemandem gesprochen, der viel mehr Ahnung von dieser Welt besaß als er oder Lea. Doch da ihr einziger Vertrauter, Enfryn, seit längerer Zeit scheinbar auf einer geheimen Mission war, fand er niemanden, der ihm sagen konnte, ob es in dieser Welt weitere Phänomene gab, die ihnen bisher niemand erzählt hatte. Es würde aber weder Paul

noch Lea sonderlich verwundern, wenn dies so wäre, da sich diese doch so andere Welt ihnen nur scheibchenweise offenbarte, und Paul hatte zudem das Gefühl, dass viele in Tynn keine echte Vorstellung hatten, wie die wahren Machtstrukturen in dieser Stadt aussahen. Er fragte sich zudem, ob die Menschen, die in Tynn lebten, überhaupt etwas von diesen Geschehnissen rund um den Machtkampf der magischen Schulen untereinander mitbekamen oder ob die Veränderungen innerhalb der Gesellschaft von Tynn so schleichend waren, dass sie die großen Veränderungslinien nicht wirklich sahen. Bisher hatten weder Lea noch Paul irgendeine Form von Nachrichten oder Journalismus in Tynn entdecken können, was ein weiteres Indiz dafür war, dass trotz aller magischen Fähigkeiten und dem System der Machtbalance diese Gesellschaft eine von sehr wenigen Menschen kontrollierte war.

Kapitel fünfunddreißig: Archie

Neben den vielen schweren Gedanken, die sich beide in der Schule über die Tage machten, lernten sie auch viel über die Mechanismen in Tynn. Seit ihrer Ankunft hatten sie das erste Mal ein wenig Zeit für sich, die bisherigen Ereignisse und Erfahrungen in passende Bilder zu setzen. Daraus ergab sich, dass viele Fragen, die zu Beginn unbeantwortet bleiben mussten, inzwischen völlig klar beantwortbar waren.

Der morgendliche Unterricht im Umgang mit den Werkstoffen und den Werkzeugen, die die beiden mit ihrer magischen Energie bearbeiteten, wurde mehr und mehr zu einer Zeit, in der die beiden alle möglichen Dinge, die sie sahen und mit anderen Schülerinnen und Schüler besprachen, in einen größeren Kontext setzen konnte. Je länger sie übten und desto mehr Fertigkeiten sie im Umgang mit den Werkstoffen und Werkzeugen erlangten, desto interessanter und entspannter empfanden sie den morgendlichen Kurs, der von der Lehrerin mit viel Herzblut betrieben wurde. Sie ließ die beiden die meiste Zeit in Ruhe vor sich hinwerkeln, nur ab und an korrigierte sie ein wenig die Nutzung der Werkzeuge, wenn sie das Gefühl hatte, dass einer der beiden mit zu viel magischer Energie an die Sache heranging. Seit dem Verschwinden von Janina und Pit waren keine neuen Schülerinnen oder Schüler an ihren Tisch gekommen - so konnten sich die beiden leise über einige Dinge unterhalten, ohne großes

Aufsehen zu erregen. Lea hatte vollkommen recht, dass sich ihre Besonderheit zwar nicht wegdiskutieren ließ, aber die anderen Schülerinnen und Schüler mit der Zeit akzeptierten, dass sie nicht über die magischen Fähigkeiten wie die beiden verfügten und ließen sie mehr und mehr in Ruhe.

Am Nachmittag hatten die beiden unterschiedliche Kurse, denn Lea ging weiterhin in die vorgesehene Klasse der höheren Zauber, in der sie inzwischen angekommen schien. Am Anfang hatte sie gedacht, dass sie und Paul Außenseiter in der Klasse waren, doch sie stellte schnell fest, dass alle sechs Schülerinnen und Schüler für sich Außenseiter in dieser Klasse waren. Nur weil immer zwei an einem Tisch arbeiteten und sich zuweilen gegenseitig halfen, hieß das nicht, dass die beiden auch eine besondere Freundschaft miteinander verband, ganz im Gegenteil, Lea hatte zuweilen das Gefühl, dass Neid und der Hang zur Überlegenheit die vordergründigen Gefühle waren, die sich spürte. Sie war sehr froh, dass sie allein an ihrem Tisch arbeiten konnte und verwarf die Frage an den Lehrer, ob eine Durchmischung der Plätze nicht sogar von Vorteil für die Gruppe sein konnte. Die Aufgaben, die der Lehrer an Lea stellte, wurden mit jedem Tag schwerer und schwerer und auf die sie nach dem Unterricht frustriert reagierte und wortlos aus dem Raum stürmte, wenn sie etwas nicht geschafft hatte. Der Lehrer sagte zu ihr beständig, dass sie nur durch starke Forderung ihrer magischen Fähigkeiten sich so weit entwickeln

könnte, dass aus ihr eine mächtige Zauberin entstehen konnte, sodass er sie bat, auch nach der Unterrichtseinheit weitere Übungen zu machen, damit die Fähigkeiten irgendwann sattelfest saßen.
Diese Anforderungen, die der Lehrer an sie stellte, waren jedoch schwerer zu erfüllen, als sie gerne zugab, und auch die anderen Schülerinnen und Schüler in ihrer Klasse sahen, wie Lea immer öfters an den komplexen Vorgaben des Lehrers scheiterte, was ihren Frust weiter erhöhte.
»Können wir nicht«, fragte Lea den Lehrer eines Nachmittages über ihre Gedanken-Kommunikation, »etwas langsamer bei einigen Zaubern machen, damit ich eine Chance habe, diese auch sauber zu Ende zu zaubern?«
»Diese Diskussion hatten wir doch schon so oft!«, kommentierte der Lehrer. »Die Ausbildung zu einer guten Zauberin erfordert höchste Disziplin und Fleiß! Ich sehe, wie sehr du dich bemühst, die Vorgaben umzusetzen, doch ich habe das Gefühl, dass du vor etwas wegläufst, anstatt es für dich zu akzeptieren.«
»Wie kann ich etwas akzeptieren, von dem ich nicht weiß, ob ich es wirklich will?«
»Das ist die absolute Kernfrage, die du dir beantworten musst!«, antwortete der Lehrer. »Denn wenn du nicht bereit bist, für das große Ziel, eine sehr starke und mächtige Zauberin zu werden, und dein Leben und Arbeiten dem ganzen unterzuordnen, dann kann ich dir heute schon sagen, dass du an dir selbst scheitern wirst.«

»Das verstehe ich ja«, erwiderte Lea, »aber was ist, wenn ich diese Entscheidung noch nicht treffen kann - nicht jetzt zumindest!«
»Was hält dich davon ab, diese Entscheidung für dich selbst zu treffen?«
»Ich glaube, dass ich noch nicht bereit bin, zu akzeptieren, dass ich irgendwann mal eine mächtige Zauberin sein kann! Ich bin noch nicht so lange in Tynn und habe in dieser Zeit so viele Sachen erlebt, dass ich diese erst für mich verarbeiten muss, ehe ich diese Entscheidung treffen kann.«
»Ich glaube«, begann der Lehrer seine Antwort und wirkte selbst in Gedanken mit einem Mal deutlich klarer, »dass du diese Entscheidung gar nicht selber treffen kannst, sondern sie bereits vom Ewigen Schicksal getroffen wurde. Die einzige Frage, die sich nun stellt, ist jene, wie schnell dein Geist akzeptiert, wie es zu sein hat.«
»Und was passiert, wenn ich mich gegen diese Entscheidung wehren würde?«
»Wenn du mich fragst – glaube ich nicht, dass du die Antwort wirklich hören willst!«
Lea versank erneut in ihre Gedanken, die wild durcheinanderschossen, ob es denn keinen einzigen echten Ausgang aus ihrer Situation gäbe, und sie spielte erneut durch, wie es wäre, wenn sie aus Tynn flüchten würde. Sie stellte sich vor, wie sie in der Nacht irgendwie durch ein Schlupfloch in der Stadtmauer aus Tynn verschwinden würde, um am Bahnhof auf eine U-Bahn zu warten, die sie zurück in

die Welt der normalen Menschen bringen würde. Doch trotz allen Gedanken und Träumen beschlich sie mehr und mehr das Gefühl, dass sie Tynn vielleicht niemals wieder verlassen würde, da entweder der Oberste Magier dafür sorgen würde, dass sie verfolgt werden würde oder sie feststellen müsste, dass die magische U-Bahn vielleicht niemanden mit zurück nahm, sondern immer nur herbrachte. Zwar hatte Enfryn bei der Ankunft davon erzählt, wie Menschen aus Tynn in beiden Welten leben konnten, doch Lea spürte in ihrem Inneren, wie die alte Welt mehr und mehr verblasste, ohne dass sie diese Erinnerungen festhalten konnte. Die Sorge, dass sie ihr altes Leben nach und nach vergessen würde, ihre Eltern, ihre gesamte Familie und ihre Freunde, bereiteten ihr zunehmend Sorgen und nicht selten lag sie mit Tränen in den Augen in ihrem Bett und versuchte an etwas anderes zu denken - obwohl ihr bewusst war, dass Verdrängung die Erinnerungen noch weiter davorschob.
Was sie ein bisschen half und Linderung versprach, war die Empfehlung des Lehrers am Nachmittag, sich zwar kein eigenes Fantasiereich zu erschaffen, da Gefahr bestand, dass man sich in diesem Reich verlor, sich jedoch eine imaginäre Figur ausdachte, mit der sie ihre Geheimnisse teilen konnte. Zunächst fand Lea diesen Vorschlag etwas merkwürdig und verwarf ihn für eine Weile, doch nach einer Weile fasste sie den Entschluss, sich eine solche Figur auszudenken, da Gespräche mit Paul aktuell nicht sehr hilfreich

waren. Paul hatte sich in eine etwas andere Gedankenrichtung entwickelt, und Lea musste für sich einen Weg finden, wie sie die Erkenntnisse, die sie umtrieben, in einen sinnvollen Kontext bringen konnte.

Da sie seit jeher von Tieren fasziniert war, die in dunkelster Nacht ihre besonderen Fähigkeiten ausleben konnten, wählte sie eine Eule als Figur, da sie sich vorstellte, dass die Klugheit, die man einer Eule zuschrieb, ihr helfen würde, die Dinge besser zu verstehen.

Tatsächlich braucht es etwas, bis Lea verstand, dass die Eule nur eine Projektion ihrer Gedanken war, sodass sie nicht erwarten konnte, dass die Eule ihr Antworten gab, die sie selber nicht finden konnte. Es lag kein eigener Zauber in der Imagination der Eule, sondern war ein reines Gedankenkonstrukt, um jemanden vor dem geistigen Auge zu haben, mit dem man in ein Zwiegespräch gehen konnte, um die eigene Position mit sich selbst zu diskutieren. Als Lea das erkannte, wurde Archie – wie sie die Eule nannte – zu ihrem festen Wegbegleiter und irgendwie auch ihrem Vertrauten, obwohl Archie nichts anderes als sie selbst war.

Eine längere Zeit verbarg Lea Archie vor Paul, da sie die Befürchtung hatte, dass Paul einen Konkurrenten in ihrem imaginären Freund sehen könnte, doch als Paul sie einmal dabei ertappte, wie sie offensichtlich mit jemandem ein Gespräch führte, ohne dass jemand anderes anwesend war, eröffnete sie ihm, was der

Lehrer ihr empfohlen hatte. Paul reagierte anders, als von hier erwartet, und freute sich für Lea, dass sie eine Lösung für sich gefunden hatte, um ihre schweren Gedanken zu sortieren. Dennoch, Paul verstand, dass die Ereignisse um den Obersten Magier Lea viel härter getroffen hatten als ihn selbst, und jeder Fortschritt, den seine Freundin machte, half den beiden, ihre Beziehung nicht weiter zu belasten.

Kapitel sechsunddreißig: Hahnenkämpfe

Die Begegnung mit dem Obersten Magier sowie die Schwierigkeiten, die seine Freundin Lea mit ihrer Entscheidung hatte, führte bei Paul zu einer gegenteiligen Reaktion. Während Lea sich in sich zurück zog und mit Archie einen Freund fand, mit dem sie sich jederzeit austauschen konnte, wandte sich Paul von innen nach außen. Nicht nur am Morgen, wo er des Öfteren von der Lehrerin korrigiert wurde, da er die Werkstoffe mit zu viel magischer Energie bearbeitete und damit die eigene Verbindung zu den Werkstoffen verhinderte, sondern vor allem am Nachmittag, wenn es darum ging, den anderen Schülerinnen und Schüler beim magischen Fußball zu zeigen, wer die größte Macht hatte. Die Unterrichtsstunden bei Rani halfen ihm, seine Kräfte immer stärker auf die Sache zu konzentrieren, und Paul empfand diese Übungen als sehr hilfreich, um die Kraft in seinem Inneren zu bändigen und nach und nach zu kontrollieren. Das wiederum verschaffte ihm einen deutlichen Schub beim magischen Fußball, wo er sich über die Zeit von einem brauchbaren Verteidiger zu einem sehr starken Angreifer entwickelte. Doch trotz der Erfolge, die er im magischen Fußball erreichte, verschaffte ihm dieser Fortschritt keine Ruhe, sondern bestärkte ihn nur, sich noch mehr gegen die anderen Jugendlichen durchsetzen zu wollen. Immer öfter kam es zu

Rangeleien auf dem Fußballfeld, bei dem sich zwei oder mehrere Schüler mit ihrer magischen Energie versuchten, durch die Halle zu schieben. Was als spaßige Übung begonnen hatte, wurde immer mehr zu einer harten Rivalität von zwei Schülern, die sich um die Vorherrschaft als bester Spieler in der magischen Fußballmannschaft stritten. Pauls Gegner hatte dabei viel mehr Erfahrung und konnte seine magische Energie, die zwar nicht das Niveau von Pauls erreichte, so geschickt einsetzen, dass Paul in nahezu allen Zweikämpfen gegen Lomo verlor. Lomo war der unangefochtene Platzhirsch beim magischen Fußball, und solange sie beide in einem Team spielten, ergänzten sie sich wunderbar, da Lomo in der Verteidigung spielte und Paul vorne die Tore schoss. Doch wehe, wenn sie in zwei unterschiedlichen Mannschaften antraten, denn dann war Paul ein direkter Gegenspieler von Lomo, und beide schenkten sich nichts. Die Lehrerin überlegte oft, ob sie die beiden überhaupt gegeneinander spielen lassen sollte, doch sie erhielt beinahe täglich die Anweisung, dass Paul sich vor allem an Lomo messen sollte, damit er lernte, seine magische Energie besser einzusetzen. Also ließ die Lehrerin die beiden im ersten Spiel des Tages miteinander spielen, ehe sie im abschließenden Spiel gegeneinander antreten mussten. Ihre Hoffnung war, dass sie im ersten Spiel so viel magische Energie verbraucht hatten, dass sie im zweiten nicht mehr aufs Ganze gehen konnten, doch nachdem Paul und Lomo diese Taktik

durchschaut hatten, hielten sie sich im ersten Spiel stark zurück und akzeptierten zur Not auch eine Niederlage, um im zweiten Spiel ausreichend Kräfte für den Kampf gegen den jeweiligen anderen zur Verfügung zu haben.
Es passierte eines Nachmittags, dass die beiden sich bereits belauerten, als die Lehrerin in den Raum eintrat und die Schüler und Schülerinnen musterte, wie die Stimmung der Gruppe an diesem Tag war. Schon da spürte sie, dass eine nervöse Spannung in der Luft lag, und sie hoffte, dass der Tag ohne größere Verletzungen beendet werden konnte, denn neben der Verpflichtung, insbesondere Paul in der Nutzung der magischen Energie auszubilden, war es auch ihre Aufgabe, dass sich weder Lomo noch Paul schwerer verletzten. Für die Lehrerin war jeder Tag mit den beiden ein Vabanquespiel, denn sie musste immer damit rechnen, dass einer oder sogar beide über die Stränge schlugen. Sie hatte auch bereits Gespräche mit beiden geführt, doch diese schienen die beiden Jungs nur noch mehr anzustacheln, da sie spürten, dass die Lehrerin eine Art Aufpasserin über sie war.
Paul hatte an diesem Vormittag bereits große Probleme gehabt, sich auf die Arbeit mit dem extra harten Holz des Shohubaums zu befassen und in einem unachtsamen Moment war ihm eine große Menge Energie in das Holzstück geflossen, mit der eigentlich die kubische Form vollständig abrunden wollte. Doch anstatt die Energie in den Körper des

harten Holzes hineinfließen zu lassen, leistete er sich eine Unkonzentriertheit, und nutzte einen falschen Winkel, sodass die magische Energie vom Holzblock größtenteils abprallte, diesen augenblicklich beschleunigte und ungebremst durch den Raum jagte, zum Glück niemanden und schlussendlich ein Fenster traf, das in viele tausend Einzelteile zersplitterte. Zum Glück für alle Beteiligten trafen die Glassplitter ebenfalls niemanden, da das Fenster in Richtung Innenhof zeigte, wo sich in diesem Moment niemand aufhielt. Alle Schülerinnen und Schüler hielten augenblicklich mit ihren Übungen ein und starrten in Richtung Paul, der selbst kaum verstand, was gerade passiert war. Die Lehrerin verstand als erste, was geschehen war, ging zu Paul, um ihn einerseits zu beruhigen, da augenscheinlich niemandem etwas passiert war, und andererseits, um ihm klarzumachen, dass diese hohe Energie in ihrem Kurs nicht gewünscht war.

Alle Schüler mussten den Klassenraum verlassen und hatten für den Morgen frei, während die Lehrerin mithilfe einer Schülerin aus der oberen Klasse das Fenster wieder reparierte. Auf dem Weg durch die Schule wollte Lea ihren Freund fragen, was denn los sei, doch Paul blockte jede Unterhaltung ab, sodass Lea ihn nach kurzer Zeit alleine ließ. Das verschaffte Paul die Zeit, seine magische Energie zu regenerieren, sodass er am Nachmittag beim magischen Fußball nahezu seine vollständige magische Energie zur Verfügung hatte.

Auch bei Mittagessen verflog die schlechte Laune bei Paul nicht, obwohl ihm das Essen sehr zusagte, doch aus irgendeinem Grund nagte etwas sehr an ihm. Er versuchte es für sich in Worte zu fassen, doch es blieb in ihm als Geheimnis verborgen, sodass er mit diesen unbeantworteten Fragen ins nachmittäglichen Training einstieg und auf einen wie immer vor Energie strotzenden Lomo traf. Beide spürten überdeutlich die energetische Präsenz des anderen im Raum und ohne ein Wort wechseln zu müssen, wussten beide, dass dieses Training darüber entschied, wer diese Gruppe in der nächsten Zeit anführen würde.
Da der Zweikampf erst im zweiten Spiel anstand, hielten sich die beiden im Aufwärmprogramm sowie im ersten Spiel, als sie noch im selben Team spielten, sehr zurück, und auch der Lehrerin fiel auf, wie stark die beiden darauf bedacht waren, keine Energie umsonst zu verschwenden. Sie dachte kurz darüber nach, ob es an diesem Nachmittag ausreichen würde, wenn sie nur ein Spiel zulassen würde, um die Gefahr zu bannen, dass sich einer der beiden oder sogar beide verletzen würden, doch aus irgendeinem, ihr im Nachhinein unbekannten Grund verwarf sie diesen Gedanken.
Als es dann zum zweiten Spiel kam, umtänzelten sich die beiden Protagonisten wie lauernde Wölfe, jederzeit bereit, den anderen anzuspringen. Als die ersten Duelle der beiden recht glimpflich und ohne große Hakeleien ausgingen, hoffte die Lehrerin, dass

alles gut ausging. Doch als der Kampf zwischen den beiden dann losging, startete dieser völlig aus dem Nichts heraus, und Paul ließ sich hinreißen, die Nerven zu verlieren und die ersten Angriffe gegen Lomo einzuleiten. Die anderen Schülerinnen und Schüler verstanden, was anstand und zogen sich in eine Ecke des Fußballplatzes zurück und beobachteten, was passieren würde. Die Lehrerin überlegte kurz, ob sie zwischen die beiden gehen sollte, doch selbst wenn ihre magische Energie ausreichen würde, um Lomo in Schach zu halten, so war keineswegs sichergestellt, dass Pauls Energie sie nicht in der Luft zerreißen würde. Auch sie entschied sich dafür, einige Schritte zurückzutreten und sah mit bangem Blick zu, wie die beiden mit dem Kampf begannen.

Pauls Angriffe waren zu Beginn so ungestüm, da er vor lauter magischer Energie nur so strotzte, dass Lomo keine Probleme hatte, die unkontrollierten Wutausbrüche abzuwehren und in den Boden zu leiten. Mehrere Male hob und senkte sich der Boden, doch da dieser speziell für den sehr energiereichen Sport von Meistern ihres Faches hergestellt worden war, leitete der Boden die Energie zügig ab, ohne eigenen Schaden zu nehmen. Paul hatte erwartet, dass er mit seiner Energie Logo schnell überrumpeln konnte, doch als er feststellen musste, dass sein Gegenüber keine Probleme mit seinen Angriffen hatte, hielt er für einige Momente ein. Diese kurze Pause nutzte Lomo seinerseits für einen

Gegenangriff, der Paul stark überraschte und mit voller Wucht durch die Halle fliegen ließ. Er landete sehr hart auf dem Boden, der zwar etwas von der Kraft des Sturzes auffing, indem er leicht nachgab, doch ein großer Schmerz durchfuhr Pauls Rücken, als er unsanft landete. Zunächst blieb er liegen und die Lehrerin überlegte, ob sie zu ihm eilen sollte, doch dann verdrängte Paul den Schmerz in seinem Inneren, drückte sich nach oben und blickte in das triumphal lächelnde Gesicht seines Widersachers.

Als der Kampf begann, empfing Lea kleine Energie-Schockwellen und sie fragte sich, woher diese kamen. Ihr Lehrer half ihr, die Ursache dieser Schockwellen herauszufinden und entließ sie für den Moment aus dem Unterricht, damit sie zu Paul eilen konnte. Sie trat in jenem Moment in die Halle, als Paul sich nach dem heftigen Gegenangriff von Lomo zurück in den Stand kämpfte, und Lea verstand, was bei diesem Kampf auf dem Spiel stand.

Paul spürte, noch bevor er Lea auf der Tribüne sah, ihre Anwesenheit, was ihm die Kraft zurückgab, den begonnenen Kampf nicht nur durchzustehen, sondern auch zu seinen Gunsten zu beenden. Er erinnerte sich an die mutmachenden Gespräche, die Lea und er oft gehabt hatten und wie sie immer an ihn glaubte, ganz gleich, um welche Sache es sich gehandelt hatte.

»Du kannst nicht gewinnen, Lomo!«, drang es dumpf aus Pauls Mund hervor.

»Ich glaube nicht, dass du stark genug bist, um mich zu besiegen!«, antwortete Lomo auf diese Kampfansage.
Anstatt weiter zu antworten, entlud Paul einen Teil seiner aufgestauten Energie in den Boden und ließ eine Schockwelle auf Lomo zulaufen, die diesen für einen kurzen Moment anhob und aus der Balance brachte. Diesen Moment nutzte Paul, um mit schnellen Schritten bei Lomo zu sein und sich mitsamt seiner magischen Energie auf ihn zu werfen. Beide fielen nach hinten zurück und landeten aufeinander, ehe Paul von Lomo herunterfiel und ebenfalls auf dem Boden liegen blieb. Lomo hatte noch, kurz bevor der Angriff ihn erreichte, seine Verteidigungsenergie hochgefahren, sodass beim Zusammentreffen der beiden die magischen Energiepotentiale aufeinanderprallten, sich größtenteils neutralisierten und am Ende ein kleiner Rest den Ausschlag gab, dass Paul über seinen ärgsten Widersacher obsiegte.
Lomo war so hart auf dem Boden aufgeschlagen, dass er in eine tiefe Ohnmacht gefallen war, und als die Lehrerin herbeistürzte, um nachzusehen, wie es den beiden ging, erkannte sie, dass Paul nur Schmerzen hatte, während sie sich um Lomo intensiv kümmern musste.
Lea war indessen von der Tribüne zu ihrem Freund heruntergelaufen und half ihm auf. Gestützt half sie ihm, zur Tribüne zu gehen, um sich dort versorgen zu lassen.

Kapitel siebenunddreißig: Enfryns Rückkehr

Plötzlich war er wieder da – und Enfryn ging zu Lea und Paul und setzte sich zu ihnen auf die Tribüne.
»Meine Güte, wie mächtig du bereits bist!«, sagte Enfryn zu Paul, der diese Worte noch nicht richtig einsortieren konnte, da er noch mit seinen Schmerzen kämpfte.
»Völlig unnötig nenne ich diesen Kampf!«, kommentierte Lea, was eben passiert war.
»Das war nicht unnötig«, widersprach Paul und kämpfte mit spürbaren Schmerzen beim Reden.
Da Lea merkte, dass diese Diskussion an diesem Punkt keinen Sinn ergab, hielt sie sich zurück mit weiteren Kommentaren und rieb Paul sanft über den Rücken.
»Wo kommst du denn plötzlich her?«, wollte Lea von Enfryn wissen.
»Das darf ich dir leider nicht verraten!«, sagte Enfryn entschieden, ließ aber über seine Mimik genügend Raum für Interpretationen offen.
Lea nickte zum Verständnis, doch Paul schien diese stille Vereinbarung zwischen den zwei nicht vollends zu verstehen.
»Warst du jetzt wegen uns unterwegs und musstest herausfinden, wer uns schaden möchte?«
»Wie gesagt, Paul, kann ich dir nicht erzählen, was ich die letzten Tage getan habe oder wo ich mich herumgetrieben habe«, antwortete Enfryn, »aber was

ich euch sagen kann, ist, dass ich meinen Auftrag abgeschlossen habe und jetzt wieder zurück an der Schule bin. Dann kann ich euch auch bei eurem Wachsen begleiten. Ich habe gehört, dass ihr inzwischen einige Abenteuer erlebt hat und diese bisher gut ausgegangen sind. Wollt ihr mir nicht davon erzählen?«

Lea und Paul erinnerten sich gleichzeitig an die Reise in das Fantasiereich des Obersten Magier, aus dem sie nur herausgekommen waren, als sie seiner Erpressung nachgegeben hatten. Doch vermutlich meinte Enfryn nicht dieses Abenteuer, sondern die Suche in den magischen Gärten nach den Kräutern und Pflanzen, bei dem sie von den Mächtigen der Schule auf dem Vorplatz gerettet werden mussten.

Da Enfryn nicht von seinen Ermittlungen sprechen konnte, erzählt Lea ihm, was bei diesem Ausflug passiert war. Dabei stellte sie fest, wie schwierig es war, die Ereignisse so zu erzählen, dass Enfryn nicht bemerkte, dass die beiden dem Obersten Magier der Schule sehr nahe gekommen waren. Sie erzählte die Vorkommnisse auf dem Weg zum Garten, die Begegnung mit der Magierin aus der Schule der Kräuter und Heilkunde, von Osomi, die ihnen beiden half, und schlussendlich von dem Angriff auf dem Vorplatz, wo die beiden den Schutzschirm mit ihrer magischen Energie unterstützt hatten. An dieser Stelle ihrer Erzählung ließ Lea einige Informationen aus den Gesprächen mit dem Obersten Magier einfließen, da Enfryn nicht wissen konnte, dass die beiden vieles

nicht mitbekommen, sondern später nacherzählt bekommen hatten.
Als Lea die Ereignisse erzählte, erinnerte sie sich an das Gespräch mit der Magierin aus der anderen Schule und wie sie Enfryn eingeschätzt hatte. Dabei fiel ihr auf, dass ihr Gefühl in Richtung Enfryn immer mehr in Richtung einer vertrauensvollen Beziehung tendierte und sie verspürte den innerlichen Drang, ihm mehr zu erzählen, als es den beiden im Moment wohl gut tat.
»Enfryn«, begann Lea plötzlich nach einer Weile des Schweigens, »wir haben aus gut informierter Quelle erfahren, dass du vor längerer Zeit einmal selber einiges magisches Potential besessen hast!«
»Wer hat euch das denn erzählt?«, wunderte sich Enfryn.
»Sagen wir, eine gute Freundin hat uns das erzählt!«, schwindelte Lea ein wenig und wollte sehen, wie Enfryn darauf reagierte.
»So so, eine gute Freundin!«, sagte Enfryn auffällig. »Eine gute Freundin von euch, die so lange bereits in Tynn ist, dass sie nicht nur mich kennt, sondern auch bewerten kann, wie viel magisches Potential ich einmal gehabt habe! Da fallen mir gar nicht so viele Möglichkeiten ein, doch da ich vermute, dass ihr mir nicht erzählen werdet, wer eure gute Freundin ist, muss ich das wohl so akzeptieren!«
»So wie du uns nicht erzählen kannst, was du die letzten Tage gemacht hast, so müssen wir darüber schweigen, wer unsere Quelle ist!«, erwiderte Lea.

»Das hatte ich mir bereits gedacht!«, sagte Enfryn mit einem süffisanten Lächeln und fügte hinzu: »Ihr habt recht, ich hatte einmal vor langer, langer Zeit ein ähnlich großes magisches Potential wie ihr es wohl habt.«

»Was ist damit passiert?«, bohrte Lea nach.

»Ganz einfach! Ich war nicht fleißig genug, um das magische Potential in echte magische Energie umzuwandeln. Denn wie ihr bestimmt schon herausgefunden habt, ist neben dem eigentlichen Potential vor allem die Übung und Disziplin Grundvoraussetzung, um starke und höchst wirksame Zauber zu beherrschen. Wenn ich ehrlich bin, habe ich mich zu sehr auf meinen magischen Fähigkeiten ausgeruht und es sehr stark bei der Disziplin schleifen lassen. Ich kann am Ende fast noch froh sein, dass die Schulleitung es erlaubt hat, trotz meiner offensichtlichen Fehlleistungen in der Schule zu bleiben, um euch Schüler und Schülerinnen näher an die Schule heranzuführen.«

»Du hast uns schon einmal aus der Patsche geholfen«, sagte nun Paul, »und hast einen sehr wirksamen Zauber benutzt. So gering kann dein magisches Potenzial gar nicht sein, oder sehe ich das falsch?«

»Du darfst nicht vergessen, Paul, dass die drei, die euch in der Gasse aufgelauert haben, auch mit dem schwächsten Zauber schon zu beeindrucken gewesen wären. Außerdem hatten alle drei nicht den Auftrag, gegen uns zu kämpfen, sondern euch lediglich einen Schrecken einzujagen. Daraus ergibt sich nicht, dass ich noch ein großes magisches Potential besitze, obschon ich immer noch einige Zaubersprüche wirken kann. Es reicht aus, mich gegen die meisten normalen Menschen zu wehren, wenn sie mir auf die Pelle rücken wollen, doch gegen einen Angriff von einem echten Magier werde ich mich nicht verteidigen können. Was ich jedoch gelernt habe, sind die Anzeichen zu erkennen, welchem Gegner ich gegenüberstehe, um Flucht oder Rettungsmaßnahmen einzuleiten, bevor der andere einen mächtigen Zauber gegen mich wirken kann.«

»Kommt es oft vor«, wollte Lea wissen, »dass Jugendliche mit einem großen Energiepotential in die Schule kommen und es nicht schaffen, dieses Potential abzurufen?«

»Das kommt häufiger vor als du dir vorstellen magst«, erzählte Enfryn. »Ich würde behaupten, dass weniger als die Hälfte am Ende zu einem mächtigen Zauberer oder einer mächtigen Zauberin wird.«

»Das heißt«, versuchte Lea das Gehörte in einen Kontext für sich selbst zu bringen, »dass es bedeuten kann, dass wir beide, obwohl wir scheinbar ein Phänomen sind, nicht zwingend zu mächtigen Zauberinnen und Zauberer werden, sondern es elementar davon abhängt, ob wir fleißig sind und ein hohes Durchhaltevermögen haben?«

»Genau richtig«, bestätigte Enfryn und schob hinterher, dass er sich kaum vorstellen kann, dass die beiden die Disziplin und den Fleiß vermissen lassen würden, um in dieser Schule erfolgreich zu sein.

»Das eine ist Disziplin«, sagte Paul, »doch das andere ist handwerkliches Geschick und Fertigkeit.«
»Du wirst schnell merken, Paul«, gab Enfryn zurück, »dass die Behandlung des Werkstoffes nicht durch echte Werkzeuge geschieht, sondern durch die reine Leistung deiner Gedanken, gepaart mit deiner magischen Energie.«
»Aber warum müssen wir dann diese ganzen Übungen machen?«, brannte es Paul auf den Nägeln.
»Das liegt daran, dass ihr lernen müsst, wie ein Werkstoff funktioniert und bearbeitet werden kann, damit ihr die Fähigkeit erlernt, den Werkstoff in einen anderen Zustand zu transformieren. Das hat am Ende nichts mit echten Werkzeugen zu tun, sondern allein damit, ob eure Gedanken stärker als der Widerstand der Werkstoffe sind, sich zu verändern. Das ist das ganze Geheimnis dieser Schule und seiner Ausbildung. Leider habe ich das viel zu spät für mich erkannt und kann es jetzt nur noch an euch und die anderen Jugendlichen transportieren, damit ihr nicht dieselben Fehler macht, die ich begangen habe – und dennoch gibt es viele, die es an Fleiß und Einsatzwillen vermissen lassen. Ich hoffe inständig, dass ihr nicht bei dieser Gruppe seid, denn ich halte große Stücke auf euch und eure Fähigkeiten und würde mich sehr freuen, wenn ihr dereinst die Geschicke der Schule und damit Tynn mitbestimmen könnt.«

Kapitel achtunddreißig: Eine Weggabelung

Nachdem Enfryn sich verabschiedet und die Lehrerin nach Paul gesehen hatte, erkundigte sich Paul nach dem Zustand von Lomo und die Lehrerin erzählte ihm, dass er auf die Krankenstation gebracht worden war, da er sich aktuell in einer tiefen Bewusstlosigkeit befand. Paul drückte gegenüber der Lehrerin einige Worte der Entschuldigung aus, doch sie gab ihm mit auf den Weg, dass er sich besser bei Lomo entschuldigte, anstatt es bei ihr zu versuchen.

Da Paul aufgrund der Schmerzen noch körperlich angeschlagen war, gingen Lea und er langsam aus der Turnhalle in Richtung der Eingangshalle der Schule und suchten sich eine vertrauliche Ecke. Nach vielen Tagen, in denen sie beide nicht ernsthaft miteinander gesprochen hatten, bot sich diese Situation für Lea an, ihre Gedanken mit Paul zu teilen.

»Ich habe lange über unsere Situation nachgedacht«, begann Lea mit leiser Stimme, »und mich auch mit Archie besprochen - wir wollen versuchen, aus Tynn zu fliehen!«

»Ihr wollt was?«, fragte Paul erschrocken zurück, denn er hatte diesen Gedanken vor einiger Zeit als viel zu unwahrscheinlich abgetan und in seinen Gedanken verschlossen. »Du willst was?«

»Sei bitte etwas leiser!«, forderte Lea ihren Freund auf. »Die Wände haben Ohren, das weißt du! Ich gehe ein hohes Risiko ein, dir das zu erzählen, denn solltest du später einmal darüber nachdenken und irgendwer liest deine Gedanken mit, sind wir verraten!«

»Keine Sorge!«, antwortete Paul. »Das einer meine Gedanken mitlesen kann, halte ich für ausgeschlossen! Ich habe von Rani gelernt, wie ich hinter einer Mauer aus sinnlosen Gedanken meine wahren Gedanken verschleiern kann. Wenn du meine Gedanken prüfst, wirst du viel Unsinniges über Mittagessen, Handwerk und Schule an sich hören. Alles könnte einen Sinn ergeben, aber nichts davon ist wirklich wahr. Dazwischen befinden sich meine wahren Gedanken und wie in einem guten, gesicherten System musst du den Chiffriercode wissen, um zu verstehen, was ich denke.«

Lea versuchte sich an Pauls Gedanken, doch wie er gesagt hatte, konnte sie keinen roten Faden entdecken, was sie deutlich beruhigte.

»Siehst du, Lea, nicht nur du hast riesige Fortschritte gemacht«, reizte er seine Freundin ein wenig.

»Das habe ich auch nicht behauptet!«, verteidigte sie sich.

»Dann lass uns zurück zu deiner Idee von der Flucht kommen«, lenkte Paul das Gespräch auf die sachliche Ebene zurück, »denn unabhängig davon, dass man aus Tynn nicht so einfach fliehen kann, stellt sich mir die Frage zuerst, wie du einen solchen Sinneswandel vollziehen konntest!«

»Was meinst du mit Sinneswandel? Ich würde sagen, dass ich schon immer diejenigen von uns beiden war, die immer die Rückkehr im Blick hatte.«

»Ich denke, wir sollten uns von einer Rückkehr verabschieden und damit leben, dass wir in Tynn ein neues Leben aufbauen werden, zu großen Magiern heranreifen und viel mehr Macht haben werden als in unserer alten Welt.«

»Ich wundere mich über deinen Sinneswandel, Paul!«, sagte Lea scharf. »Denn warst du es nicht, der mir sagte, dass er das politische System in dieser Stadt brandgefährlich findet, weil scheinbar niemand die Oberen der Schulen kontrolliert.«

»Das ist vollkommen wahr, Lea, aber ich habe mir überlegt, dass es nur zwei Wege gibt, die sich vor mir aufgabeln. Entweder ich revoltiere gegen die Herrschenden in Tynn oder ich versuche selber einer zu werden. Scheinbar haben wir genug magische Energie, dass sie uns das zutrauen! Denn wenn man auf dieser Position angekommen ist, kann man immer noch entscheiden, ob man das System nicht doch mag oder es von innen zersetzen möchte. Nur eine Flucht, wie du sie planst, bringt einem gar nichts! Es bleibt nur der stille Kampf, Lea! Entweder mit oder gegen das System!«

»Wenn du so redest, bekomme ich etwas Angst vor dir! Ich dachte immer, dass du allzu mächtige Obrigkeiten aus einem Gefühl der Unfairness ablehnst! Aber jetzt scheinst du dir vorstellen zu können, selber Herr von einer solchen Unfairness sein zu können! Ich bleibe dabei - diesen Sinneswandel verstehe ich überhaupt nicht!«

»Ich verlange nicht von dir, dass du meine Entscheidung verstehst - ich möchte dich nur davor warnen, dass eine Flucht in eine Welt, die du nicht mal ansatzweise kennst, keine Option ist. Wie willst du das denn anstellen und was ist dein Plan B oder C, wenn das, was du dir ausgedacht hast, nicht funktioniert?«

»Es wird funktionieren«, sagte Lea mit einer Überzeugung, die sie selbst überraschte, »denn ich habe jemanden kennengelernt, der mir beigebracht hat, die Zeichen der Wächter zu lesen.«

»Du willst mir sagen, dass du einfach die Zeichen der Wachmannschaft liest und dann aus Tynn hinausspazierst, ganz so, als wären die Tore offen und unbewacht?«

»Vertrau mir!«, sagte Lea in einer vertrauenserweckenden Tonlage. »Ich habe mir die Zeichen selber jetzt einige Male angesehen und konnte sie jedes Mal entschlüsseln. Diese führen zu geheimen Eingängen und Ausgängen, durch die verbotene Waren nach und aus Tynn hinein- und hinausgeschleust werden. Die Wächter unterhalten ein großes Netz an sogenannten Läufern, die aus Tynn in die umliegenden Landschaften laufen und dort an versteckten Sammelpunkten die Ware abholen, wie sie dann nach Tynn hinein schaffen.«

»Und warum machen sie das im Dunkeln?«, wollte Paul wissen. »Wunderst du dich nicht, dass die Wächter vielleicht etwas machen, was nicht erlaubt es?«

»Ob sie was machen, das erlaubt ist oder nicht, ist mir völlig egal – Hauptsache ist, dass ich einen möglichen Weg aus Tynn heraus gefunden habe, den ich nutzen werde.«

»Das bedeutet, dass du dich bereits entschieden hast?«

»Ich habe mich entschieden, Paul! Ich wünsche mir nichts sehnlicher, als dass du mit mir kommst, wie ich immer mit dir gekommen bin, wenn es in Tynn brenzlig wurde!«

»Dir ist schon klar, was das für mich, aber auch für dich bedeutet, wenn wir beide aus Tynn fliehen?«, wollte Paul eindringlich wissen. »Denn wir geben nicht nur unsere einmalige Chance auf, hier in Tynn etwas Großes zu werden, sondern wir sind danach gejagte, die wahrscheinlich keine Chance gegen die Magier in dieser Welt haben werden, denn alles, was wir können, ist weglaufen. Dazu kennen wir Tynn nicht ausreichend gut, als dass wir in den umliegenden Ländern überleben können. Wir wissen nicht einmal, ob wir die Pflanzen, die wir finden, überhaupt essen können oder ob sie uns vergiften!«

»Ich stimme dir zu«, antwortete Lea auf die emotionale Rede von Paul, »dass die Flucht außerhalb von Tynn keine echte Chance auf Freiheit ist! Denn ich habe mir schon mehrfach überlegt, dass ich einfach den Wächtern in der Nacht folge, um ungesehen zu den Sammelplätzen zu gelangen. Dort könnte man sich mit Lebensmitteln eindecken, die die Wächter nach Tynn hineinschmuggeln und dann versuchen Reißaus zu nehmen, ohne zu wissen, welche Gefahren außerhalb von Tynn lauern oder ob wir jemals irgendwo ankommen, ohne entdeckt zu werden. Keine Sorge, ich bin nicht blind, Paul!«

»Das beruhigt mich ein wenig«, erwiderte Paul, »was nicht heißt, dass ich deinen Plan auch nur im Geringsten gutheiße!«

»Ich habe mir das wirklich sehr, sehr gut überlegt«, versuchte Lea einen neuen Anlauf, »und wie eben schon gesagt, konnte ich alle Zeichen der Wächter vollständig lesen und gelangte immer zu den Ausgängen.«

»Das glaube ich dir, Lea«, gab Paul ehrlich zu, »aber ich stelle mir die Frage, was du dann vorhast, um zu fliehen.«

»Ist das nicht offensichtlich?«

Paul dachte ein paar Momente nach, ehe er auf die Lösung kam.

»Du willst ernsthaft versuchen, mit der magischen U-Bahn zurück in die alte Welt zu fahren? Du willst Tynn komplett verlassen!?«

»Gibt es denn eine andere Möglichkeit, die du siehst?«

»Ich sehe aktuell gar keine Möglichkeit, auch nicht die Flucht über die magische U-Bahn!«, erklärte Paul seine Sichtweise. »Denn zum einen wissen wir nicht, ob die U-Bahn überhaupt zurückfährt und wenn ja, wohin die U-Bahn zurückkehrt. Es ist ausgeschlossen, dass unsere U-Bahn, mit der wir hier nach Tynn gekommen sind, die U-Bahn ist, die aus allen Herren Länder die Jugendlichen nach Tynn bringt! Das bedeutet, dass selbst, wenn wir es schaffen würden, in eine U-Bahn hinein zu gelangen, nicht sichergestellt es, dass wir in der Nähe unserer Heimat herauskommen – es könnte sein, dass wir in Australien oder sonst wo in der Welt stranden - wenn wir überhaupt irgendwo stranden!«

»Alles ist besser als hier zu bleiben!«, sagte Lea entschieden. »Denn Tynn fühlt sich immer mehr wie ein Gefängnis an. Auch wenn die Aussicht, irgendwann eine große Magierin zu sein und echte Macht zu besitzen, sehr erstrebenswert wirkt, so kann ich mich nicht an den Gedanken gewöhnen, dass ich meine alte Welt und meine Familie darin einfach so aufgeben soll!«

»Das kann ich gut verstehen«, sagte Paul, »und wenn du mich fragst, werden wir unsere Familien auch wiedersehen. Die Frage ist nur, ob es uns gelingt, das System hier auszutricksen und mit der U-Bahn zurück in die frühere Welt zu fahren oder ob wir so lange warten müssen, bis wir genug Machtpotential haben, um diese Entscheidung erzwingen zu können. Denn das ist mein Gedanke: wenn wir beide zusammen mächtig genug sind, um die Geschicke von Tynn zu beeinflussen, dann werden wir auch einen Weg finden, wie wir zurück zu unseren Familien kommen und selbst entscheiden, wo wir leben wollen. Da wir hier viel schneller leben als in der früheren Welt, vergehen in dieser Zeit nur sehr wenige Tage, die zwar unsere Eltern erschrecken werden, wenn wir nicht nach Hause kommen, die aber sicherlich viel angenehmer sind, als dass wir nie wiederkehren. Denn so wie ich Enfryn verstanden habe – und erinnere dich bitte an die Wache in dem Saal vom Obersten Magier –, dann bin ich der festen Überzeugung, dass der Tod in Tynn nicht dazu führt, dass man in der normalen Welt wieder auferstehen wird. Einmal tot, immer tot! Willst du dieses Risiko wirklich eingehen?«

»Ja, das will ich«, antwortete Lea so entschieden, wie es ihr nur möglich war, denn genau an die Szene mit der knorrigen Hand, die aus dem Boden schoss und die Wache mitnahm, erinnerte sie sich nur zu gut.

»Denk noch mal gut darüber nach, ob meine Lösung nicht die bessere ist, schlug Paul als alternative Lösung vor.«

»Das bedeutet, dass du mich nicht begleiten wirst, wenn ich Tynn verlasse?«

»Ich glaube«, antwortete Paul nach einigen Augenblicken des Nachdenkens, »dass wir keine echte Chance haben werden, in unsere frühere Welt zurückzukehren, ohne dass sie uns entdecken werden! Daher muss ich dir leider sagen, dass ich Tynn im Moment nicht verlassen werde - und du solltest es auch nicht!«

Kapitel neununddreißig: Parallelwelten

Die nächsten Wochen verliefen für Lea und Paul alles andere als normal. Beide waren innerlich enttäuscht von dem jeweils anderen, und auch die alltäglichen Gespräche ebbten nach und nach ab. Sie arbeiteten am gleichen Tisch jeden Morgen, aßen am gleichen Tisch wie jeden Tag zu Mittag und trafen sich auch nach den Kursen am Nachmittag. Sie lebten in einer Routine, die ihnen half, die Besonderheit, die sie für die anderen darstellten, besser ertragen zu können, doch das Schweigen über die eigentlichen Themen, die dringend diskutiert werden mussten, war raumgreifend zwischen den beiden. Ohne sich abgesprochen zu haben, spielten sie weiter ihre Rollen vor den anderen Schüler und Schülerinnen, die sie über die letzten Wochen eingeübt hatten, auch wenn für den anderen jegliche Gefühle verschwunden waren. Nicht für immer, sondern überlagert von den Sorgen und Gedanken, die sie sich machten.

Lea hatte keinen Versuch unternommen, Paul nochmal zu fragen, da sie wusste, dass es bei Paul nichts brachte, dauernd gefragt zu werden, da er dann dazu neigte, eher noch mehr abzublocken. Bei Paul war es genau andersherum, denn er wusste genau, dass Lea am besten überzeugt werden konnte, wenn man die Argumente mehrfach und von allen Seiten beleuchtet vortrug, solange sie noch nicht final entschieden war. Allerdings wusste er aus Erfahrung, dass ihre Überzeugung nach einer Entscheidung ins

Unermessliche steigen konnte - also schwieg er auch zu diesem Thema und umkurvte jede Situation, in der das Thema Tynn oder die Flucht aus der Stadt zur Sprache kommen konnte. Daraus ergaben sich Phasen am Morgen wie auch beim Mittagessen, bei denen sie sich länger als gewöhnlich anschwiegen. Sie beide trafen sich auch nachmittags weiterhin, doch eine Vertrautheit, wie sie sie beide in den letzten Jahren kennengelernt hatten, stellte sich zwischen den beiden aktuell nicht mehr ein. Beiden war klar, dass die Entscheidung, die Lea für sich getroffen hatte, und die Reaktion von Paul darauf die Sprengkraft besaßen, ihre Beziehung an ein baldiges Ende zu führen. Sollte Lea es schaffen, Tynn zu verlassen, dann wäre es so oder so ein Faktum – und sollte sie bei der Flucht geschnappt werden, würden ähnliche Konsequenzen für ihr Wiedersehen drohen. Da beiden bewusst war, dass, sollte sich Paul nicht umentscheiden, ihre Trennung bevorstand, wurde das Schweigen über dieses Thema wie ein Elefant, der im Raum stand und den jeder umtänzelte. Lea hatte sich zudem entschieden, dass sie bei einem möglichen Fluchtversuch Paul keine Nachricht vorher zukommen lassen würde, da sie nicht wollte, dass er in eine Situation geriet, in der er Entscheidungen für sich oder für sie treffen musste, die beiden nicht gerecht werden konnten.

Während Lea sich immer mehr von der Schule und den Lehrerinnen und Lehrern abgekoppelte, war Paul über seinen Schatten gesprungen und hatte sich mit

Lomo ausgesprochen. Da nun das Kräftemessen geklärt war, konnten sich die beiden ohne weitere Rivalität annähern und fanden, dass sie viele Parallelen in ihrer Zeit in der Schule hatten. Auch Lomo war einst ein besonderer Schüler gewesen, dem eine große Zukunft vorausgesagt wurde, doch auch er hatte, wie Enfryn, zuweilen mit dem Fleiß und der Disziplin zu kämpfen. Da er jedoch in den letzten zwei Schuljahren die Kurve bekommen hatte und beständig an seinen magischen Fähigkeiten arbeitete, bestand die Möglichkeit weiterhin, dass er ein mächtiger Zauberer werden konnte - doch er hatte viel aufzuholen. Das Kräftemessen mit Paul war bei dieser Aufholjagd hinderlich, denn die Nutzung und Verschwendung von so viel magischer Energie führte oft dazu, dass Lomo am nächsten Tag kaum fähig war, einen komplexen Zauber zu initiieren. Was für Paul in den Aufbau der Beziehung zu Lomo hineinspielte, war der Rückzug von Lea aus ihrer gemeinsamen Beziehung, denn trotz dessen, dass Paul als Einzelgänger durchaus zufrieden war, brauchte er wenigstens einen Vertrauten, mit dem er wichtige Dinge besprechen konnte.

Da sich Lomo zum ersten wirklichen Freund von Paul in Tynn entwickelte, drangen viele neue Themen und Fragen in seinen Kopf, über die er bisher gar nicht nachgedacht hatte. Ihm war es zwar schon vorher einige Male aufgefallen, doch als Lomo erzählte, dass er nicht aus demselben Land wie Paul kam, sondern sogar von einem anderen Kontinent,

Afrika, erkannte Paul, dass verschiedene Sprachen in Tynn zu einer gemeinsamen Sprache übersetzt wurden. Lomo konnte ihm auch erklären, wie das funktionierte, denn um die verschiedenen Menschen in Tynn zusammenzubringen, mussten sich die Magier vor Urzeiten eine Lösung überlegen, wie sie die verschiedenen Sprachen der Neuankömmlinge verständlich machen konnten. Die Magier verstanden, dass zwei Menschen, die eine unterschiedliche Sprache sprachen, beide jedoch den gleichen Tisch oder den gleichen Stuhl oder das gleiche Stück Holz sahen. Daher setzten sie mit ihrem Zauber nicht bei dem gesprochenen Wort an, sondern bei den Sinnen der Menschen und harmonisierten die Sinneseindrücke so, dass sich jeder in Tynn über die gleichen Dinge unterhalten konnte. Wie dieser Zauber genau funktionierte, vermochte Lomo auch nicht sagen, doch da er schon einmal etwas weiter entfernt in der Umgebung von Tynn gewesen war, wusste er, dass dort unverständliche Sprachen gesprochen wurden. Paul fragte ihn Löcher in den Bauch über die Welt außerhalb von Tynn, doch Lomo hielt sich mit konkreten Aussagen zurück, sodass Paul vermutete, dass ihm sein neuer Freund noch nicht richtig vertraute oder er in der Nacht draußen gewesen war. Auch aus welchem Grund er nach draußen gebracht worden war, obwohl Tynn an dieser Stelle wie eine Festung wirkte, wollte sich Lomo nicht herauslocken lassen.

Die Tage vergingen in einem nun veränderten Rhythmus, denn bis mittags verbrachte Paul die Zeit mit Lea, die immer schweigsamer wurde, während er sich stark auf die Übungen konzentrierte, da ihm Lomos und Enfryns Beispiele eine Lehre waren. Selten zuvor hatte Paul einen solchen Eifer verspürt, wenn er etwas gelernt hatte; selbst nach dem Unterricht blieb er oft länger, um weiter an seinen Fertigkeiten zu arbeiten, und auch Lea war nicht entgangen, dass dieser Eifer ein starkes Zeichen für einen Verbleib in Tynn war. Es schien, als ob die Erpressung und die Einpferchung in der Stadt und der Schule ihm keine Probleme mehr bereitete, wie er auch scheinbar keine Sehnsucht nach dem Leben vorher hatte. Lea hingegen wurde mit jedem Gedanken trauriger und trauriger, und sie erinnerte sich an die Worte des Lehrers, der ihr gesagt hatte, dass sie sich entscheiden müsste - ansonsten würde sie keinen langfristigen Erfolg in Tynn haben. Auf diesem Abnabelungspfad war sie inzwischen zu weit fortgeschritten, als dass es einen echten Weg zurück geben konnte. Das war ihr klar und sie wartete nur auf die Gelegenheit, aus der Schule in der Nacht abzuhauen. Denn es half nichts, die Zeichen der Wächter auswendig zu kennen, wenn es ihr nicht gelang, ungesehen aus der Schule zu entfliehen. Bisher hatte sie die Zeichen am Tag verfolgt und deuten können, doch noch keinen Weg raus aus dem Gebäude gefunden - sie hatte gehofft, dass Paul ihr bei der Suche helfen würde. Das machte ihr stark zu schaffen, und jeden Tag fragte sie sich, wie lange sie die Schule noch aushalten würde, bevor sie durchdrehte und sich und ihren Plan jemandem verriet. Zwischenzeitlich bereute sie es auch, Paul von ihrem Plan erzählt zu haben, da das Vertrauen in ihn mit jedem Tag schwand, doch nach wenigen Wochen war sie sich sicher, dass er das Geheimnis für sich behalten würde - ansonsten wäre sicherlich bereits etwas geschehen. Da sie sich jedoch nicht ganz sicher sein konnte, blieb sie nachts sehr lange wach und schlief erst spät ein, was ihre Stimmung weiter eintrübte. Nach einer Weile erkannten auch die Lehrerinnen und Lehrer, dass es ihr nicht gut ging und sie versuchten herauszufinden, welche Arznei ihr helfen könnte. Lea versuchte, so viel wie möglich abzuwenden, doch die eine oder andere verzauberte Flüssigkeit musste sie zu sich nehmen. Insbesondere die Mittel gegen die Schlaflosigkeit wirkten so gut, dass sie sich nach kurzer Zeit wieder viel besser fühlte und zur besseren Tarnung auch am Unterricht intensiver teilnahm. Paul spürte hingegen, dass das alles nur Maskerade war - da kannte er seine langjährige Freundin zu gut.

Kapitel vierzig: Lomos Vorschlag

Es war bereits der dritte Abend hintereinander, an dem sich Paul nach dem magischen Fußballspielen mit Lomo traf, anstatt sich mit Lea zu verabreden. Am ersten Abend hatte er sie noch gefragt, ob es in Ordnung wäre, wenn er sich mit Lomo unterhalten würde, anstatt mit ihr den Abend zu verbringen, und obwohl Lea ein wenig enttäuscht war, gelang es ihr, ihrem ehemaligen Freund ein gutes Gefühl zu vermitteln und keine Steine in den Weg zu legen.

Mit jedem Abend, den Paul mit Lomo verbrachte, entdeckte er mehr und mehr, was ihm über all die Jahre gefehlt hatte – ein richtiger Freund, der ihn und seine Lebenslage verstand und nicht dafür urteilte, was vorgefallen sein mochte. All das hatte er stets bei Lea gefunden, doch mit ihrer Entscheidung, Tynn bei der nächsten Möglichkeit zu verlassen, war diese Freundschaft auf eine harte Probe gestellt worden, und zu seinem Glück hatte er jemanden gefunden, der in die Lücke springen konnte. Lomo hatte eine ähnliche Biografie, bevor er nach Tynn gekommen war, denn auch er hatte außer seinen Brüdern niemanden gehabt, der ihn so wirklich verstanden hatte. Auch er machte gegenüber Paul deutlich, wie glücklich er sich schätzte, einen neuen Freund in Tynn gefunden zu haben. Zudem schien es den beiden zu gelingen, aus ihrer anfänglichen Rivalität eine gemeinsame Kraft zu entwickeln, die ihnen weiteren Ansporn gab, ihre magische Energie noch besser einzusetzen als zuvor. Wenn sie miteinander das magische Fußballspiel betrieben, waren sie die beiden, die ihre Mannschaft zum Erfolg führten, und wenn sie gegeneinander spielten, maßen sie sich mit ihrer magischen Energie, ohne dem anderen körperlichen Schaden zufügen zu wollen. Die Lehrerin atmete auf, zwei so talentierte magische Fußballspieler trainieren zu können, die aufhörten, sich gegenseitig zerstören zu wollen.

An jenem Abend, als Paul sich erneut mit Lomo traf, hatte dieser eine Überraschung für Paul dabei.

»Weißt du, was wir heute Abend machen?«, fragte er Paul.

»Wir versuchen noch mal den Zauber von gestern Abend?«, vermutete Paul, doch er sah bereits im Gesicht von Lomo, dass er falsch lag.

»Völlig falsch geraten!«, erwiderte Lomo mit einem breiten Grinsen im Gesicht. »Wir beide, mein Freund, werden heute Nacht aus dieser Schule ausbüxen und uns die Landschaft rund um Tynn bei Nacht mal anschauen!«

Paul musste sofort an Lea denken, die seit ihrer Entscheidung einen Weg suchte, aus der Schule verschwinden zu können, und Lomo schien den Weg nach draußen zu kennen. Paul kam kurz der Gedanke, dass es sich um eine Falle handeln könnte, doch er schob den Gedanken beiseite, denn Lomo hatte sich in den letzten Wochen zu einem echten Freund und Kameraden entwickelt, der ihn bestimmt nicht hinters Licht führen wollte.

»Du bist so schweigsam!«, stellte Lomo fest. »Hast du Angst, dass sie uns erwischen könnten?«
»Ich muss zugeben, dass ich bisher nicht daran gedacht habe, die Schule während der Nacht zu verlassen!«, sagte Paul nicht ganz die Wahrheit.
»Dann wird es höchste Zeit!«, sagte Lomo voller Energie. »Wenn du mal in höhere Klassen kommst, ist das ein Spiel, über das du noch öfters nachdenken wirst.«
»Von was für einem Spiel sprichst du, Logo?«, wollte Paul wissen.
»Wie oft du es schaffst, aus der Schule ungesehen rein und wieder raus zu gelangen«, erklärte Lomo, »wobei der Ausbruch nur dann zählt, wenn du deine magische Energie an einem ganz bestimmten Ort deponieren kannst.«
»Was bekommt denn der Gewinner?«
»Nicht so schnell - es geht noch weiter!«, meinte Logo. »Denn es reicht nicht nur aus, seine magische Energie an dem Ort zu deponieren, sondern man muss dieses Kunststück dreimal schaffen.«
»Was ist denn daran so schwierig?«, wunderte sich Paul. »Denn wenn man es einmal geschafft hat, warum sollte man es dann nicht dreimal schaffen?«
»Weil die Schule spätestens nach dem ersten Mal alles versuchen wird, um dich davon abzuhalten, ein zweites Mal auszubüxen.«
»Die Schule weiß davon, dass ich ausgebüxt bin und dieses Spiel spiele?«

»Nach dem ersten Mal: Ja. Es ist ein Spiel, das sich die Schule ausgedacht hat, und das fast alle einmal versucht haben. Nur wenige Schülerinnen und Schüler schaffen es überhaupt, einmal aus der magischen Schule zu entfliehen, ohne entdeckt zu werden – und nur drei haben es seit Anbeginn dieses Spiels geschafft, ein zweites Mal ihre magische Energie zu deponieren, aber noch nie jemand ein drittes Mal.«

»Also hat dieses Spiel noch niemand jemals gewonnen?«, verspürte Paul einen inneren Drang, dieses Spiel umgehend spielen zu wollen.

»Nein«, bestätigte Lomo, »dieses Spiel hat noch niemand jemals gewonnen!«

»Dann will ich der Erste sein, dem das gelingt!«, sagte Paul mit Nachdruck.

Auch Lomo spürte, dass Paul wirklich dachte, dass er der Erste sein würde, der dieses Spiel gewinnen könnte.

»Ich glaube, du solltest dir erstmal das Ziel setzen, überhaupt einmal aus der Schule ausbüxen zu können! Denn viele sind übermütig an diese Aufgabe herangegangen und grandios gescheitert. Diese Aufgabe hat viel weniger mit Mut und Tatkraft, als vielmehr mit Verstand und Cleverness zu tun.«

»Zweifelst du an meiner Cleverness?«, wollte Paul wissen.

»Ich zweifle auf keinen Fall an deiner Cleverness«, erwiderte Lomo, »aber ich glaube fest daran, dass wenn man den zweiten oder dritten Schritt bereits vor dem ersten plant, dass man beim ersten nur scheitern kann! Deshalb warne ich dich davor, das Spiel zu unterschätzen, insbesondere, da es noch niemand zuvor geschafft hat.«

»Ich unterschätze das Spiel nicht, denn ich habe feststellen dürfen, dass die Mächte und die Perfektion in dieser Schule sehr groß sind, doch fühle ich mich bereit, der Erste zu sein, der dieses Spiel gewinnen kann. Nur so am Rande: Was kann man bei diesem Spiel überhaupt gewinnen?«

»Das weiß so wirklich niemand!«

»Warte! Das bedeutet also, dass noch niemand das Spiel gewonnen hat, und weil noch niemand das Spiel gewonnen hat, weiß niemand, was man gewinnen kann?«

»So könnte man es formulieren!«, entgegnete Lomo.

»Wie oft hast du es geschafft, bevor du entdeckt wurdest?«, wollte Paul wissen.

»Heute wäre mit dir zusammen mein zweiter Versuch. Ich habe es geschafft, bisher einmal aus der Schule auszubüxen und meine Energie im Ziel zu deponieren.«

»Warum hast du es nicht schon ein zweites Mal probiert?«, fragte Paul.

»Weißt du«, begann Lomo und stockte in seiner Erzählung, sodass ihn Paul eindringlich ansah, ehe er weiter erzählte. »Weißt du, dieses Spiel ist größer als alles andere, das es in Tynn gibt. Es heißt, dass das Ewige Schicksal dieses Spiel in die Schule getragen hat, um irgendetwas herauszufinden. Nur niemand weiß, was dieses Etwas ist, da es noch niemand geschafft hat, ein drittes Mal seine magische Energie im Ziel zu deponieren.«

»Das bedeutet, wenn ich das richtig interpretiere«, versuchte Paul sich das Gehörte zusammenzureimen, »dass eine unbekannte, aber wohl riesige Belohnung am Ende dieses Spiels steht, und wenn man dieses Spiel beginnt, man Angst hat – so wie du –, dass man herausfindet, beim ersten oder zweiten Mal, dass man nicht der Gewinner dieses riesigen Gewinns ist. Ist das so in etwa richtig?«

»Genauso könnte man es beschreiben!«, bestätigte Lomo. »Ich warte schon seit längerem auf den zweiten Versuch und schiebe ihn vor mir her, da ich die Sorge in mir trage, dass ich bei dem Versuch scheitern werde – und weil ich der Überzeugung bin, dass Zweifel absolut schädlich bei diesem Spiel sind, habe ich die Entscheidung bisher nicht getroffen, es zu versuchen.«

»Aber was hat sich jetzt geändert, dass du es heute Abend riskieren willst?«

»Ich bin der festen Überzeugung, dass unser Treffen eine höhere Bestimmung hat!«, erklärte Lomo. »Meine Erklärung ist, dass wir dazu bestimmt sind, heute Abend zusammen aus dieser Schule auszubüxen und unsere magische Energie am Zielort zu deponieren.«

»Verstehe - aber – wenn du es einmal aus meiner Perspektive betrachtest«, sagte Paul, »dann gehe ich mit dir an meiner Seite ein viel höheres Risiko ein, entdeckt zu werden, als wenn ich versuchen würde, auf eigene Faust aus der Schule auszubüxen!«

»Und eben genau das denke ich nicht!«, sagte Lomo mit all seiner Überzeugung. »Denn ich glaube, dass alle, die es vorher versucht haben, eben gerade daran gescheitert sind, dass sie es alleine versucht haben. Ich könnte mir sehr gut vorstellen, dass beim ersten Mal die Flucht alleine die richtige Wahl ist, um herauszufinden, wer ausreichend magische Energie hat, um die Schule zu täuschen. Aber ich glaube auch, dass es für das zweite Mal nicht nur einen, sondern zwei Schüler braucht, um es zu schaffen.«

»Meinst du nicht«, wunderte sich Paul, »dass darauf noch niemand gekommen ist? Über all die Jahre haben alle immer nur versucht, alleine diesen Weg zu gehen, anstatt sich zu zweit oder zu dritt aufzumachen? Das halte ich für unwahrscheinlich und scheinbar gab es ja bereits drei Schüler, die es ein zweites Mal geschafft haben. Drei ist nach meinem mathematischen Verständnis nicht durch zwei teilbar - wobei in Tynn vieles anders sein kann! Weißt du, das passt alles für mich nicht zusammen, und wenn du mich fragst, können wir den zweiten Versuch gerne zusammen machen, doch den ersten sollte ich bestenfalls alleine schaffen!«

»Wie du meinst!«, sagte Lomo und zeigte seine Enttäuschung nicht allzu sehr.

»Wenn ich weiß, was es bedeutet, aus der Schule auszubüxen, dann weiß ich auch, ob es eine gute Idee ist, zusammen mit dir den zweiten Versuch zu starten.

Bitte sei nicht traurig, dass ich nicht beim ersten Mal direkt mit dir gehe.«
»Wie könnte ich dir böse sein!«, erwiderte Lomo und erklärte Paul, wie das Ziel bei diesem Spiel außerhalb von Tynn aussieht.

Kapitel einundvierzig: Das Ewige Spiel

Eigentlich war es ein Spiel der älteren Schülerinnen und Schüler, und es hatte noch nie jemanden gegeben, der es aus der ersten Klasse geschafft hatte, aus der Schule auszubüxen. Paul war sich sicher, dass es eine schlechte Idee war, genau an dem Abend den Versuch zu starten, an dem Lomo ihn geplant hatte - denn falls die Schule Wind von seinem Versuch bekommen hatte, konnte es sein, dass er in deren Netz ging, weil sie schon alarmiert waren.

Paul wartete die nächsten zwei Tage ab, und stets waren die Vormittage mit Lea wie auch die Nachmittage mit Lomo besonders merkwürdig, da Lea nichts von den Möglichkeiten wissen sollte und Lomo dauernd fragte, wann er es endlich versuchen würde. Paul versuchte derweil herauszufinden, was die anderen beim magischen Fußball zu dem Spiel wussten, doch entweder wollten sie ihm es nicht verraten, da sie ihm nicht trauten oder sie wussten tatsächlich nicht viel darüber. Der ein oder andere bestätigte zwar, von dem Spiel gehört zu haben, doch sie hielten es eher für einen Mythos als ein echtes Spiel. Was Paul nicht wusste, war, dass man zu diesem Spiel eingeladen werden musste - von jemandem, der das erste Mal erfolgreich die Energie deponiert hatte, da in diesem speziellen Fall die Überwachung verändert wurde. Wie genau, konnte keiner sagen, aber es war evident, dass niemand bisher, der nicht eingeladen worden war, das erste Mal

geschafft hatte. Daher fragte sich Paul, ob es überhaupt sinnhaft wäre, Lea von der Möglichkeit zu erzählen, denn zunächst müsste er es das erste Mal geschafft haben, ehe er sie selbst einladen konnte. Was auf der anderen Seite ihren Wunsch erfüllen konnte - und da Paul trotz ihrer Entscheidung weiterhin starke freundschaftliche Sympathien für Lea empfand, verspürte er den starken Drang, sie einzuladen. Doch zunächst musste es ihm wenigstens einmal gelingen und das wollte so sicher wie möglich vorbereitet sein. Lomo hatte ihm einiges von seinem Weg erzählt und Paul hatte verstanden, was der Trick dahinter war - am Ende war es nichts anderes als das Fantasiereich des Obersten Magiers, das er hatte entstehen lassen. Nur hatte Paul noch nie ein solches Fantasiereich aufgespannt, mit dem er ungestört die Mauern der magischen Schule überqueren konnte, ohne dass sie davon etwas mitbekamen. Inzwischen hatte er verstanden, dass dieses Reich keine ganze Welt sein musste, wie jene, in der er mit Lea und dem Ladenbesitzer gefangen gewesen war, sondern es reichte ein einfacher Gang, der nur lang genug war, um die magische Barriere zu überwinden.
Um das zu üben, nahm er sich vor, solche Räume am Abend zu erschaffen, allerdings in der Schule und nicht nach draußen, doch als Lomo erkannte, was sein Freund vorhatte, warnte er ihn, dass so etwas sofort einem Lehrer oder einer Lehrerin auffallen würde.
»Wie soll ich es dann üben?«, fragte Paul etwas ratlos.

»Warum musst du es in der Schule machen, wo alle Augen auf dich gerichtet sind?«, fragte Lomo rhetorisch zurück. »Du wirst entdeckt werden!«

»Aber wenn ich mich außerhalb der Schule in einen solchen Raum begebe - woher weiß ich, wo ich wieder herauskomme? Hier in der Schule verstehe ich die Maße und kenne die Räumlichkeiten!«, hielt Paul dagegen.

»Wenn du meinst, dass du den Raum in dieser Schule besser kontrollieren und abschätzen kannst als draußen, wo es keine mehrere Dimensionen in den Räumen gibt, dann bist du der Erste, den ich kennenlerne, der das kann!«

»Da magst du recht haben«, gab Paul zu, »aber wie hast du das geübt?«

»Bei mir ist das völlig anders! Denn das ist Lerninhalt in einer der oberen Klassen, in die du noch kommen wirst. Wir sind dafür mit den Lehrern immer in einen unendlich wirkenden Raum in der Schule gegangen, wo man selbst bei einem endlosen Tunnel immer wiederkehren würde!«

»Wo ist dieser Raum?«, wollte Paul wissen.

»Das ist das Problem! Er ist nicht einfach so erreichbar, denn die Treppe zu diesem Raum ist nur existent, wenn einer der Lehrer die Wand zu der Treppe öffnet«, erklärte Lomo.

»Aber du weißt, wo die Treppe gewesen ist? War sie immer an derselben Stelle?«

»Ja, das war sie! Glaubst du wirklich, dass du die Treppe öffnen kannst?«, staunte Lomo über das Selbstverständnis von seinem Freund.
»Wenn ich es nicht probiere, werde ich es nicht herausfinden, oder? Also los! Zeig mir, wo die Treppe war! Oder ist - versteckt ist - du weißt, was ich meine!«
»Später! Jetzt sind noch zu viele Schüler und Lehrer unterwegs in der Schule! Wenn sich der Trubel etwas gelegt hat, zeige ich dir den Ort!«, versprach Lomo und schlug vor, etwas zu Abend zu essen.
Während des gesamten Abendessens war Paul gedanklich abwesend und stellte sich vor, wie er die Treppe in der Wand ausmachen und öffnen konnte. Gab es einen versteckten Mechanismus oder musste man einen Zauberspruch wirken, denn dann wäre sein Vorhaben zum Scheitern verurteilt? Er schwieg so sehr, dass er nicht einmal reagierte, als er von Lea angesprochen wurde, ob sie später kurz miteinander sprechen könnten. Lea merkte, dass Paul mit etwas Wichtigem beschäftigt war und ließ von ihm ab, ohne eine Antwort erhalten zu haben. Sie bedeutete Lomo, dass es nicht so wichtig war und er ihre Anwesenheit vergessen sollte. Da Paul auch noch eine Weile in sich gekehrt blieb, vergaß Lomo Lea wieder und beide warteten auf den späteren Abend.
Die Zeit zog sich wie Kaugummi, und Paul saß mit Lomo schweigend in der großen Eingangshalle, in der Lea ihrem Freund ihren Plan eröffnet hatte, und als Paul feststellte, dass sie an diesem Ort waren,

empfand er als Wink des Ewigen Schicksals. Als Lomo sich endlich regte und meinte, dass die Luft rein genug war, stieß er seinen Freund an und gemeinsam gingen sie zum Schlafsaal der jüngeren Jungs. Doch nicht der Saal war das Ziel, sondern ein Gang dahinter, der bisher nur einmal von Paul abgegangen worden war, da es dort nichts gab. Der Gang war sehr dunkel, es gab kein natürliches Licht und die Wände waren in einem grauen Farbton gehalten, sodass alles sehr gedrungen wirkte, da auch die Leuchten nur sehr wenig Licht abwarfen.

»Die müssen die Lampen neu zaubern!«, sagte Lomo, auch um etwas die Anspannung herauszunehmen. »Nach einiger Zeit lässt die Wirkung dieser Zauber nach! Aber wahrscheinlich hat der Lehrer, mit dem wir hier waren, vergessen, das zu melden.«

»Wie weißt du denn, wo die Treppe sich verbirgt?«

»Relativ einfach! Ich habe die Lichter gezählt, an denen wir vorbeigegangen sind! Wenn ich richtig gezählt habe, müsste die Treppe zu deiner Rechten liegen.«

Paul schaute zur Wand, die keine Auffälligkeiten zeigte; weder eine Unebenheit, noch Schlitze oder irgendein Mechanismus waren zu erkennen. Als nächstes legte er seine Hand auf die Wand und fuhr mit ihr darüber, ohne etwas zu spüren - nichts Haptisches, nichts, wo seine magische Energie hinfließen konnte. Er wollte schon enttäuscht seine Hand fortziehen, als er ein minimales Ziehen an seiner magischen Energie verspürte.

»Ich glaube, hier ist sie!«, sagte er und fuhr mit der Hand weiter Richtung des Ziehens, und als er das Gefühl hatte, dass er den Punkt mit der stärksten Kraft gefunden hatte, war dieser plötzlich fort.
»Was ist los?«, fragte Lomo, der Paul gebannt bei der Suche zugeschaut hatte.
»Ich dachte, ich hätte die Treppe gefunden!«, erklärte Paul. »Doch aus irgendeinem Grund verschwand sie, als ich ihr Machtzentrum gefunden hatte!«
»Treppen haben kein Machtzentrum!«, meinte Lomo.
»Diese hier schon«, hielt Paul dagegen und suchte erneut die Wand nach der Kraft ab, die er gespürt hatte. »Hier muss sie doch irgendwo sein!«
In diesem Moment erkannte er, dass die Treppe in dem gesamten Flur sein konnte und er warnte Lomo vor, dass es eine Weile dauern könnte, ehe er die Treppe wiederfand. Langsam, Zentimeter für Zentimeter, gingen beide mit ihren Händen an der Wand den Gang in verschiedene Richtungen entlang, und es dauerte eine Weile, ehe Lomo etwas spürte.
Paul eilte sofort zu ihm und legte seine Hand neben Lomos, doch er merkte, wie seine Anwesenheit die Situation veränderte.
»Ich glaube, dass meine Energie zu groß ist!«, sagte er ohne Hintergedanken.
»Ach so ist das!«, kam es von Lomo schnippisch zurück und er zog seine Hand von der Wand zurück.
»So meine ich das nicht«, versuchte Paul das unbedacht Gesagte zu relativieren.
»Wie denn dann?«

»Ich glaube, dass du deine magische Energie viel besser kontrollieren kannst als ich«, erklärte Paul, »denn ich kann es nicht so gut und das merkt die Treppe scheinbar. Willst du es noch mal bitte probieren?«

»Wenn dem so ist«, antwortete Lomo ohne Groll in der Stimme, »dann versuche ich es nochmal.«

Lomo atmete tief durch und legte seine Hand zurück auf die Wand, spürte ein Machtpotential etwas weiter weg als zuvor, doch nach und nach arbeitete er sich langsam vor, so langsam, dass die Treppe nicht wieder plötzlich verschwand.

»Ich denke, ich habe sie direkt vor mir«, wisperte Lomo in Richtung Paul, der sich betont auf Abstand hielt. »Was jetzt?«

Kapitel zweiundvierzig: Nächtliche Übungen

»Drück mal sanft gegen sie«, schlug Paul vor und hielt seinen ganzen Körper angespannt.
Lomo atmete erneut tief durch, fühlte die Treppe direkt vor sich und drückte sanft gegen die Wand. Entgegen seiner Erwartung drückte er nicht gegen eine Wand, sondern in die Wand hinein, ganz so, als würde er in einen Topf weichen Pudding drücken. Es war ein seltsames Gefühl und er verspürte den Drang, die Hand zurückzuziehen, doch plötzlich merkte er, wie seine magische Energie aus seiner Hand in die Wand floss und er sie überreden konnte, eine feste Treppenform anzunehmen.
Paul sah fasziniert zu und erkannte, dass er trotz seines großen Energiepotentials noch viel zu lernen hatte, diese Kraft auch zu kontrollieren.
Die Treppe, die sich vor den beiden bildete, war alles andere als eine gerade und mit meisterlichen Treppenstufen; einige Stufen war so schief, dass man Angst bekam, darauf zu treten und wiederum andere Bereiche glichen eher einer abschüssigen Piste als einer stufigen Treppe. Sie war das Produkt eines ungeübten Handwerkers, der versucht hatte, eine nicht feste Masse zu einer Treppe zu überreden.
»Sieht nicht übel aus!«, feixte Paul, als er sich das Ergebnis genauer anschaute.
»Lach mich ruhig aus«, gab ihm Lomo zurück, »doch ohne mich hättest du die Treppe eher in ihre

Einzelteile zerlegt, als dass du sie hinbekommen hättest!«

»Schon gut, Lomo«, sagte Paul schnell. »Ich danke dir, dass du die Treppe gefunden und erschaffen hast. Ich frage mich nur, wie die Lehrer das machen! Ob die einfach wissen, wo sich die Treppe befindet und sie dann mittels ihrer Energie überreden, alles selber zu machen?«

»Ich verstehe das auch nicht«, pflichtete ihm Lomo bei, »aber ist das nicht auch egal? Hauptsache, wir haben eine Treppe dahin, wohin wir gehen wollen!«

»Dann hoffen wir mal, dass die Treppe uns auch dorthin führt, wo wir hinwollen«, äußerte Paul seine Bedenken und nahm die erste Stufe, die noch einigermaßen gerade wirkte.

Nach und nach erklommen sie die Stufen und Kanten und nach einer Weile bog die Treppe zur Seite ab.

»Biegt die Treppe normalerweise auch ab?«, wollte Paul von Lomo wissen, der direkt hinter ihm war.

»Normalerweise nicht«, antwortete Lomo und Paul war sich unsicher, ob das eine gute Idee gewesen war, hochzugehen.

Sich einen Ruck gebend, ging er weiter um die Ecke der Treppe und stand plötzlich in einem riesigen Raum, in den Lomo ihm nachfolgte.

»Das sieht mir ganz nach dem Raum aus, den wir gesucht haben«, meinte Lomo. »Riesig und unendlich schmucklos!«

»Bist du dir absolut sicher, dass das hier derselbe Raum ist, in dem ihr sonst auch gewesen seid?«

»Ich bin mir sicher«, antwortete Lomo.
»Absolut sicher?«
»Absolut sicher! Warum fragst du denn so scharf?«
»Weil ich schon so viel in Tynn erlebt habe, dass es mich nicht wundern würde, wenn dieser Raum von irgendwem erstellt und manipuliert wurde! Zumindest würde das mit der Treppe zusammenpassen, die abbog, obwohl sie vorher bei euch nicht abbog.«
»Ich denke, du machst dir zu viele Sorgen«, meinte Lomo, »denn der Raum schaut aus wie immer, riecht wie immer, und dass die Treppe so aussah, wie sie aussah, war meine Unfähigkeit. Ich wüsste auch kaum jemanden, der einen so riesigen Raum allein aufspannen könnte, wenn er wollte.«
»Ich schon!«, gab Paul zurück und dachte an den Obersten Magier.
Er ging in den Raum hinein, der schon nach wenigen Schritten nach allen Seiten unendlich weit wirkte.
»Wie findet man denn den Ausgang wieder?«, fragte er Lomo, der direkt hinter ihm war und ebenfalls anhielt.
»Keine Ahnung!«
»Was heißt: keine Ahnung? Du musst doch wissen, wie man den Ausgang wiederfindet? Du warst doch schon mehrfach in diesem Raum!«
»Das stimmt! Aber es war immer die Lehrerin oder der Lehrer, die den Ausgang herbeiholten, wenn die Übung vorbei war!«

»Na toll! Wenn das keine Imagination von jemandem ist, der uns was Böses will, dann haben wir uns selbst gefangen!«
»Bleib ruhig! Das wird schon wieder!«
»Wie soll ich dabei ruhig bleiben? Ich meine, wir setzen uns auch so einem hohen Risiko aus - und du sagst mir, ich soll ruhig bleiben! Seitdem du mir von dem Raum hier erzählt hast, bin ich keine Sekunde ruhig gewesen! Das hier hat eine große Bedeutung für mich!«
»Das verstehe ich«, sagte Lomo zur Beruhigung, »und wir werden den Ausgang schon wieder finden! Ich schlage vor, dass wir die Übungen beginnen und das Problem mit dem Ausgang nach hinten schieben!«
Paul musste sich einige Augenblicke sammeln, ehe er tief durchatmete und dann zur Zustimmung nickte.
»Gut! Was muss ich machen?«
»Die erste Übung ist das kleine Springen!«
»Das kleine Springen?«
»Lass es mich dir erklären! Du schaust auf einen Punkt in der Nähe und sagst dem Raum, dass du jetzt dort stehen willst!«
»Du sprichst doch nicht etwa von Teleportation?!«
»Ich vermute, dass es in der alten Welt kein anderes Wort als Teleportation dafür gibt, aber in dieser Welt ist es in Anführungszeichen nur das Überreden eines momentanen Zustands, einen anderen Zustand als den neuen zu akzeptieren«, erklärte Lomo und sah, dass Paul versuchte ihm zu folgen. »In diesem Raum hier ist nichts festgeschrieben, hat uns der Lehrer

erklärt, und daher ist es möglich, alle Gegenstände und Körper, wie Decken und Wände, so zu verändern, dass sie einen anderen Zustand annehmen. Deswegen ist es auch möglich, dass man sich mit einem kleinen Sprung an einen anderen Ort denkt, denn am Ende ändert man nicht seine Position, sondern man ändert den Raum an sich.«

»Das geht so einfach?«, wunderte sich Paul.

»Einfach ist gut gesagt«, erwiderte Lomo, »denn das ist der Grund, warum dieser Sprung der kleine Sprung genannt wird. Denn der große Sprung erfordert sehr viel mehr magische Energie, da auch viel mehr an Raum überredet werden muss, woanders einen anderen Zustand anzunehmen.«

»Das verstehe ich«, meinte Paul, »aber wie fühlt sich das an, wenn man es schafft, den Raum zu überreden, einen anderen Status anzunehmen und man quasi mit der Veränderung des Raums seinen eigenen Aufenthaltsort mit verändert?«

»Interessanterweise merkt man das gar nicht«, erklärte Lomo, »beim allerersten Mal hatte ich das Gefühl, dass es ein wenig kitzeln würde, doch ich glaube, dass es die Nervosität war. Dass es schiefgehen könnte.«

»Es kann auch schiefgehen?«, spürte Paul eine aufkommende Unsicherheit in ihm.

»Die Lehrer sprechen davon, dass es gerade Anfänger ab und an passiert, dass sie beim Überreden des Raumes zwar Erfolg haben, dann aber ihren Mut auf der halben Strecke verlieren und in einer Art

Zwischenraum gefangen werden, aus der sie von den Lehrern befreit werden müssen.«
»Wenn es mir also nicht gelingt, dann rettest du mich?«
»Ich weiß nicht, wie das geht«, antwortete Lomo ehrlich, »das bedeutet, dass es dir besser gelingt!«
»Na super! Es wird immer besser!«
»Du wirst das schon hinbekommen!«, ermunterte Lomo seinen Freund, »denn die Guten schaffen das auf jeden Fall.«
»Hattest du Probleme beim ersten Mal, außer das Kitzeln?«
»Nein, alles lief wie am Schnürchen!«
»Gut! Dann wollen wir mal starten!«
Paul stellte sich in den Raum, atmete tief durch und versuchte sich mit dem Raum zu verbinden. Da ihm tausend Sachen gerade durch den Kopf gingen, war es viel schwerer als sonst, mit dem Material eine Verbindung einzugehen, doch nachdem er sich ein wenig von den Gedanken befreit hatte, spürte er den Raum und verband seine magische Energie mit ihm.
Kaum, dass er sich vorstellte, an einem anderen Ort in der Nähe zu sein, war er auch bereits an diesem Ort und spürte, wie der Boden unter ihnen leicht bebte.
»Krass!«, war das einzige, was aus ihm hervordrang. Nun verstand er auch, wie Enfryn im Gang zwischen den Schlafsälen so schnell sein konnte.

»Du kannst auch mit deutlich weniger Energie diesen Sprung machen!«, erklärte Lomo, denn der ganze Boden hat leicht gebebt, als du gesprungen bist.
»Ich glaube, ich wollte es beim ersten Mal richtig machen, und nicht das Risiko eingehen, in einer Zwischendimension gefangen zu sein«, erwiderte Paul. »Lass uns den großen Sprung versuchen! Weißt du, wie der geht?«
»Ich weiß theoretisch, wie er geht, doch unser Lehrer besitzt nicht ausreichend magische Energie, um ihn selbst durchzuführen, daher endet der Unterricht meist damit, dass man nach den kleinen Sprüngen die größeren Räume aufspannt. Alle weiterführenden Übungen müssen dann alleine oder in Kleingruppen durchgeführt werden – aber immer mit der Sorge, dass man in einer andersartigen Dimension gefangen wird, ohne dass jemand sich zurückholen kann. Daher weiß ich zwar, wie der große Sprung theoretisch funktioniert, habe mich aber noch nie getraut, diesen durchzuführen.«
»Wollen wir's dann nicht versuchen?«, fragte Paul neugierig und überlegte sich schon, ob er als erster den großen Sprung versuchen oder er diesen seinem Freund überlassen wollte.
»Ich glaube, dass wir uns das heute aufsparen sollten«, meinte Lomo vorsichtig, »denn zum einen hast du gerade einmal einen einzigen kleinen Sprung hinter dir und zum anderen sind wir hierhergekommen, um Räume aufzuspannen und nicht abenteuerliche Übungen zu vollführen.«

»Aber könnte ich nicht mit dem großen Sprung genau dasselbe erreichen, wie mit dem Erschaffen von einem langen Raum, um Tynn durch eine Paralleldimension zu verlassen?«, wollte Paul wissen.
»Das kann ich dir nicht beantworten, da ich nicht weiß, ob der große Sprung von magischen Barrieren unterbrochen wird«, blieb Lomo weiterhin auffällig vorsichtig. »Lass uns doch erst einmal Räume aufspannen und das erste Problem lösen, bevor wir uns Gedanken machen, wie wir weitere Probleme verursachen können.«
»Du hast mich überredet!«, lenkte Paul ein. »Lass uns Räume aufmachen!«

Kapitel dreiundvierzig: Der Tunnel

»Muss ich mir für den Raum nur etwas vorstellen?«, fragte Paul in den Raum und suchte nach einem Fixpunkt, wohin er den Raum überspannen könnte.

»Das ist komplizierter«, gab Lomo als Erklärung zurück, »denn es ist eine Kombination aus dem kleinen Sprung und der Kraft deiner Imagination.«

»Das hilft mir nicht!«, meinte Paul.

»Du musst mich auch ausreden lassen!«, konterte Lomo und fuhr mit der Erläuterung fort: »du musst dir als erstes einen Raum erdenken und diesen in Gedanken als Tunnel ausformen. Dafür brauchst du noch keine magische Energie, sondern es reicht deine Fantasie. Wenn du den Tunnel vor deinem geistigen Auge siehst, manifestiere ihn, indem du nun deine magische Energie in die Struktur leitest. Wenn du das geschafft hast, halte die Struktur mit deinem Geist fest, denn jetzt kommt der schwierige Teil, für den es viel Übung braucht. Denn du musst nun die Technik des kleinen Sprungs anwenden und den Raum überreden, die Imagination, die in deinem Kopf noch nicht real ist, anzunehmen. Das ist dann alles.«

»Das ist alles? Das klingt viel zu leicht, wenn du mich fragst!«, klang Paul etwas überheblich.

»Wenn du meinst, dass du das direkt im ersten Versuch hinbekommst, bin ich gerne derjenige, der dir dabei zusieht und dich beklatscht, sollte es so kommen!«

Paul fühlte sich durch Lomos Spott in der Stimme noch mehr angestachelt und stellte sich einen langen Tunnel vor, den er in seiner Fantasie ausformte und mit seiner magischen Energie durchströmen ließ. Bis hierhin war es kein allzu großes Problem, doch als er versuchte, die Imagination festzuhalten und den Raum vor sich zu beeinflussen, drehte sich der Tunnel zunächst langsam, dann immer schneller, und Paul konnte das Drehen nicht stoppen, ehe er von den Beinen gerissen wurde und auf den harten Boden fiel.

Für einen kurzen Moment hatte Paul die Sorge, dass der Tunnel, den er imaginiert hatte, auf ihm landen könnte. Woher er diese Sorge hatte, konnte er nicht mit Genauigkeit bestimmen, da der Schmerz, der aufgrund des Sturzes durch ihn fuhr, ihm kurzzeitig das Bewusstsein nahm. Lomo schaute sorgenvoll zu seinem Freund und wollte schon zu ihm hinstürzen, doch dann erwachte Paul aus seiner kurzen Ohnmacht und kämpfte sich nach oben.

»Du hättest mir schon sagen können, dass das gefährlich ist, wenn man den Tunnel aus seiner Fantasie in die echte Welt imaginieren möchte!«, beschwerte sich Paul mit schwacher Stimme.

»Da du sowieso nicht auf mich gehört hättest«, erwiderte Logo, »wäre alles, was ich gesagt habe, verlorene Zeit gewesen. Ich denke, du musst es selber herausfinden, was es bedeutet, diese schwierige Übung zu lösen.«

»Hast du denn wenigstens einen Tipp für mich, wie es mir gelingen kann, den Tunnel zu erschaffen, ohne dass alles zusammenbricht?«
»Bei mir war es so«, erzählte Lomo, »dass auch ich am Anfang viel zu viel wollte, ehe ich verstanden habe, dass ich mit kleinen Gebilden anfangen muss. Allein die kleinen Tunnel stabil zu halten und reell werden zu lassen, war am Anfang schwierig genug. Des Öfteren ist es mir am Anfang passiert, dass ich einen Tunnel erstellt hatte, der dann wie ein Soufflee in sich zusammengefallen ist.«
»Aber wie hast du es geschafft, einen ganzen Tunnel zu erschaffen, der stabil genug blieb, um damit Tynn zu verlassen?«, wollte Paul wissen.
»Übung, Übung, Übung!«, sagte Logo. »Ich habe über ein ganzes Schuljahr an der Manifestierung des Tunnels gearbeitet, ehe ich mir sicher war, dass ich aus Tynn ausbüxen konnte. Deshalb sei bitte nicht verwundert, wenn du nach einem Abend in diesem Raum nicht fähig bist, einen Tunnel so zu imaginieren und zu manifestieren, dass du schon bald Tynn verlassen kannst.«
»Ein ganzes Schuljahr habe ich nicht!«, sagte Paul entschieden und begab sich sofort wieder an die Imagination des nächsten Tunnels.
Dieses Mal versuchte er es mit einem deutlich kürzeren Tunnel und wiederum hatte er keine Schwierigkeiten, sich diesen vorzustellen und mittels seiner magischen Energie zu festigen, doch als es darum ging, diesen Tunnel reell werden zu lassen,

entglitt ihm erneut der Tunnel, drehte sich wie wild und schleuderte ihn erneut zu Boden. Allerdings war Paul dieses Mal auf den Verlust des Gleichgewichts vorbereitet, sodass er sich mit seinen Händen blitzschnell abfangen konnte. Dennoch spürte er weiterhin starke Schmerzen aufgrund des ersten Sturzes und blieb eine Weile auf dem Boden liegen, ehe er die Kraft fand, sich aufzurichten und den nächsten Versuch zu starten.

»Du solltest aufpassen, wie sehr du dich selber bei diesem Versuch rannimmst, denn jeder Versuch zieht dir einen Teil der magischen Energie ab, da du sie in den Tunneln eingespeichert hast, die sich dann in Luft auflösen.«

»Wie gelingt es mir, dass ich nicht immer den Tunnel beim Versuch eines kleinen Sprunges verliere?«, ignorierte Paul den Hinweis eines Freundes.

»Das ist einer der schwierigsten Momente beim Imaginieren von solchen Tunneln, denn wenn du die Tunnel mit zu viel magischer Energie auflädst und nur für kurze Zeit die Kontrolle darüber verlierst, fliegt dir alles um die Ohren.«

»Das habe ich auch schon festgestellt! Die Frage ist nur: wie löse ich das Problem?! Was war der entscheidende Tipp, mit dem du das Problem gelöst bekommen hast?«

»Darüber habe ich noch nie nachgedacht!«, erklärte Lomo ehrlich. »Denn irgendwann, beim hundertsten Versuch, oder so, hat es dann geklappt. Ich glaube, dass ich keinen Tipp erhalten habe, sondern es einfach irgendwann gespürt habe, was zu machen ist.«

»Was ist denn zu machen?«, löcherte Paul weiter.

»Du musst dich auf deine eigene Kraft, die in dir liegt, verlassen!«

»Das ist ein toller Tipp, Lomo«, sagte Paul schnippisch, aber anstatt sich weiter darüber aufzuregen, dass Lomo ihm nicht helfen konnte, begab er sich an die nächsten Versuche, die alle scheiterten.

Er wollte schon frustriert herumschreien, doch aus irgendeinem Grund konnte er sich bremsen und beim nächsten Versuch klappte es und Paul stand inmitten eines Tunnels, der sich vor ihm ausbreitete. Er schaute nach allen Seiten, doch er schien sich nicht verorten zu können, da er nicht mehr in dem unendlichen Raum war, aber auch nicht ausmachen konnte, wohin er sich imaginiert hatte. Alles um ihn herum war, als ob sich die Welt hinter Milchglas versteckt hätte; verschwommen versteckte sie sich in ihm. Paul fragte sich, ob er jemals wieder herauskommen würde und entschied, dass er loslaufen sollte, was er auch tat.

Plötzlich, aus dem Nichts heraus, veränderte sich der gesamte Raum um ihn herum und er hielt an. Das milchige Glas um ihn herum begann sich zu verändern, ganz langsam zogen feine schwarze Linien die Konturen des Glases entlang und mit jedem Moment, der zähflüssig verrann, wurde es zudem kälter in dem Tunnel.

Paul drehte sich langsam um und suchte nach dem Ursprung der Veränderung. Außer die feinen schwarzen Linien, die inzwischen das gesamte Milchglas durchzogen, fand er jedoch mit seinen Augen nichts, das er auffällig fand. Dennoch, irgendetwas befand sich in diesem Tunnel - das sichere Gefühl, dass sich eine zweite Energie näherte, vernahm er stärker und stärker. Er ahnte, dass es sich nicht um Lomo handelte, denn dessen Energie fühlte sich anders an. Bevor Paul jedoch herausfinden konnte, wessen Energie er spürte, flog ein starker Energieball auf ihn zu, sodass er zwar instinktiv noch eine Abwehrhaltung einnehmen konnte, aber dennoch fast voll getroffen und nach hinten geschleudert wurde. Erstaunlicherweise behielt er seine Konzentration, sodass er noch im Flug seine Energie aktivieren konnte, um nicht auf den Boden des Tunnels aufzuschlagen, sondern sich vorher abzufangen. Dieses Manöver hatte einen Teil seines magischen Potentials verbraucht, daher musste er sich kurz fangen, doch ehe er sich aufrichten konnte, spürte er eine Fesselung seines gesamten Körpers. Sein Gegner schien einen Zauber gesprochen zu haben, der ihn bewegungsunfähig machte, und Paul spürte mit einem Mal eine große Angst. Wie wild schossen die Gedanken durch seinen Kopf, wer ihm etwas wollte und so mächtig war, dass seine eigene magische Energie nicht ausreichte, um sich dagegen zu wehren. Hatte er den Obersten Magier verärgert, denn er war der einzige, der ihm in den Sinn kam,

doch bevor er die Zeit hatte, weiter darüber nachzudenken, begann sein Gegenüber, den Tunnel, in dem Paul gefangenlag, zu deformieren.
Es knarzte und splitterte überall im Tunnel und die Wände kamen immer näher, drückten bereits gegen seinen gefesselten Körper und Paul sah sich bereits dem Ende nahe, als plötzlich ein helles, leicht grünliches Licht aufblitzte und der Tunnel in Millionen Einzelteile zersplitterte und verschwand. Paul stürzte auf den Boden des unendlichen Trainingsraums und konnte sich auch wieder unter leichten Schmerzen bewegen. Nicht weit entfernt von ihm lag ein ihm unbekannter Magier, der scheinbar von dem hellen Blitz ausgeknockt worden war. Als dann im Augenwinkel Lea auftauchte, ahnte Paul, dass er in Sicherheit war und verlor das Bewusstsein.

Kapitel vierundvierzig: Leas Tunnel

Lea merkte ziemlich schnell, dass Paul nur bewusstlos war, aber ruhig atmete und sie schaute auch kurz nach Lomo, der ebenfalls nur in Ohnmacht gefallen war. Aus einem ihr unbekannten Grund hatte sie keine Sorge, dass der unbekannte Magier wach werden würde, um zu fliehen oder sie anzugreifen. Sie wartete, bis Paul sich wieder regte und half ihm nach oben, in eine sitzende Position. Er erschrak heftig, als er den ihm unbekannten Magier auf dem Boden liegen sah.

»Keine Angst!«, sagte Lea beruhigend. »Ich denke, der wird so schnell nicht aufstehen!«

»Ist er - ist er tot?«, wollte Paul wissen.

»Nein, aber ich denke, dass ihn die gesamte Ladung meiner magischen Energie getroffen hat! Das war nicht gerade wenig und ich fühle mich auch noch leicht unsicher auf den Beinen. Aber zum Glück bin ich nicht auch in Ohnmacht gefallen - wie auf dem Vorplatz vor dem magischen Garten.«

»Wo ist eigentlich Lomo?«, fiel Paul sein Freund ein.

»Er liegt weiter hinten und scheint auch in Ordnung zu sein. Ihn scheint der Magier hinterrücks erwischt zu haben, so wie Lomo auf dem Boden liegt.«

»Dann muss er aufgetaucht sein, als ich es gerade geschafft hatte, den Tunnel zu erschaffen!«, erklärte sich Paul die zeitlichen Abläufe.

»Womöglich ist das so!«, sagte Lea und suchte in Pauls Gesicht nach Emotionen, die ihr halfen, ihre Beziehung zu sortieren.

»Wie bist du eigentlich hierher gekommen?«, fragte Paul nach einer Weile des Schweigens.

»Ich habe euch beide beobachtet, nachdem ihr euch merkwürdig verhalten habt. Dann konnte ich einige Gedankenfetzen aufnehmen, die ihr besprochen habt. Da fiel das Wort Tunnel und ich dachte, das wäre meine Chance aus Tynn heraus. Was es ja auch scheinbar ist! Wobei ich zunächst davon ausging, dass es ein Tunnelsystem gibt. Ich bin euch dann nachgeschlichen, habe gesehen, wie ihr die Treppe geöffnet habt, und dann, so leise wie es ging, mich im Raum unsichtbar gemacht und versteckt gehalten. Das scheint der Magier auch übersehen zu haben, denn ich wollte schon hinaustreten, als du den Tunnel erschaffen hast, doch im selben Moment kam der Magier in den Raum und schlich sich an Lomo heran. Ich konnte nicht sehen, was passiert ist, aber das brauchte ich auch nicht. Es ging alles sehr schnell und kaum, dass ich aus meinem Versteck herausgetreten war, griff der Magier dich schon an. Ich suchte nach meiner magischen Energie, sammelte sie in meinem Herzen und jagte eine heftige Welle aus mir heraus, direkt auf den Magier. Als ihn die Energiewelle traf, wandelte sich scheinbar die Energie in Licht um - es war für einen Moment gleißend hell in diesem Raum! Dann ist er zu Boden gestürzt und liegt seitdem dort.«

»Du bist meine Heldin!«, fasste Paul seine Gefühle in einem Satz zusammen und schaute etwas verträumt zu Lea.
»Heldin hin, Heldin her«, sagte Lea und musste sich sehr kontrollieren, Paul nicht in die Arme zu fallen, denn ihre Gefühle für ihn waren immer trotz der ganzen Überlagerungen dann doch noch vorhanden. »Ich muss schauen, wie ich aus dieser Stadt verschwinden kann - und das so schnell wie möglich!«
»Du willst immer noch verschwinden?«, fragte Paul und hoffte, dass sie von ihrem harten Standpunkt abweichen würde.
»Ich muss!«, erklärte Lea, »denn wenn ich nicht versuche zu fliehen, wird es mit jedem Tag, den ich hier verbringe, nur noch schwerer, Tynn zu verlassen! Aber da du mir jetzt einen Weg gezeigt hast, wie man die Stadtmauern von Tynn überwinden kann, hege ich die leise Hoffnung, endlich meinem Ziel näher gekommen zu sein.«
»Was wäre, wenn ich dir nicht sagen möchte, was ich heute von Lomo gelernt habe?«
»Keine Sorge!«, erwiderte Lea. »Da ich jetzt weiß, wonach ich suchen muss, werde ich, auch ohne dich, einen Weg finden, diesen Tunnel zu erstellen, mit dem ich dann Tynn verlassen kann.«
»Es gibt für uns keine Chance mehr?«
»Ich befürchte, nein, Paul!«, hauchte Lea ihm entgegen und kämpfte in ihrem Inneren gegen das aufkommende Gefühl der Unsicherheit, das sie eigentlich nicht mehr zulassen wollte.

»Dann sollten wir dafür sorgen, dass der Magier uns nicht wieder angreift, wenn er aufwacht«, schlug Paul vor. »Danach kann ich dir zeigen, was ich gelernt habe – es ist nicht trivial, aber ich habe es deutlich schneller als Lomo geschafft, und ich glaube, dass du es ebenfalls schnell lernen wirst.«

Lea hatte in ihrem nachmittäglichen Kurs, aus dem Paul frühzeitig ausgeschieden war, einige nützliche Zauber gelernt und wendete nun einen starken Fesslungszauber an dem bewusstlosen Magier an, der sich immer noch nicht regte. Auch Lomo bewegte sich noch keinen Millimeter, doch Lea war sich sicher, dass es ihm gut ging.

Da Paul und Lea beide einen großen Teil ihrer Energie verbraucht hatten, erklärte er ihr die Erschaffung des Tunnels theoretisch und fand beim zweiten Versuch ausreichend Restenergie, um zumindest einen kleinen, sehr kurzen Tunnel zu manifestieren, in dem beide stehen konnten. Dieses Mal war die Hülle des Tunnels nicht aus Milchglas, sondern zeigte die Wiesenlandschaft, ähnlich zu der, in der der Oberste Magier sie beide in die Irre geführt hatte. Wie auch beim ersten Tunnel hatte Paul wenig Kontrolle darüber, welche Bilder sich in dem Tunnelinneren widerspiegelten, und er selbst wunderte sich darüber am meisten, dass er ausgerechnet dieses Szenario instinktiv ausgewählt hatte.

Als sich die beiden gesammelt hatten, erklärte Paul Lea Schritt für Schritt, wie er die Imagination des

Tunnels mittels des kleinen Sprunges in die Realität überführt hatte und sah zu, wie Lea versuchte, es ihm nachzutun. Auch sie hatte Schwierigkeiten, die Imagination des Tunnels, die sie vor ihrem geistigen Auge sah, zu kontrollieren, doch entgegen der rohen Energie, mit der Paul an die Sache herangegangen war, hielt sie den Tunnel mit ihrem Geist fest, ohne ihn reell werden zu lassen. An dieser Realisierung scheiterte sie mehrere Male und empfand, dass es mit jedem Mal kaum Verbesserung gab, als Lomo aus seiner Ohnmacht aufmachte und Lea eine Pause machte. Lomo hatte sehr starke Kopfschmerzen, die er beim Sturz auf das Gesicht wohl erlitten hatte, und auch dieses Mal konnte Lea helfen, indem sie einen schmerzstillenden Zauber wirkte. Paul war sprachlos, was Lea in der Zwischenzeit alles gelernt hatte, von dem er nichts mitbekommen hatte und er fragte sich, was Lea wohl für eine Zauberin werden könnte, wenn sie beschließen würde, in Tynn zu bleiben. Doch an diesem Punkt schien sie vorbei zu sein und Paul erinnerte sich an die entschiedenen Diskussionen mit ihr, sodass er den Gedanken wieder beiseite schob.

Nachdem sich Lea um Lomo gekümmert hatte und sicher war, dass es ihm gut ging, begab sie sich zurück an die Erschaffung eines stabilen Tunnels, und als wäre ihr in der Zwischenzeit ein Licht aufgegangen, erschuf sie gleich einen beim nächsten Versuch und konnte ihn mittels des kleinen Sprunges fest auf den Boden bringen und stabil halten. Paul staunte nicht schlecht, wie schnell Lea diese Übung verstanden

hatte und trat mit interessiertem Blick in den Tunnel ein, doch dieser war zu allen Seiten nur grau – ein dunkles Grau, in dem sich jedoch kleine Äderchen zeigten, wenn man genau hinblickte. Lea durchschritt den Tunnel und als sie einen Fuß aus dem Tunnel herausstreckte, hielt sie ein und forderte Paul auf, den Tunnel sofort zu verlassen. Er wollte noch fragen, was sie befürchtete, doch ihr entschiedener Blick ließ keine weitere Diskussion zu, sodass er sich schleunigst aus dem Tunnel machte. Als Lea nun nach draußen trat, verstand Paul mit einem Mal, warum er heraustreten sollte, denn die kleinen, vorher nur sehr feinen Äderchen wuchsen schnell an und brachten den ganzen Tunnel zum Zersplittern.
In diesem Moment wurde Paul bewusst, dass Leas Fluchtversuch kurz bevorstand und ihre Beziehung, wie der Tunnel soeben zerplatzt war, denn es würde nicht mehr sehr lange dauern, ehe es ihr gelingen würde, einen längeren Tunnel zu erschaffen, mit dem sie die Mauern von Tynn überwinden konnte, ohne dass sie sich auf die mysteriösen Zeichen der Wächter verlassen musste. Obwohl sich Paul darüber klar war, dass er weiterhin in Tynn bleiben wollte, kam für einen kurzen Augenblick die Unsicherheit zurück, ob diese Entscheidung die richtige war. Er schaute etwas gedankenverloren zu Lea, die sich noch mit dem zersplitterten Tunnel beschäftigte, und als er für sich die Entscheidung erneuerte, in Tynn zu bleiben, wusste er, dass damit ihre Beziehung endgültig am Ende war. Plötzlich spürte er einen großen Verlust in

seinem Herzen, den er bisher nicht wahrhaben wollte, und Lea schien zu merken, was in Paul vorging.
»Es ist besser für uns beide«, sagte sie in dem Wissen, dass es die richtige Antwort für sie beide war und ging zu Lomo, der dem ganzen Schauspiel interessiert zugeschaut hatte.
»Was machen wir mit dem Magier?«, wollte Lomo wissen.
»Wir können ihn hier liegen lassen und schauen, ob er sich befreien kann«, schlug Paul vor, »oder wir sagen jemandem Bescheid, dass wir angegriffen wurden – doch dann besteht das Risiko, dass wir mit unseren Übungen entdeckt werden, was wir nicht wollen.«
»Also schlägst du vor, ihn hier liegen zu lassen, mit der Gefahr, dass er sich nicht befreien kann?«, fragte Lea.
»Der wird schon wieder befreit werden«, erklärte Lomo, »denn die höheren Klassen trainieren beinahe täglich in diesem Raum!«
Die drei einigten sich darauf, dass sie das Risiko eingingen, dass der Gefesselte einige Zeit hier liegen würde und vertrauten zudem auf den Umstand, dass er sie nicht verriet, verließen gemeinsam den Trainingsraum und gingen in ihre Schlafräume.
Paul, dem bewusst geworden war, dass Lea bald nicht mehr in seiner Nähe sein würde, lag die Hälfte der Nacht wach und stellte sich immer wieder die Frage, ob er noch etwas tun könnte, um sie von ihrem Vorhaben abzuhalten. Doch jedes Mal, wenn er sich vorstellte, wie er sie ansprach, kam er zu der

Erkenntnis, dass keine Chance mehr bestand, die Situation herumzureißen. Mit dieser herben Enttäuschung, nicht nur seine Liebe, sondern auch die engste Verbündete in Tynn zeitnah zu verlieren, schlief er ein und wachte mit starken Kopfschmerzen am nächsten Morgen auf.

Kapitel fünfundvierzig: Das weiße Kreuz

Die Kopfschmerzen waren so stark, dass Paul erst einmal liegen blieb und jede Hilfe ablehnte. Selbst als ein anderer Schüler einen Lehrer holte, damit dieser die Kopfschmerzen wegzaubern sollte, verweigerte Paul die angebotene Hilfe, denn er wollte sich unbedingt an alles erinnern. Paul hatte schon bei früheren Kopfschmerzen und anschließenden Heilzaubern bemerkt, dass seine Erinnerungsfähigkeit darunter litt und wollte dieses Mal nicht, dass ihm ein Detail von den Ereignissen der letzten Nacht verloren ging. Allerdings hatte er solche Schmerzen, dass er in der ersten Zeit des Morgens kaum einen Gedanken an den Abend zuvor richten konnte, doch nach einer geraumen Weile ließen die starken Kopfschmerzen nach und er konnte sich einzelne Momente des Verlaufs in seine Vorstellung zurückrufen. Paul spielte den gesamten Ablauf noch mal nach und suchte nach Hinweisen, die sein Gefühl unterstützten, dass irgendetwas merkwürdig an diesem Angriff gewesen war. Es dauerte fast den ganzen Morgen, ehe er in den Bildern in seinem Kopf etwas Merkwürdiges entdeckte, das ihn stutzig machte. Da er keine Ahnung hatte, ob dieses Element das war, was ihn beunruhigte, wartete er bis zum Abend, um mit Lomo darüber zu sprechen.

Die Zeit über den Tag verlief so schleppend langsam, dass er den Gedanken an die Auffälligkeit hin und her wälzte, bis er nicht mal mehr sicher war, ob er es wirklich gesehen hatte. Als er dann abends Lomo traf und mit ihm über den Vorfall am Abend zuvor redete, erwähnte Paul das seltsame Muster, das er auf den Stiefeln des Magiers entdeckt hatte: ein weißes Kreuz, das allerdings einen dünneren Streifen von oben nach unten hatte als den Querstreifen. Zudem fransten das linke und rechte Ende des Querstreifens ohne ein Muster aus. Als Paul Lomo von dem weißen Kreuz erzählte, zog ihn sein Freund zur Seite und deutete ihm an, dass er schweigen sollte. Paul spürte, dass er etwas entdeckt hatte, das nicht nur sein unwohles Gefühl bestätigte, sondern dass von dieser Entdeckung zudem eine unbestimmte Gefahr ausging.

Da Lomo scheinbar sehr darauf achtete, dass niemand ihr Gespräch belauschen konnte, wuchs Pauls Anspannung ins Unermessliche, und er versuchte, sich weitere Einzelheiten von dem Magier ins Gedächtnis zu rufen, doch ihm wollten keine anderen Auffälligkeiten einfallen. Es musste also irgendetwas hinter diesem seltsam aussehenden, weißen Kreuz stecken und er hoffte, dass Lomo ihm Genaueres erzählen konnte.

»Ich denke«, begann Lomo sehr leise, »dass wir jetzt ungestört sind. Das, was du entdeckt hast, ist ein Symbol, das vom Orden des Weißen Kreuzes verwendet wird.«

»Der Orden des Weißen Kreuzes?«

»Genau! Der Orden ist einer der vier Geheimbünde, die es in Tynn gibt.«
»Es gibt vier Geheimbünde?«, wunderte sich Paul. »Bedeutet das, dass jeder der vier magischen Schulen auch einen Geheimbund hat?«
»Genauso ist es!«
»Was ist der Sinn dieses Geheimbunds?«, wollte Paul wissen. »Ist das so etwas wie ein Aufklärungsdienst für die magischen Schulen? Ein Bund, den man eigentlich nicht kennen darf?«
»So in etwa, erklärte Lomo, und nur sehr wenige Zauberer und Zauberinnen wechseln von der magischen Schule in den Geheimbund, denn dort herrschen so gut wie keine Regeln und die Bünde entziehen sich jeglicher Kontrolle der Oberen in Tynn.«
»Aber warum gibt es sie dann, wenn die Oberen die Bünde nicht kontrollieren können?«
»Den eigenen Bund können sie schon kontrollieren!«, erklärte Logo. »Aber während alle Menschen von Tynn der Ordnung der vier magischen Schulen unterliegen, entziehen sich die Geheimbünde jeglichen Zugriffs durch die anderen Schulen.«
»Dann weißt du bestimmt auch, von welcher Schule der Geheimbund des Weißen Kreuzes ist, nicht wahr?«
»Das macht mich ja so nervös«, sagte Lomo, »denn der Orden des Weißen Kreuzes gehört zur Schule der Verteidigung, die normalerweise unsere stärksten Verbündeten sind.«

»Aber ist es nicht so, dass die althergebrachten Ordnungen gerade alle nicht mehr funktionieren?«, meinte Paul.

»Das mag schon sein«, sagte Lomo ausweichend, »aber mir geht immer noch nicht in den Kopf, dass ein Magier von der Schule der Verteidigung versucht hat, dich zu töten.«

»Bist du dir sicher, dass er mich töten wollte?«

»Wie kann ich mir nicht sicher sein!? Immerhin hat er dich mit einer starken Magie angegriffen, die einem schwächeren Magier sicherlich große Verletzungen zugefügt hätte - wenn es nicht gleich tödlich ausgegangen wäre!«

»Ich habe dir schon mehrfach gesagt, dass ich in dieser Welt so viele Merkwürdigkeiten erlebt habe, dass ich nicht zwingend daran glaube, dass mich jemand umbringen möchte! Denn wenn der Orden des Weißen Kreuzes mich umbringen möchte, dann hätten sie es bereits zu einem anderen Zeitpunkt versucht, als mich beim Erschaffen eines magischen Tunnels anzugreifen.«

»Was glaubst du denn, was das Ziel war?«, wunderte sich Lomo.

»Ich stelle mir die Frage: warum sollte jemand von der Schule der Verteidigung in die magische Schule des Handwerks eindringen, um einen Schüler anzugreifen, der in einem Schulraum eine Übung durchführt? Wäre es da nicht viel einfacher gewesen, wenn der Orden mich angegriffen hätte, nachdem ich Tynn verlassen habe – durch eben jenen Tunnel, den ich versucht habe zu erschaffen? Das Eindringen in die Schule hier muss doch mit erheblichen Risiken verbunden sein!«

»Das sind sehr gute Fragen«, sagte Lomo nach einiger Zeit des Nachdenkens, »auf die ich tatsächlich keine Antwort habe. Es wäre tatsächlich viel einfacher, wenn der Angriff nicht in dieser Schule passiert wäre! Denn der Orden des Weißen Kreuzes muss zunächst einmal Zugang zu der Schule bekommen haben – außer…«

Lomo unterbrach seinen Gedankengang und Paul versuchte zu erraten, was sein Freund dachte. Doch da dieser in Gedanken versunken war, fragte ihn Paul, ob Lomo ihn nicht an seinen Gedanken teilhaben lassen könnte.

»In diese Schule kommt jemand von außen nur rein, wenn er jemanden hat, der ihn durch alle Sicherungsmaßnahmen hindurchführt! Das bedeutet, dass wir es hier mit einer großen Verschwörung zu tun haben!«

»Dass diese Schule von Zauberinnen und Zauberern unterwandert ist, die der Schule Schaden zufügen wollen, wissen Lea und ich schon seit längerem. Trotzdem – warum sollte der Orden des Weißen Kreuzes das Risiko eingehen, in der magischen Schule des Handwerks entdeckt zu werden? Das will mir einfach nicht in den Kopf!«

»Es scheint, als ob vieles von dem, was du gerade dir vorstellst, nicht in meinem Kopf gehen möchte!«, gab

Lomo zu und versuchte, die losen Stränge in seinem Kopf zusammenzuknüpfen.

Beide versanken in ihre Gedanken und Paul stellte sich vor allem die Frage, warum der Magier ihn ausgerechnet in dem Tunnel angegriffen hatte. Er kam zu der Vermutung, dass er in der von ihm aufgespannten Parallelwelt gefangen werden würde, wenn es dem Magier gelungen wäre, ihn zu überrumpeln und den Tunnel mit ihm im Inneren einstürzen zu lassen. Er stellte sich vor, dass der Zusammenbruch des Tunnels möglicherweise dazu führte, dass er eine Art Gefängnis in einer anderen Dimension würde, aus dem kein Entfliehen möglich wäre - einem Gefängnis, das er sich selber erdacht haben würde!

Dieser Gedanke des ewigen Gefängnisses machte Paul weitaus mehr Angst als der Verlust des eigenen Lebens, und er fragte sich, ob diese Jagd nach ihm wohl niemals enden würde. Für den Moment hatte er den Angriff überstanden, doch die Erkenntnis, dass er nicht mal mehr sicher in der Schule sein konnte, zeigte ihm, dass es die Gegner ernst meinten, wenn sie solche Risiken eingingen.

Die Kopfschmerzen, die er erst mittags losgeworden waren, kamen mit aller Macht zurück, doch dieses Mal ließ er sich nach seiner Rückkehr in den Schlafraum von einer Lehrerin helfen, die ihm zudem einen Schlafzauber wirkte, mit dem er binnen weniger Augenblicke einschlief.

Kapitel sechsundvierzig: Leas Kampf

Lea war im Gegensatz zu Paul ohne Kopfschmerzen, dafür aber mit großer Energie aufgestanden. Nach den vielen, langen Tagen voller Niedergeschlagenheit war die Aussicht auf eine mögliche Flucht wie Balsam für ihre Seele. Auch die Lehrerin bemerkte den Stimmungswechsel und sprach Lea darauf an, doch erhielt sie nur die Antwort, dass sich einige Knoten in Leas Kopf gelöst hatten.

Trotz der guten Stimmung musste sich Lea bremsen, denn bisher hatte sie zwar verstanden, wie man einen Tunnel imaginierte und dann in der Realität manifestierte, aber die Länge des Tunnels war entscheidend, denn auf diesem Weg war es, wie sie Paul und Lomo verstanden hatte, das einfachste, den Tunnel aus der Schule heraus aufzuspannen - in der benötigten Länge bis hinter die Stadtmauern.

Das bedeutete für sie, dass sie als nächstes erst einmal üben musste, solch lange Tunnel zu manifestieren. Da sie bei dem Kampf am gestrigen Abend sehr viel magische Energie verbraucht hatte, erschien es ihr unklug, in den nächsten beiden Tagen weitere Versuche zu starten, diese langen Tunnel herzustellen. Denn ihr war völlig bewusst, dass wenn ihre Übungen dazu führten, dass der Tunnel eine entsprechende Länge hatte, dann würde sie auch den Mut zusammennehmen, um durch diesen Tunnel Tynn zu verlassen. Die große Frage, die sie in ihrem Kopf hin- und herwälzte, war die Frage nach der benötigten

Länge für eine erfolgreiche Flucht. Denn, wenn sie den Tunnel aus der magischen Schule heraus aufspannen würde – wie konnte sie dann sicher sein, dass sie hinter den Mauern von Tynn herauskam und nicht davor strandete?
Am Ende würde sie es einfach ausprobieren müssen und darauf hoffen, dass es reichte. Sie stellte sich vor, dass der Tunnel möglicherweise in der Länge veränderbar war, je weiter sie durch ihn hindurchschritt. Doch da sie so oder so bereit war, das Risiko auf sich zu nehmen, ihr eigenes Leben bei dem Versuch der Flucht einzusetzen, wusste sie, dass der Zeitpunkt der Flucht nahe war.
Auch machte sie sich erneut Gedanken, ob sie Paul nicht irgendwie überzeugen konnte, mit ihr zu flüchten, doch ebenso wie ihr Freund kam sie stets zu der Erkenntnis, dass sie beide ihre Entscheidung final getroffen hatten und mit der Konsequenz leben mussten. Dennoch, als sie wiederholt an dem Punkt kam, dass er nicht mit ihr gehen würde, spürte sie ein schmerzhaftes Loslassen, das jedoch notwendig war, da sie wusste, dass der Ballast ihrer Beziehung schwer wiegen würde, wenn sie ihn mitnahm.
Die nächsten beiden Tage fühlten sich für Lea an, als würde sie wie auf Schienen fahren, und als ihr dieses Bild bewusst wurde, erinnerte sie sich an die Ankunft in Tynn vor einiger Zeit. Sie rekapitulierte die Entwicklung, das, was sie erlebt hatte, das Positive wie auch das Negative und nicht nur, dass sie erneut entschied, dass die Entscheidung zur Flucht die

richtige war, sie sah auch die vielen positiven Entwicklungen, die sie selbst in Tynn mitgemacht hatte. Seit ihrer Ankunft hatte sich vieles für sie verändert, in ihrem Denken, in ihrem Fühlen, aber auch, wie sie die Welt um sich herum sah und einordnete. Sie empfand, dass sie in der kurzen Zeit in Tynn viel schneller erwachsen geworden war, als sie es in ihrer beschützten, kleinen, normalen Welt wäre. Sie hatte sich, zusammen mit Paul, eigenverantwortlich in dieser Welt durchsetzen müssen und verstand es nun, wesentliche Entscheidungen für ihr Leben selbst zu treffen, unabhängig von den Meinungen oder Wünschen anderer. Gerade der Umstand, dass sie sich anders als Paul entschieden hatte und Tynn zu verlassen gedachte, gab ihr eine ungeahnte Stärke, die sie vorher niemals in sich gespürt hatte. Eben jene Stärke wollte sie nun nutzen, um auch den letzten Teil ihrer Reise zu beenden und endlich diese Stadt verlassen.

Während der nächsten zwei Tage, nachdem sie die Schritte für sich und ihre geplante Flucht abgesteckt hatte, war es für Lea eine Art Spießrutenlauf, denn in jedem forsch dreinblickenden Gesicht vermutete sie ihre Entdeckung. Da sie sich aufgrund ihrer Sorge, entdeckt zu werden, anders als sonst verhielt, fiel sie umso mehr auf und wurde von einigen angesprochen, ob es ihr tatsächlich so gut ginge, wie sie behauptete. Gerade die beiden Lehrer, die sie am Morgen und Nachmittag in die Kunst des Handwerks und des Zauberns mittels der Gedanken einwiesen, merkten

sehr schnell, dass Lea etwas im Kopf hatte, dass sie sehr beschäftigte – über all das hinaus, was sie bisher in Tynn beschäftigt hatte.
»Du siehst aus, als hättest du etwas angestellt oder du stehst kurz davor, etwas anzustellen!«, vermutete der Lehrer am Nachmittag, indem er mit Lea den Gedankenaustausch startete.
»Ich verstehe nicht, was ihr meint!«, erwiderte Lea und merkte selber, dass ihr ein ordentliches Maß an Zuversicht in ihrer geistigen Stimme fehlte, was sie im Folgenden noch unsicherer werden ließ.
»Also hast du bereits etwas angestellt«, mutmaßte der Lehrer, »und du suchst noch nach einem Weg, wie du dich jemandem öffnen kannst.«
»Ich habe wirklich nichts angestellt!«, konterte Lea fast schon panisch.
»Keine Sorge, Lea, kein Geheimnis ist so gut geschützt, dass ich es nicht irgendwann herausfinde!«, sagte der Lehrer und ließ unerwartet von ihr ab.
Lea war sich sehr sicher, dass dies nur eine Taktik war, denn sie hatte die ganze Unterrichtseinheit über das Gefühl, dass sich der Blick des Lehrers in ihren Rücken bohrte, um jede Abweichung in ihrem Verhalten aufzunehmen und einzusortieren.
Das unangenehme Gefühl, beobachtet zu werden, ließ den ganzen Nachmittag nicht nach und Lea wünschte sich nichts sehnlicher, als dass der Unterricht bald enden würde. Über die gesamte Dauer der Unterrichtseinheit gelang es ihr nicht, auch nur einen Zauberspruch richtig zu wirken, was die

Vermutung des Lehrers nur noch verstärkte, dass mit Lea etwas im Busch war.
Als der Unterricht endete, war Lea die Erste, die an die Türe rannte, um aus dem Wirkkreis des Lehrers zu entschwinden. Doch als sie ihren Blick ein letztes Mal vor dem Verlassen des Klassenraums wendete, fand sie seine stechenden Augen und hörte in ihrem Kopf seine Warnung, dass niemand den Fängen von Tynn entfliehen kann. Lea zuckte stark zusammen, zwang sich aber, den Raum zu verlassen, was ihr aufgrund der nachdrängenden Schülerinnen und Schüler auch gelang. Erst als sie den Flur hinter sich gelassen hatte, in dem die Schulklasse lag, atmete sie auf und setzte sich auf eine Sitzbank, die in einer Nische stand. Ihre Beine zitterten entgegen ihrer eigentlichen Fähigkeit, in solchen Situationen die Nerven zu bewahren und sie fühlte sich so ertappt wie noch nie zuvor. Es hätte nur noch gefehlt, dass der Lehrer sie in dieser Ecke zitternd und mit den Nerven am Ende entdeckt hätte – dann wäre unklar gewesen, wie die ganze Sache ausging. Zu Leas Glück blieb sie jedoch so lange allein, bis sie sich wieder beruhigt hatte und ohne ein äußeres Anzeichen der Unsicherheit in Richtung des Speisesaals gehen konnte, um etwas zu essen.
An diesem Abend war Paul seit längerem wieder beim Abendessen, und sie setzte sich zu ihm an den Tisch, um nicht aufzufallen. Sie merkte sofort, dass er überrascht war, sie zu sehen, und sie verstand, dass er

bereits damit rechnete, dass sie die Flucht ergriffen hatte.
»Du siehst ein bisschen blass aus«, sagte er nach einer Weile, in der sie sich angeschwiegen hatten.
»Es geht dir doch auch nicht besser«, flüsterte sie zu ihm.
Da Paul nichts einfiel, was er sagen konnte, ohne eines der brisanten Themen anzuschneiden, schwieg er, und da Lea ebenfalls schwierig, zog sich das Abendessen wie Kaugummi. Die anderen Tische um sie herum hatten festgestellt, dass zwischen den beiden etwas Ungeklärtes im Raum stand und lauschten dem Schweigen der beiden für eine Zeit lang. Da dieses Lauschen aber nach wenigen Minuten langweilig wurde, begannen die Gespräche an den Nachbartischen wieder aufzuflammen und boten Lea und Paul einen neuerlichen Rahmen der Zweisamkeit. Da jedoch zwischen beiden alles gesagt schien, tauschten sie noch ein paar Floskeln aus, ehe Paul sein Essen beendete und den Saal verließ. Lea starrte auf ihr Essen, von dem sie kaum etwas gekostet hatte und versuchte, ihre hämmernden Gedanken zu kontrollieren, was ihr aber nur wenig gelang. Sie saß so lange an ihrem Tisch, dass sie nicht einmal merkte, dass alle anderen Schülerinnen und Schüler aus dem Raum gegangen waren und Lea gebeten wurde, den Tisch zu räumen. Mechanisch stand sie auf und ging aus dem Raum heraus, lief ziellos durch die Schule und kam, ohne dass sie wusste wie und warum, an den Ort, an dem Lomo vor zwei Tagen die Treppe

gefunden hatte. Sie fragte sich, ob es ihr auch gelingen konnte, die Treppe zu finden und als sie die Hand auf die Wand legte, spürte sie sogleich, wo sie sich befand, und nur wenige Augenblicke später zeigte sich die Treppe in nahezu vollendeter Form an der Stelle, an der Lea sie erschuf.

Kapitel siebenundvierzig: Flucht

Da Lea die Treppe nur überredete, sich zu zeigen und nicht, wie Lomo es versucht hatte, sie in die Wand zu arbeiten, waren die Stufen auch ohne Gefahr betretbar. Sie nahm tief Luft und traute sich auf die Treppe, die keinerlei Reaktion zeigte und sie nach oben ließ. Lea nahm eine Stufe nach der anderen und neben der Gleichförmigkeit der Stufen gab es bei ihr auch keine Abbiegung, sondern sie stand nach der zwölften Stufe plötzlich nicht mehr auf der Treppe, sondern im Trainingsraum. Ihre Muskeln spannten sich alle an und sie erwartete einen Angriff, doch alles blieb ruhig. Sie prüfte den unendlichen Raum, der sich vor ihr in alle Richtungen aufspann, spürte bis in eine große Weite keine Gefahr und entschied, dass sie mit ihren Übungen loslegen konnte.

Leas Erinnerungen an den Abend zwei Tage zuvor waren noch sehr lebendig, sodass sie keinerlei Probleme hatte, den ersten Übungstunnel zu erschaffen, der einer Seifenblase gleich sofort platzte, als sie die Manifestierung mit ihren Gedanken losließ. Sie hatte die Technik verstanden und konnte einen zweiten Tunnel replizieren, um sicher zu sein, dass es kein Zufall gewesen war. Auch dieser zerplatzte wie eine Seifenblase, obwohl Lea ihn länger manifestiert hatte. Sie wunderte sich, warum ihr allererster Tunnel vor zwei Tagen diese Äderchen hatte und zersplitterte, doch vielleicht lag es an den Umständen, sagte sie sich.

Nun ging sie daran, den nächsten Versuch zu starten, und sie imaginierte einen Tunnel, der eine Art Ziehharmonika abbildete, denn sie stellte sich vor, dass man mittels einer ähnlichen Bewegung wie die eines Regenwurms mit dem Tunnel vorankommen konnte. Doch als sie ihre Imagination in dem Raum manifestieren wollte, stellte sie fest, dass diese Idee nicht funktionierte, da sich der Tunnel sofort in sich zusammenzog. Lea fragte sich, was der Trick dabei war, den Tunnel zu verlängern und suchte in ihren Erinnerungen nach Spielen aus ihrer Kindheit, in denen sie mit alternativen Fortbewegungsmethoden ans Ziel kommen musste, doch auch diese Versuche schlugen fehl.

Schlussendlich, nach all den Ideen, kam ihr der Gedanke, dass die Äderchen ein Teil der Lösung sein konnten. Sie fragte sich, ob diese nicht helfen konnten, einen Teil des Tunnels, der hinter ihr lag, aufzulösen und am vorderen Ende wieder anzubringen. Sie versuchte, äußerst konzentriert an diese Aufgabe heranzugehen, stellte sich vor, wie sie den Tunnel vor zwei Tagen manifestiert hatte und stand wenige Augenblicke später in einer exakten Nachbildung. Während sie dieses Mal jedoch nicht aus dem Tunnel hinaustreten wollte, um ihn platzen zu lassen, trat sie an das Ende und versuchte, ihn von Anfang an umzubauen. Es dauerte eine geraume Weile und brauchte drei Anläufe, die allesamt zersplitterten, ehe sie den Trick raushatte und den

Tunnel gleichzeitig stabil, aber auch veränderlich gestalten konnte.
Lea spürte, dass sie der Lösung ganz nahe war und damit auch der Möglichkeit, ihre Flucht anzutreten. So sicher sie in der letzten Zeit gewesen war, dass sie jede Chance zur Flucht sofort ergreifen würde, so hart war die Entscheidung in diesem Augenblick, in dem sie tatsächlich die Gelegenheit vor Augen hatte. Um den Moment zu überstehen, sortierte sie ihre Gedanken, sagte sich, dass sie unerwartet Zeit hatte, die Entscheidung zu überdenken, doch dann hob sie ihren rechten Fuß und setzte ihn in den Tunnel. Sogleich war sie von dem dunkelgrauen Tunnel umgeben, der auch wieder die feinen Äderchen mit sich trug, sah das Ende des Tunnels vor sich und ging darauf zu. Da sie nicht erwartete, dass der Tunnel endete oder zersplitterte, geschah es auch nicht, sondern sie manifestierte durchgehend weitere Elemente, sodass er immer weiter führte.
Nun stand sie vor dem Problem, dass sie nicht wusste, wie lange der Tunnel bereits war und wie weit sie ihn aufspannen musste, doch da sie davon ausging, dass es ganz gleich war, ob sie direkt hinter der Stadtmauer herauskam oder weiter im Landesinneren, musste sie ihn eher länger als kürzer imaginieren. Wobei sie etwas Sorge davor hatte, zu nahe an der Stadtmauer herauszukommen, sodass sie von den Wächtern entdeckt wurde. Lea versuchte sich zu erinnern, wie weit sie gelaufen waren, als sie in Tynn angekommen waren, doch sie konnte sich kaum daran

erinnern. Das brauchte sie aber auch nicht, denn als sie soweit durch den Tunnel geschritten war, dass sie an die Stadtmauer kam, spürte sie das riesige Ungetüm aus kaltem Stein so nahe bei sich, als würde sie es mit ihrem Körper berühren. Da Lea nun wusste, dass sie die Stadtmauern passiert hatte, wollte sie kein Risiko eingehen und brachte dieselbe Strecke zwischen sich und der Mauer, wie vom Start bis zur Grenze der Stadt. Ihre magische Energie schien diesen zusätzlichen Weg nicht zu vermindern, da die Energie aus dem aufgelösten Teil des Tunnels in den neu erschafften floss und daher keine neue Energie verbrauchte.

Da sich Lea sicher sein konnte, dass sie die Stadt hinter sich gelassen hatte, kam jetzt ein neuer, spannender Abschnitt ihrer Flucht: das Unbekannte. Das letzte Mal, dass sie sich außerhalb von Tynn befand, war, als sie mit Paul aus der magischen U-Bahn gestiegen war. Damals hätte sie sich die Landschaft besser anschauen sollen, doch da wusste sie noch nicht, dass jedes Wissen ihr in diesem Moment helfen würde. Zudem hatte sie kaum Ahnung darüber, welche Gefahren sie in der umliegenden Landschaft erwartete, von wilden, gefährlichen Tieren oder Pflanzen bis zu Bewohnern, die ihr feindselig gesinnt sein konnten. Lea musste darauf vertrauen, dass sie über genügend magische Energie verfügte, um mögliche Feinde frühzeitig zu entdecken und abzuwehren.

Als sie das Gefühl hatte, dass sie sich weit genug von der Stadt entfernt hatte, blieb sie stehen und schaute nach vorne, an das Ende des Tunnels, doch dort war kein Licht zu sehen. Alles war schwarz, was ihr ein ungutes Gefühl gab, dass sie vielleicht an einem Ort herauskam, an dem sie gefangen war. Sie schloss die Augen, versuchte zu spüren, ob außerhalb eine Gefahr drohte, gab sich einen Ruck und öffnete die Augen. Umgehend zersplitterte der Tunnel in Millionen Einzelteile und gab Lea der Natur frei, in der sie stand. Um sie herum sah sie Bäume - sie schien auf einer Lichtung in einem kleinen Wäldchen zu stehen, beschienen von dem düsteren der drei Monde. Alles um sie herum war still - es war, als ob das Zerplatzen des Tunnels alle Geräusche von diesem Ort gesäubert hatte. Nach einer Weile jedoch kam zuerst der Wind und danach auch die anderen Geräusche des Waldes zurück, sodass sich Lea etwas entspannte und versuchte zu erfühlen, ob Gefahr in der Nähe drohte.
Alles wirkte ruhig um sie herum, sodass sie überlegte, in welche Richtung sie fliehen wollte. Bis zu diesem Zeitpunkt hatte sie trotz aller Gedanken rund um ihre Flucht nicht weiter gedacht, als aus Tynn zu verschwinden, was in dieser Lage zu einem Problem wurde. Sie musste die Entscheidung treffen, entweder für eine längere Zeit in den Wäldern unterzutauchen, bis sie vergessen war, oder darauf hoffen, dass ein neuer Zug in einen der Bahnhöfe von Tynn einfuhr, mit dem sie zurück in die normale Welt fahren konnte

- ganz gleich wohin. Lea rang mit sich und ihrem Wunsch, so schnell es ging, als dieser Welt zu fliehen und kam am Ende ihrer Überlegungen zu der Entscheidung, dass es besser wäre, alles auf eine Karte zu setzen als das Risiko einzugehen, irgendwo in einer unbekannten Welt elendig zugrunde zu gehen. Da sie nun einen Weg für sich gefunden hatte, suchte Lea nach der richtigen Richtung, ehe sie einen kleinen Waldpfad spürte, der sie von der Lichtung fortbringen würde, in ungefähr der Richtung, die sie festlegte. Zum x-ten Mal an diesem Abend musste sie sich einen Ruck geben, den nächsten Schritt zu machen, und als sie erneut losgelaufen war, fühlte es sich wiederum richtig an.

Die Bäume, unter deren Äste sie in den Wald eintauchte, wogen ein sanftes Lied zu ihrem Gang und bald schon passte Lea ihren Rhythmus an den des Waldes an, wurde eins mit ihm. Plötzlich hörte sie sogar die Stimmen des Waldes über dem sanften Wind, und Lea fühlte sich so geborgen wie seit ihrer Ankunft nicht mehr. Beinahe hätte sie ihre Entscheidung noch mal revidiert und doch in der Welt und diesem Wald zu bleiben, ehe sie an den Rand desselben kam und auf eine leicht abschüssige Ebene blickte, an deren Ende einer der Bahnhöfe im hellen Schein zweier Monde lag.

Da alles weiterhin friedlich schien, verabschiedete sich Lea vom Wald und trat in die Ebene hinein. Da die beiden Monde stark auf die weite Landschaft schienen, hatte Lea das Gefühl, als ob Scheinwerfer auf sie gerichtet waren. Doch trotz des nicht vorhandenen Schutzes durch Bäume, Sträucher oder andere größere Schluchten kam sie gut voran, trat vorsichtig auf den weichen Boden, um nicht umzuknicken und gelangte so in die Nähe des Bahnhofs, wo sie einen kleinen Felsen entdeckte, hinter den sie sich lauern und die Bahnstrecke nach Tynn beobachten konnte. Sie setzte sich auf den Boden, atmete, da die Flucht bisher erfolgreich gewesen war, tief durch und kämpfte gegen das Gefühl der Müdigkeit, die sich tief in der Nacht in ihr ausbreitete. Beinahe wäre dieser Kampf derjenige gewesen, den sie unter allen, denen sie sich gestellt hatte, verlor, doch es rettete sie ein Licht am Horizont, das eine einfahrende Bahn ankündigte.

Kapitel achtundvierzig: Finale

Beinahe zeitgleich mit dem Herannahen der magischen U-Bahn am Horizont, ging eine der beiden Sonnen auf und schickte ihre bläulich schimmernden Strahlen über die weite Ebene. Lea kauerte in ihrem Versteck und ärgerte sich darüber, dass die Sonne gerade in diesem Moment aufgehen musste, da ihr Plan vorgesehen hatte, dass sie beim Herannahen der U-Bahn die Gleise noch im Dunkeln überqueren wollte, um von der anderen Seite in die Bahn einzusteigen. Da dieser Plan nun nicht mehr durchführbar war, musste sie einen neuen finden und gab sich aufgrund des Zeitdrucks einen gewaltigen Ruck, stieß sich mit Kraft vom Boden ab und rannte die letzten Meter im Halbdunkel des frühen Morgens zu den Gleisen. Dort angekommen, hockte sie sich für einen Moment hin und sondierte die Lage, in der sie sich befand und entschied, dass es der richtige Zeitpunkt zum Überqueren der Gleise war. Ohne über weitere Gefahren nachzudenken, wechselte sie die Seiten, indem sie über die Gleise kraxelte, und als sie dort angekommen war, suchte sie in Richtung des Bahnhofes nach einem Ort, an dem sie sich für die nächste Zeit verstecken konnte. Doch da sie kein solches Versteck auszumachen vermochte, entschied sie sich, im Kriechgang weiterzugehen, um sich auf Höhe des Bahnhofs neben die Gleise zu legen und zu warten. Ohne weitere Zwischenfälle gelang es ihr, diesen Plan durchzuführen, und sie erreichte den

Bahnhof nach wenigen Minuten. Die Sonne kratzte inzwischen am Horizont und schickte nunmehr nur noch schwach bläuliche Sonnenstrahlen über die Ebene, und als Lea den Kopf hob, um zu schauen, wo die magische U-Bahn blieb, erkannte sie zu ihrer Freude, dass diese bereits kurz vorm Einlaufen in den Bahnhof war.

Mit jedem Augenblick, in dem nichts Ungewöhnliches passierte und die magische U-Bahn näher kam, wuchs die Hoffnung in Lea, dass sie mit ihrem Plan Erfolg haben würde.

Dann endlich war es soweit – die magische U-Bahn fuhr in den Bahnhof ein und Lea machte sich bereit, in den Wagen zu klettern, sobald die Türen auf der anderen Seite auf und wieder zugegangen waren. Sie hatte die Hoffnung, dass sie in der Zeit der Entriegelung die Türen auf der anderen Seite mit ihrer magischen Energie aufdrücken konnte, um so in den Zug hineinzugelangen. Aus den Augenwinkeln konnte sie sehen, dass ein junges Mädchen aus der Bahn ausgestiegen war, und Lea unterdrückte den Wunsch, das Mädchen zu warnen und mit ihr zu fliehen, da das Risiko bereits so schon groß genug war. Sie wartete, bis sich die Türe auf der anderen Seite wieder schloss, ehe sie aufstand und einen der Bahnabteile zur nächsten Türe entlang schlich. Als sie diese erreicht hatte, quetschte sie ihre Hände zwischen die Gummilippen der Türe und ließ leichte magische Energie in sie hineinfließen. Die Türen gaben sofort nach, ließen sich mit einem leichten

Zischen öffnen und Lea konnte ohne große Mühe hineinklettern. Im Inneren der Bahn war es leuchtend hell und Lea hatte große Angst, entdeckt zu werden, sodass sie unter eine Bank kroch, um sich versteckt zu halten. Als die Tür, durch die sie hineingekrabbelt war, mit einem erneuten Zischen schloss, erschrak sie bis ins Mark, ehe sie erkannte, dass keine unmittelbare Gefahr im Moment drohte.
Unendlich lang wirkende Augenblicke musste Lea durchstehen, ehe die magische U-Bahn sich tatsächlich in die andere Richtung begann zu bewegen und in ihrer Hoffnung, damit die Flucht aus Tynn beenden zu können, traute sich Lea in der Bahn umzuschauen, um herauszufinden, aus welchem Land diese wohl stammte. Auf den Schildern, die sie zu sehen bekam, war zu ihrer großen Freude eine Sprache abgedruckt, die sie verstehen konnte, und sie hoffte ganz stark, dass die Bahn zurück nach Frankreich fahren würde, von wo sie zu ihren Eltern und ihr altes Leben zurück gelangen konnte.
Es keimte so etwas wie Freude in ihrem Innern auf, ein Gefühl, dass sie schon lange nicht mehr in dieser Reinheit gespürt hatte, und sie stellte sich vor, wie sie ihre Mutter in den Arm nahm, als urplötzlich der Zug scharf bremste und zum Stehen kam. In demselben Moment war die schreckliche Angst zurück, die Lea vor kurzem noch verspürt hatte, während die Freude völlig verschwand. Erneut pochte das Herz wie wild bis in ihrem Kopf hinein und Lea versuchte herauszufinden, was der Grund dieses abrupten

Haltens gewesen sein konnte, doch für den Moment vermochte sie nichts zu erkennen.
Dann änderte sich alles - ohne vorherige Warnung kippte die magische Bahn zur Seite und schlug krachend auf den Boden neben den Gleisen auf. Lea wurde durch den Wagen geschleudert und merkte, dass nahezu alle Fensterscheiben geplatzt waren. Wie durch ein Wunder schien ihr nichts passiert zu sein und sie kämpfte sich nach oben, ohne den oder die Angreifer ausmachen zu können, da die einen Öffnungen auf dem Boden lagen, während die anderen Richtung Himmel zeigten. Doch kaum, dass Lea sicher in dem umgekippten Abteil stehen konnte, änderte sich erneut alles, denn die Bahn wurde wie von Geisterhand angehoben und fortgeschleudert. Lea hatte ihr Gesicht zum Schutz verborgen und sah zu spät die beiden Angreifer, um deren Angriff abzuwehren. Darüber hinaus war viel zu schockiert, als sie erkannte, wer die beiden Angreifer waren: ihr Lehrer vom Nachmittagsunterricht, der ihr zum Abschied eingeflüstert hatte, dass niemand Tynn verlassen könnte - und Enfryn. Dieser war es auch, der einen Fesslungszauber beschwor und ehe Lea verstand, was sie zur Abwehr hätte machen können, lag sie bereits gefesselt auf dem Boden. In der Zwischenzeit hatte ihr Nachmittagslehrer die Bahn in die Ebene geworfen, wo sie krachend aufschlug.
Lea lag gefesselt auf dem Rücken und hatte nur diesen einen Gedanken, ob das nun ihr Ende sei oder sie in einem Gefängnis in Tynn verrotten würde, als

Enfryn begann, einen Zauber zu beschwören. Lea spürte die Energie, die in diesen Zauber floss und der bedrohlicher und bedrohlicher wurde, als auch ihr Lehrer in den Zauber einstieg, um ihr ein für alle Mal den Garaus zu machen. Sie ahnte, dass dies die letzten Gedanken ihres Lebens waren und sie ließ zu, die Kälte und Feuchtigkeit des Bodens zu spüren. Im Moment der größten Sorge um ihr Leben entspannte sich ihre Seele und endete mit jeglicher Schuldzuweisung, vielmehr suchte sie das Schöne dieser Welt noch mal zu erfassen. Ihr Blick suchte die Sonne und fand beide, da inzwischen auch die zweite neben der anderen aufgegangen war, und so, wie die beiden ihre Sonnenstrahlen zu ihr schickten, schickte sie ein letztes Lächeln zurück.

Als der Zauber ausgelöst wurde, erschien die Welt in einem überhellen Schein und Lea verlor das Bewusstsein. Sie verpasste dabei, dass die beiden Magier in ihrem Rücken von Paul und Enfryn attackiert wurden. Aufgrund der Überraschung siegten die Angreifer schnell und ohne große Gegenwehr; die beiden Magier, die Lea angegriffen hatten, fielen zu Boden und verloren ihre Verwandlung. Die unbekannten Magier schlugen hart und ungebremst auf dem Boden auf und bevor sich die Körper der beiden mit einem pfeifenden Zischen auflösten, konnte Paul noch das Zeichen des Weißen Kreuzes ausmachen, auch Enfryn hatte es gesehen.

Schweigend stimmten sie sich ab, und während sich Enfryn um das verängstigte Mädchen aus Frankreich, das sich im Bahnhof versteckt hatte, kümmerte und es tröstete, ging Paul zu der bewusstlosen Lea und hob sie auf. Gemeinsam gingen sie zurück nach Tynn und während der gesamten Zeit fragte sich Paul, ob Lea sich jemals wieder erholen würde, auch weil ihre Flucht im letzten Augenblick vom Orden des Weißen Kreuzes vereitelt worden war.

Als sie zurück zur Stadtmauer kamen, wurde ihnen, ohne anzuklopfen, aufgemacht, und sie wurden schweigend eingelassen. Zwei Wächter begleiteten die vier zurück zur Schule der magischen Schule, und Paul hatte das drängende Gefühl, dass sie von jemandem beobachtet wurden, doch für den Moment zählte nur, dass Lea in seinem Arm in Sicherheit war und lebte.

ÜBER DEN AUTOR

Christian Knieps, geb. 1980, lebt und arbeitet in Bonn, schreibt Romane, Theaterstücke, Novellen und Kurzgeschichte. Zuletzt: Tynn. Magischer Roman. Mehr Infos zu den Veröffentlichungen auf christianknieps.net.

Printed in France by Amazon
Brétigny-sur-Orge, FR

24305873R00198